KB165342

슈나벨 최후의 자손

제9회
세계문학상
우수상

슈나벨 최후의 자손

최욱 장편소설

나무옆의자

:: 차례

죽은 자들 | 7

구시가지 | 10

신시가지 | 26

시체들 | 59

신시가지 | 236

구시가지 | 250

식시자들 | 254

작가의 말 | 293

죽은 자들

나는 지금부터 어떤 남자에 대해 이야기하려 한다.

이것은 한 남자의 흥망성쇠에 관한 이야기일 수도 있고, 어느 기업인의 패망에 관한 이야기일 수도 있다. 혹은 세 남자와 한 여인의 얽히고설킨 애증에 관한 이야기일 수도 있다.

그리고 어쩌면, 전부 꾸며낸 거짓일지도 모른다.

이 이야기를 하는 것이 과연 옳은 일인지는 모르겠다.

다만 굳이 뒤늦게 이것을 밝히려는 이유는, 그들의 성공과 실패 그리고 죽음이 우리 인류가 맞닥뜨렸던 중대한 고비와 맞닿아 있음에도, 정작 우리에게는 그에 관해 알려진 바가 없기 때문이다. 그러한 사실이 오랜 시간 나로 하여금 내 친구를 대신해야 한다는 어떤 사명의 압박에 시달리게 만들었고,

그래서 나는 이야기할 수밖에 없다.

세 남자 중 이 이야기의 주인공으로서 가장 중요하다 할 만한 남자에 대해 우리가 알고 있는 것은 거의 없다. 다른 두 남자와 관련하여 공개된 사진이나 항간의 풍문에 의해 꾸며진 단편적인 이미지만이 존재할 뿐이다. 따라서 그의 실명을 밝힌다 한들 독자 여러분이 크게 충격받는 일은 없을 것이다. 그러나 우리 중 어떤 이들은 다른 두 남자 중 적어도 한 명에 관하여는 익히 잘 알고 있다. 그러므로 나는 이 글에서 그, 아니 그들의 실명을 밝히지는 않을 작정이다.

이 글을 읽는 여러분 중 상당수는 내가 지금부터 거론할 인물 중 일부 혹은 전부의 정체를 어렵지 않게 짐작할 수 있을 것이다.

*

정규교육을 받은 이라면 누구나 90여 년 전에 일어난 '죽은 자들의 소요'를 알 것이다.

지금의 학생들은 어떨지 모르지만 나는 학창 시절, 지금은 '지방사'라는 이름으로 바뀐 국사 시간에 입체 영상을 통하여 그날의 끔찍했던 광경을 처음으로 접했다. 그리고 여느 많은 소년들처럼 큰 충격에 휩싸여 한동안 죽은 자들이 불러일으키는 공포와 맞서 싸워야 했다. 찢겨 나간 두피, 문드러진 얼굴, 욕구와 분노로 질척이는 흐릿한 눈, 비골이 떨어져 나가 휑하니 구멍이 뚫린 코, 뜯겨져

혼적도 없이 사라진 입술, 드러난 잇몸 새로 타액과 신음을 끝없이 흘리는 입……. 그 썩어가는 몸들이 거대한 물결을 이루어 산 자들의 문명이 만들어낸 구조물을 산산이 부서뜨리고, 광기에 휩싸인 채 서로의 살을 뜯으며, 피로 물든 추악한 입을 쳐들고서 주체 못할 분노를 포효하는 그 몸서리칠 만큼 무섭고 처절한 광경을 보고서 말이다.

그런데 우리가 알지 못하는 사실이 한 가지 있다.

수십 년간 사람들을 공포로 몰아넣었던 이 유명한 사건이 벌어지던 바로 그 시각 그 장소에서 일어난, 끔찍한 축제에 눈이 팔린 학생들이 미처 지각지 못한 기이한 형태의 구조물에서 일어난 어떤 극적인 죽음이 그것이다.

나 또한 이 이야기를 듣기 전까지는 그에 관해 전혀 아는 바가 없었다. 그들이 우리에게 사실을 알려주지 않았고, 왜곡했으며, 오래도록 숨겨왔으므로.

이제부터 내가 들려줄 이야기의 주인공이 바로 그 죽음의 주인이다.

구시가지

내가 이 파멸의 주인공인 G에 대해 듣게 된 것은 지금으로부터 40여 년 전, 오랫동안 61·62·63 구역으로 불려오던 지역에 세워진 계획도시 신수도(新首都)의 공개일이었다.

당시 나는 요란뻑적지근한 행사가 한창이던 신수도의 팡파르 소리를 들을 수 있을 만큼 인접해 있던 구시가지의 허름한 카페에 앉아 있었다. 몹시 낡아서 문조차 제대로 열리지 않는 카페의 더러운 유리벽으로 내다본 구시가지의 거리는 멀리서 들려오는 시끌벅적한 소리가 비현실적으로 느껴질 정도로 한산했고, 이따금 쓰레기가 바람에 날려 이리저리 나뒹굴 뿐 살아 있는 생물의 거주지라고는 믿기 힘든 쓸쓸한 광경을 품고 있었다.

카페 천장에 아슬아슬하게 매달린 초기 보급형 입체 영상 텔레비전에서는 신수도의 개도식(開都式) 중계가 한창이었다. 고장 난 텔레비전 화면에 초점이 맞지 않는 색색의 영상 여러 개가 한꺼번에 불거져 있었다. 불쑥 그 화면을 가로막으며 카페의 주인이자 유일한 점원인 남자가 다가와 커피를 따라주었다. 탁한 액체가 잔 위로 넘쳐흐르고 나서야 커피포트를 거둔 그는 입가에 미소를 지은 채 아주 정중히 고개를 숙이고는 더듬더듬 카운터 뒤로 돌아갔다. 맹인인 그는 컵과 접시를 닦다가도 중요한 소식이 나올 때면 물을 뚝 잠그고 귀를 기울이곤 했는데, 아무도 그에게 텔레비전이 고장났다고도, 텔레비전을 고치라고도 말하지 않았다. 텔레비전은 손님이 아니라 그를 위한 것이었다.

"자넨 도대체 왜 이렇게 황량한 곳에서 사나? 같은 구시가지라도 개발된 곳은 얼마든지 있을 텐데 말이야."

나는 맞은편에 앉아 커피를 홀짝이는, 내 오랜 친구이자 소설가인 K에게 말했다. 그는 커피가 쓰다는 듯 얼굴을 찡그렸다.

"저런 데를 말하는 거야? 자넨 저게 도시라고 생각하나? 저건 그냥 기계일 뿐이야. 최신형 컴퓨터가 모든 것을 관리하고 심지어 사람마저 관리하는 거대한 첨단 기기일 뿐이지. 저 강철 어깨에 올라타지 못한 패자들이 충분히 부러운 눈으로 우러러볼 수 있을 만큼 아름다운 기계 숙주이자, 몰려든 기생물의 피를 마지막 한 방울까지 빨아내기 위해 자본가 계급이 창조한 최첨단의 거대한 역(逆)기생물이란 말이네. 기계에게 지배당하는 건 지금으로도 충분해. 나는 그 위에 자리까지 펴고 살고 싶은 생각은 없어."

"웬일로 작가다운 논평을 다 하는군. 근데 저기서 살라고 한 적은 없는 것 같은데."

"뭐, 조만간 어디든 마찬가지가 되겠지. 생각해봐. 수도라고? 저 조그맣고 흉물스러운 게? '그대 악명 높은 도시여, 혼란스러운 성이여!' 조금 있어보게. 번화한 구시가지까지 통합한다는 말이 나올 게 분명해—언제부터 우리가 '구' 자를 붙이게 된 거지? 저게 그 심장부가 되겠지. 기술에는 스스로 확장하려는 속성이 있는 법이야. 어둠이나 역병과 마찬가지로 말이네. 결국 도시는 확장될 거야……. 앞으로 우리는 방바닥까지 기판으로 깔린 집에서 기계를 주인 삼아 애완동물처럼 훈련받으며 살게 될 테지. 기계 없이는 도저히 살아갈 수 없는 나약한 기생물로의 위대한 전락을 위한 적응 훈련을 받으면서 말이야. 그리고 끝내 적응하지 못하는 가엾은 자들은 도태될 테고. 자네도 어서 이곳으로 피난 오는 게 좋을걸. 우리 같은 아날로그 잉여들은 저런 곳에서 살다간 금세 미쳐버리고 말 테니까."

"나까지 자네와 함께 구세대로 묶지 마. 그래도 난 꽤 잘 따라가는 편이라고."

나는 얼마 전 큰맘 먹고 구입한 새 카메라를 가방에서 조심스럽게 꺼내 들었다.

"이런 거 본 적 있나? 신형이야. G3에서 나온 '고르곤'이라는 건데, 자넨 아마 모르겠지. 자, 봐. 피사체를 자동으로 스캔해서 입체영상으로 현상해내는 거야. 그냥 아무 데나 찍기만 하면 된다는 말이네. 정말 대단하지 않아? 종종걸음으로 도망치는 톱스타의 옆구리만 찍어도 머리부터 발끝까지 전신을 온전히 현상할 수 있다고. 크기가 좀 크고 사용법이 복잡한 감은 있지만 뭐, 따지고 보면 그렇게……."

그때 마침 텔레비전에서 중간 광고가 나왔다. 이제 막 출시된 '발키리 9'이라는 이름의 최신식 소형 카메라의 선전이었다. 나긋나긋한 목소리가 버튼 하나로 입체 영상을 간단히 찍을 수 있다며 기존의 거대하고 무겁고 복잡한 카메라는 얼른 내버리라고 종용했다. 나는 화면을 멍하니 바라보다 스리슬쩍 카메라를 도로 집어넣었다. 그런 나를 보고 K가 유쾌하게 웃었다.

"기죽지 말게. 어차피 자네한테 그런 사진 기대하지도 않을 거 아냐?"

"젊은 애들한테 밀릴 수야 없으니까."

나는 적이 씁쓸해하며 말했다.

"너무 조급해하지 말라고. 첨단의 기술일수록 결함의 가능성은 더욱 커지는 법이야. 우주선을 봐. 저 최첨단 과학 기술의 정수인 우주선에다 일부러 고물 컴퓨터를 쓴다잖아?"

K는 창가 한쪽에 장식된 오래되고 뽀얗게 먼지가 앉은 싸구려 우주선 모형을 가리켰다.

텔레비전에서는 다시 개도식 중계가 이어졌다. 연합정부령 지방정부의 총통이 단상에 올라 연합정부의 출범 이래 유례가 없다는 지방정부의 신수도 개도에 대한 장황한 축사를 늘어놓기 시작했다. 그는 꽤 흥분해 있는 것 같았다.

"그리고 사실……."

K는 문득 말을 꺼내다 말고 잔을 들어 입으로 가져갔다. 나는 여느 때처럼 끈기 있게 지켜보며 그가 말을 잇기를 기다렸다.

"사실 저건 눈속임에 불과해."

"눈속임?"

그는 말을 해야 하나 말아야 하나 주저하는 것 같았다. 새삼 기가 찼다. 이 친구가 도대체 무슨 중대한 비밀을 말하려고 이러나? 오랫동안 그를 알아온 나는 그가 결국 말하리라는 것을 알았고, 그래서 기다렸다.

마침내 그가 입을 열었다.

"자네 저 기계 도시의 수주를 누가 맡았는지 알고 있나?"

"G3 말이야?"

"그래, G3 말이네. 그런데…… 공식적으로는 G3건설이 공사를 맡은 걸로 돼 있지만, 실은 글로벌제네시스그룹의 거의 모든 계열사가 총동원돼 총력을 기울인 끝에 탄생한 것이 바로 저 괴물이라는군."

'글로벌제네시스그룹(G3)'이라면 당시 언론으로부터 Z 총통 정부와의 유착에 관한 의혹이 끊임없이 거론되던 거대 기업이다.

"정부와 특정 재벌이 합작하여 만들어낸 도시라……. 그렇다면 눈속임이기는커녕 유착 의혹만 더 키운 셈이 아닌가?"

K는 한심하다는 얼굴로 나를 보았다.

"그게 아니야. 합작이 아니란 말일세. 저 수도는 실제로는 정부가 아니라 G3가 주도해 만든 거야. 자넨 아무것도 모르는군."

그가 덧붙였다.

"아무리 싸구려 가십지의 기자라지만 그래도 명색이 기자인데 어떻게 나보다 더 정보에 어두운지 모르겠어."

"말이 너무 심한걸."

나는 울컥해서 말했다.

"몹시 친절한 내가 호기심은 많으나 정치에는 무지하며 차라리 혐오하는 편을 택한 자네에게 자세히 설명해주지. 알다시피 첨단 수도의 건설은 총통이 선거 시절부터 내건, 그의 정치적 사활을 건 최대 공약이 아닌가? 그런데 그것이 실은 G3의 제안에 의해 오랫동안 치밀하게 준비돼온 계획이었다는 거야."

"이유가 뭐지?"

"그야 일단은 기업의 이권 때문이라고 생각할 수 있지 않을까? 막 태어난 첨단 도시의 인프라를 모조리 자기들 기술 기반의 플랫폼으로 채워 넣어 장기적으로 막대한 이익을 거둬들일 수 있으리라 생각한 거겠지."

"그렇다면 다른 기업들의 저항이 거셀 텐데."

"그래, 한데 그들은 현실적으로 그것이 불가능하다는 생각을 가지고 있었던 것 같아. 우선 하나의 도시를 온전히 탄생시킬 만한 막대한 자금력부터가 비현실적인 데다, 설사 그것이 가능하다 할지라도 기업의 명운을 걸 수밖에 없으니 위험 부담이 클 테니까. 아마 결국에는 복수의 유력 기업이 컨소시엄을 구성하게 될 거라고 생각했겠지. 그래도 이윤의 극대화를 추구해야 하는 그들로서는 핵심 사업만은 놓치고 싶지 않았을 테고. 그래서 지명 경쟁 입찰이 시작됐을 때 초반부터 심한 신경전이 벌어졌다고 해. 어때, 이쯤 되면 충분히 그림이 그려지지 않는가? 일각에서는 기업 간의 가격 담합 가능성을 점치며 우려의 시각을 보내는가 하면, 다른 한편에서는 정부와 관련이 있다는 의혹을 줄곧 받아온 G3의 운명적 낙찰을 호언하기도 했지.

그런데 바로 그 시점에서, 이 수도 개발만큼은 의혹으로부터 자유롭게 하겠다는 미명하에 정부가 입찰과 관련해 단 1퍼센트라도 부정의 대상이 될 가능성이 있는 요인이라면 철저히 통제하겠다는 강력한 입장을 표명한 거야. 그리고 거기에는 의외의 사항 또한 포함되어 있었네. 도시에 깔릴 플랫폼을 각 기업들 간의 협의를 통해 공동으로 표준화하겠다고 한 거지. 기업 간 과열 경쟁을 미연에 방지하겠다는 거였어. 재계는 물론 정계에서조차 의외라는 반응이 대부분이었다고 해. 무언가 다른 속셈이 있는 것 아니냐는 얘기도 심심찮게 나왔다는군. 여하튼 그로 인해 열기가 조금 식었던 것도 사실이야. 하지만 기업 간의 경쟁은 여전했어.

물론 더 이상 특정 기업에 절대적인 이권을 안겨줄 사업이 아니라는 걸 그들도 알았지만, 그래도 크게 무리한 가격만 아니라면 지방정부의 수도를 통째로 건설한다는 점에 여전히 큰 메리트가 있다고 믿었기 때문이지. 연합정부를 향한, 그 어떤 것보다 효과적일 수 있는 엄청난 홍보수단이 될 수도 있을 테고 말이야. 단번에 범연합적 대기업으로 도약할 수 있는 절호의 기회라고 생각한 거지.

그런데 막상 입찰에 들어가자 어이없는 일이 벌어지고 말았네. 입찰은 최저가 낙찰 방식으로 진행됐는데, 글쎄 G3가 누구도 상상 못 할 파격적인 입찰가를 제시한 거야. 모두를 충격에 빠뜨릴 만한, 아니 어리둥절하게 만들 만한 액수였다지. 나도 들은 건데, 당시 그 자리에 있었던 관계자에 의하면 그야말로 말도 안 되는 액수였다는군."

"그렇게 높은 입찰가를 써내고도 공사권을 따냈다는 건가?"

내 말에 K는 조용히 미소를 지었다.

"아니야, 그 반대야. G3가 써낸 액수는 거의 헐값에 가까웠어."

그제야 언젠가 신문에서 비슷한 내용의 기사를 읽은 기억이 났다. 하지만 그때는 정부에 관한 여느 뉴스들처럼 별 관심 없이 넘어갔던 것 같다. 기사도 어딘가 구멍이 숭숭 뚫린 듯 허술한 느낌이 들어서 문제의 심각성을 이해하기 힘들었다. 그런데 K의 입을 통해 불분명하게나마 그 내막을 듣고 나니 뒤늦게 의구심이 드는 것이었다.

"이유가 뭘까? G3라면 명실상부 지방정부령 최고의 기업인데, 뭐가 부족해서 그런 무리수를 둔 걸까?"

"이유야 나도 모르지. 하여간 정부와 G3의 밀약 의혹이 불거져 나올 수밖에 없는 상황이었어. 한데 생각해보면 그것도 이상하지. 설령 그게 사실이라고 해도, 그렇게 눈에 띄는 짓을 하지 않고도 다른 방법이 얼마든지 있었을 텐데 말이야. 뭐, 당연한 일이겠지만 불만을 가진 다른 기업들이 눈에 불을 켜고 덤벼들기 시작했다고 해. 그런데 정작 정부는 뭔가 착오가 있었다고 생각한 모양이야. 그들도 당혹스러워했지. G3가 써낸 금액이 정부가 당초 예상했던 최저가보다 터무니없이 낮았으니까. G3 측은 착오가 아니라고 설명했지만, 기어코 정부는 그 입찰을 무효화하고 얼마 후에 재입찰을 진행키로 했어.

그리고 몇 주 뒤 입찰이 새로 시작됐는데, 입찰가는 전체적으로 내려갈 수밖에 없었다지. 다른 기업들이 G3의 눈치를 보기 시작했으니까. 눈치를 보기는 G3도 마찬가지였다지만 말이야. 이전에 정부가 보인 의외의 반응에도 당황한 것 같고 말일세. 그럼에도 전에 보인 G3의 무모해 보이기까지 한 의지를 모두가 알고 있었기 때문인지 입찰은 전반적으로 김빠진 분위기가 되어버렸다는군. 더구나 뚜껑을 열어보니 두 번째에도 차이가 엄청났어. 정부 관계자들도 그제야 깨달았지. 착오가 아니었다는 걸 말이야. G3는 진심이었던 거야.

결국 정부는 G3를 선택했어. 당연한 결과겠지. G3라면 평가위원들도 이견이 없었을 테고. 다만 정부는 이 건에 관해 후에 있을지 모를 비난을 미연에 방지하고 다른 기업들의 불만도 누그러뜨릴 겸, 문제가 생길 경우 모든 책임을 G3에 묻겠다는 조항을 계약에 넣고 심지어는 언론을 통해 대대적으로 공개하기까지 했어. 아마 자네도 본 적이 있을 거야. 정부도 G3의 행태가 미심쩍기는 했던 모양이지. 하지만 막상 공사가 시작되자, G3는 최고의 자재와 기술, 인력만을 동원했다고 해. 줄곧 의혹을 제기하던 다른 기업들의 입을 콱 다물게 만들 정도로 말이야."

"아무리 생각해도 이해가 안 되는데. G3 정도 되는 기업이 왜 굳이 손해를 감수하면서까지 그런 걸까?"

"그거야 나도 모르지. 분명한 건 G3가 뭔가를 숨기고 있다는 거야. 그렇지 않겠나? 자네 말대로 G3 정도 되는 기업이 억지로 그래야만 했다면 필경 무슨 사정이 있는 거겠지."

"그래서 저게 눈속임이라는 거야?"

"뭐, 꼭 그 때문만은 아니야. 아까 말했듯이 이 모든 과정이 정부와 G3 간에 비밀리에 짠 대본대로 치밀하게 진행된 한 편의 대규모 연극이 아닐까 하는 의혹 또한 존재한다는 거야. 입찰에 관여한 관료 따위는 알 수도 없을 만큼 크고 은밀한 음모가 있는 것은 아닐까 한다는 거지."

나는 음모라는 말에 금세 직업적인 흥미가 동했다.

"누가 그런 얘기를 해준 거지?"

그러나 K는 대답하지 않고 가만히 미소만 지을 따름이었다.

나는 말이 없는 K의 어깨 너머로 시선을 던져, 여러 개의 상(像)으로 나뉜 채 어지러이 돌아가는 화면을 보았다. 막 테이프 커팅을 끝낸 지방정부의 총통과 G3의 젊은 회장이 악수를 나누고 있었다. 둘의 얼굴에는 어색하고 경직된 미소가 떠올라 있었고, 꽉 맞잡고 흔드는 손에는 흰 장갑이 끼워져 있었다. 그들은 마치 손에서 뿜어져 나오는 새하얀 빛을 눈부셔하는 것 같았다. 나는 실눈을 떠가며, 빨갛고 파랗고 푸른 빛깔의 상이 겹쳤다 흩어졌다 하여 형태를 제대로 분간하기 어려운 회장의 얼굴을 자세히 보려고 애썼다. K도 내 시선을 좇아 몸을 돌려 텔레비전을 보았다.

"그가 관련이 있을까?"

내가 물었다.

"그야 난들 알겠나. 그렇지만 뭐, G3의 특성상……."

K는 말을 흐렸다. 아마도 K가 말하는 G3의 특성이란 저 거대 기업의 총수인 C 회장을 가리키는 것일 터였다. 당시 G3의 회장 C는 채 쉰이 되지 않은 나이였는데, 열아홉 살 때 세운 '글로벌에볼루션일렉트릭(GEE)'이라는 작은 회사를 불과 30년 만에, 각 분야에서

가장 경쟁력 있다 평가받는 100여 개의 계열사를 거느린 지방정부령 최대의 기업 G3로 성장시킨 장본인이었다.

그리고 저 유명한 로고와 함께 G3 하면 제일 먼저 떠오르는 그룹의 전설적인 심벌이자, 짧은 시간에 그토록 큰 성공을 일궈낸 그의 최고 원동력으로 평가받는 것, 그것은 다름 아닌 회장 자신과 그가 지닌 카리스마였다. 그 기이하다고까지 할 만큼 강력한 카리스마와 G3의 짧은 생장 기간으로 인해 그룹의 계열사는 오랫동안 거의 완벽하게 그의 통제하에 놓여 있었다. 즉 K의 말은 그룹의 파격적, 아니 어찌 보면 파괴적이라 할 만한 그 선택도 결국은 회장의 의사에 따른 것이 아니겠느냐는 뜻이었을 것이다.

나는 화면에 크게 클로즈업되어 나타난 회장의 모습을 자세히 뜯어보았다. 비록 화면의 상태가 정상은 아니었으나, 그런 화면으로 보기에도 그는 매우 잘생긴 남자임에 틀림없었다. 거기에 더해진 훤칠한 키, 그리고 반듯한 이미지는 보는 사람으로 하여금 자칫 그를 잘 훈련된 재벌 2세 한량쯤으로 여기게 만들지 모른다. 그러나 사실 그는 수도 소재의 공학전문 고등교육기관에 재학 중이던 열아홉 살 때 친구에게 빌린 푼돈으로 개발한 프랙탈 구조 해독 및 전방위 응용 설계 프로그램인 '만델브로 E 타입(Mandelbrot 易 Type)'으로 파란을 일으키며 업계에 진출한 이래 승승장구하며 오직 자력으로만 그만큼의 지위까지 올랐다. 실제로 당시의 그는 기업 안팎으로 투사하는 자신의 이미지에 출중한 외모에다 감히 범접할 수 없는 천재라는 지적인 매력까지 부여함으로써 스스로 가공할 만한 위광을 만들어냈고, 그것을 효과적으로 활용해왔다는 평을 받고 있었다.

더구나 고아라는 이력이 그에게 비극적인 인상까지 더해주었다. 그와 꼭 닮았다고 전해지는 그의 아버지는 그가 아직 어릴 적에 일어난 죽은 자들의 소요 때 진압에 참가했던 군인으로, 작전 중에 순직했다고 한다. 그러나 여타의 유공자 가족들과 달리, 충분히는 아니어도 어쨌든 연금이 지급되었을 것임에도 불구하고 그의 어린 시절이 몹시 궁핍했다는 점을 들어 그의 아버지가 전장에서 죽은 것이 아니라 실은 유부녀와 바람을 피우다 그 소요의 혼란 속에서 정부의 남편에게 죽임을 당했다고, 다시 말해 얼굴값을 하고 죽었다고 말하는 이들도 더러 있었다. 그런 주장을 하는 이들은, 그의 어머니에 관해서는 세간에 알려진 바가 없음에도, 그가 난봉꾼의 실수로 생긴 아이에 불과하다고 더불어 주장하기까지 했다.

이쯤에서 G3와 C 회장에 대해 잘 모르는 오늘날의 젊은이들은 어째서 당시 사람들이 그런 추잡한 억측을 서슴지 않아가면서까지 저 출중한 인물을 악의적으로 깎아내리려 한 것이냐고 물을지 모른다. 사실 이유는 간단하다. 당시 지방정부의 총통이던 Z 때문이었다. 무능하다는 비난을 받은 전임 총통이 물러난 뒤 절대적 지지 속에 선출된 Z 총통은 당초의 기대에 부응하지 못하는 정책만을 줄곧 쏟아내어 국민들로부터 온갖 지탄과 조롱을 한 몸에 받았다. 그러한 연유로 Z 총통은 그것이 진실이든 거짓이든 간에 온갖 음모론에 휩싸이기 일쑤였고, 자연히 정부의 주요 사업권을 따낸 G3에도 비난의 화살이 날아들게 되었는데, 그 중심에 선 인물이 바로 C 회장이었던 것이다.

하지만 문제가 그것만은 아니었다.

이제 회장은 몸을 돌려 반대편에 서 있는 사람들과 악수를 나누었다. 그의 축 늘어진 다른 팔이 보였다. 악수를 하는 팔과 마찬가지로 손에 하얀 장갑을 낀 그 팔은, 비록 움직이고는 있었으나 심히 부자연스러워 보였다. 펄럭이는 긴 소매 아래로 간간이 드러나는 팔뚝의 윤곽은 비정상적으로 가늘었고, 팔은 흡사 고무 인형의 팔처럼 힘없이 흔들리고 있었다.

그의 왼쪽 팔은 태어나면서부터 기형이었다고 한다. 그가 처음 회사를 세워 소기의 성공을 거두었을 때, 약관도 채 되지 않은 나이가 역시 화제가 되어 그는 각종 언론에 오르내렸다. 그럴 때마다 그는 장애와 가난이라는 역경을 딛고 일어선 천재 소년 실업가로 묘사되곤 했는데, 언론을 통해 소개된 그의 장애는 실로 충격적인 것이었다. 의학적으로 그의 팔은 혈관이 모두 썩어 근육이 바짝 말라붙고 검게 괴사한 상태였다. 그런데 기이하게도 그 팔은, 다른 팔에 비하면 많이 느리고 제대로 쓸 수 없기는 해도 멀쩡히 움직였다. 끝내 의사들이 '원인 불명', '상태 불명'으로 확정 진단한 그의 팔은 장애를 가진 기업인의 불굴의 의지를 담은 감동 실화의 한 가지 소재로 활용되어 한동안 사람들의 눈시울을 붉게 했고, 그는 본의 아니게 신분 상승에의 헛된 희망을 서민들에게 불어넣는 역할까지 덩달아 담당하게 되었다.

그때까지만 해도 그에 대한 의혹 따위는 일절 없었던 것이 사실이다. 그러다 Z 총통 정권이 들어선 이래 G3가 부정과 비리의 온상으로 낙인찍힌 이후로는, 그 팔이 소요 때의 시체들의 몸을 연상케

한다는 이유로 그는 극심한 혐오의 대상으로 돌변하고 말았다. 그렇게 그는 단번에 공공의 적이자 불쾌한 공포의 기억을 몰고 온 역병의 신으로 전락해버렸던 것이다.

"이건 나도 들은 건데……."

K가 조심스럽게 말을 꺼냈다.

"저 도시의 건설에는 얼마 전 죽은 회장의 숙부가 관련돼 있다는 얘기가 있어."

회장의 숙부에 대해서는 나도 어느 정도 들어 알고 있었다. 얼마 전 숨을 거둔 그는 타의 추종을 불허하는 성대한 장례식의 주인공으로 큰 화제가 되었기 때문이다. 그러나 고인이 회장의 삼촌으로 알려지기는 했어도, 실제로 회장의 부친과 친형제였는지는 알려지지 않았다. 회장 본인도 묵묵부답으로 일관했으며, 다만 그의 숙부가 부모를 대신해 그를 키운 사람이라고만 알려져 있을 뿐이었다. 소요에 대한 공포의 기억이 아직 남아 있는 사람들에게 그토록 불길한, 어미에게 버림받을 정도로 기괴한 모양의 팔을 가진 그가 받아들여질 리는 만무했고, 유일하게 그를 데려다 키우겠다고 나선 이가 숙부로 알려진 그였다는 것이다. 그는 매스컴에 노출된 적이 한 번도 없을 만큼 실체가 드러나지 않아, 한때 회장이 만들어낸 허구의 인물이라는 소문까지 있을 정도였다. 결국 자신의 죽음으로써 의혹을 해소시켜주었지만.

"그리고 이 얘기는 다른 경로를 통해 들은 거네만, 나도 처음에는 믿지 못했네. 아니, 사실은 아직도 잘 모르겠어. 정말로 그런 일이 있었던 것인지……. 하긴 알려지지 않았다고 해서 크게 놀랄 일은 아니지. 역사적으로 큰 의미가 있는 사건이라고 할 수도 없을 테고 말이야. 아, 그러니까 내 말은, 그 사건 자체는 지금도 현대사에서 꽤 중요하게 다뤄지고 있지만, 아이러니하게도 그 원인이 된 사건을 들여다보자면 크게 희한한 일도 아니라는 거야. 충분히 극적이기는 하지만 말이야……."

"그 얘기는 어디서 들었는데?"

그는 내 말을 무시하고 계속 말했다.

"대단하다면 대단하다고도 할 수 있겠지. 저 역사적 인물의 탄생을 이끌어낸 사건이기도 하니까. 뭐, 그때 이미 한 여인의 배 속에 들어앉아 있는 상태이기는 했지만 말일세. 그러니까 내가 말하는 탄생이란 건……."

주요 대목의 앞머리를 지루하게 늘어뜨리는 것은 그의 고질이었다. 나는 그가 소설가로서 인기를 끌지 못하는 데는 다 이유가 있다고 생각하곤 했다.

"그러니까 그걸 어디서 들었느냐는 말이야."

"관심이 있는 건가?"

K의 표정이 사뭇 진지해졌다.

나는 약간 움츠러들어, 그렇다고 대답했다. 그것은 진심이었다. 그는 대관절 무슨 연유로 노인의 죽음과 첨단 도시의 건설 간에 모종의 관련이 있다고 주장하는 것일까?

K는 의미심장하게 웃으면서 말했다.

"자네가 호기심이 왕성하다는 건 잘 알고 있지. 나한테 인내심이 부족하다는 것도 잘 알고. 실은 말하고 싶어서 입이 근질근질하던 참이었어. 입단속만 잘할 자신이 있다면 들려주지."

그러나 그는 내 대답을 기다리지 않고 그냥 말하기 시작했다.

"내가 이곳으로 이사 오기 전, 아직 구시가지가 신시가지라 불리던 때의 일이네. 신수도 건설 계획이 슬슬 나오기 시작한 때였지."

신시가지

    신수도 건설 계획이 나온 지 채 하루도 되지 않았음에도 신시가지는 한껏 들떠 있었어. 정부의 공식적인 발표가 있었던 것도 아니고 불확실한 소문뿐이었는데도 말이지. 건조한 사막에 갑작스레 광풍이 몰아치듯 곳곳에서 잔치라도 벌어지는 것 같았다고나 할까. '신시가지'라는 이름을 갖고는 있었지만 눈 씻고 찾아봐도 새로 지은 건물이라고는 구경도 할 수 없는 그곳에서, 작고 낡은 건물의 소유주들이 하룻밤 새에 억만장자라도 된 양 얼큰히 취해 고래고래 떠들어대고 있었던 거야.

    물론 그게 나와는 상관없는 일이었다는 걸 자네는 잘 알 테지. 뭐, 냉정히 말하면 나는 허울만 소설가였을 뿐 줄곧 실업자와 다름없었으니까. 안타깝게도 소설가라는 타이틀은 내게 있어 일종의 명함에 지나지 않았으니 말이네. 지금도 다를 건 없지만.

가난한 부모님이 남겨주신 것도 없었고, 어차피 가진 게 하나도 없는 나는 그저 덤덤할 뿐이었어. 개발이 시작되면 하숙집에서 당장 쫓겨나야 할 처지였는데도 말이야. 세입자들에게도 두둑한 보상이 있을 거라고 기대하는 이들도 있었고, 보상을 받기는커녕 오랫동안 살아온 터전을 한순간에 잃게 될지 모른다고 생각한 이들도 많았지. 그들은 기대감과 불안감 속에서 부랴부랴 대책을 논의하기 시작했지만, 사실 나는 아무래도 상관없었어. 그곳에서의 생활이 지긋지긋하던 차라 차라리 잘됐다 싶었는지도 몰라.

그건 그렇고, 부모님은 내게 아무것도 남겨주신 게 없지만 부모님보다 오래 사신 외조부께서는 내게 시계 하나를 물려주셨지. 반세기는 족히 됐을 법한 오래된 회중시계였어. 소요 후에 외조부께서 잠시 공직 생활을 하셨다 들었는데, 이후로 그보다 나을 것 없는 생활을 하셨다는 점을 감안하면 그렇게 값나가는 물건이라고는 할 수 없을 거야. 하지만 정말이지 무척 아름다운 시계임은 틀림없었네. 다른 사람한테 보여준 적은 없는 것 같은데, 혹 자네가 언젠가 얼핏 봤을지도 모르겠어. 그렇다 해도 기억은 안 날 테니 우선 이 시계에 대해 간단히 설명을 해주겠네.

시계의 겉모양은 여느 회중시계와 다를 바가 없었어. 한 손으로 잡을 수 있는 크기의 납작하고 둥그런 모양이었지. 불룩한 뚜껑은 본래의 것이 유실되어 다시 만들어 붙인 것인지 싸구려 시계에서조차 흔히 볼 수 있는 조잡한 문양 하나 없이 매끈했는데, 꽤 오래전에 그리된 것인지 아니면 처음부터 그랬던 것인지 표면에 족히 시계의 나이는 됐을 법한 세월의 흔적이 고스란히 새겨져 있더군.

금박을 입힌 베젤은 본래 화려한 양각으로 장식돼 있었던 것 같지만 안타깝게도 내가 그걸 손에 넣었을 때는 이미 너무 닳아서 장식은 형태를 알아보기가 힘든 상태였고, 금박도 다 벗겨져서 거무죽죽한 쇳빛이 겉으로 드러나 있었지. 심지어 뒤판은 불에 탔는지 검게 그을려 있기까지 했어. 시계는 말 그대로 골동품 같은 모양새를 하고 있었네.

하나 다른 회중시계에 비해 유난히 볼록하게 솟은 유리판의 안쪽은 달랐어. 그 안에는 섬세하고 조밀하게 빚어진 또 다른 세계가 자리를 잡고 있었거든. 금빛과 은빛이 어우러진 고풍스럽고 아름다운 문자판에는 황도십이궁의 화려한 문양이 숫자를 대신하고 있었고, 중앙에 박힌 시곗바늘이 그 위를 돌면서 시간을 가리켰지. 각 바늘은 시위를 힘껏 잡아당기는 천사의 활에 메겨진 화살들이었는데, 화살 위에는 이런 문구가 새겨져 있었어.

'in remissionem peccatorum(죄의 용서를 위해)'

그 바깥으로 세 개의 판이 둘러싸고 있어서 제각기 인접한 판과 반대 방향으로 일정한 속도를 유지하면서 돌아갔네. 맨 바깥쪽 판에 정교하게 가공한 천연 자개를 부착해 만든 불타는 태양은 열두 시간 만에 반 바퀴를 돌아 하루가 지나면 제자리로 돌아오게끔 돼 있었어. 그 안쪽 판에 식각법으로 새겨진 달 문양은 주기에 따라 회전하며 실제 달의 여덟 가지 모양의 변화를 흉내 냈고 말이야. 그리고 가장 안쪽 판, 천사 모양의 시곗바늘 아래 위치한 지구는 바깥쪽에서 끊임없이 움직이는 태양과 달의 위치에 따라 조리개 같은 판이 열렸다 닫혔다 하여 자기 몸에 그림자를 만들고 지움으로

써 낮과 밤의 변화를 놀랍도록 섬세하게 재현했지. 그 복잡하고 세밀하며 화려한 문자판의 문양 사이사이에는 작은 부채꼴의 구멍까지 뚫려 있었어. 시계는 그 틈으로 안쪽의 숨겨진 광경을, 살점 아래 드러난 동물의 뼈 같은 톱니가 으르렁거리는 이를 맞물리며 돌아가는 광경을 똑똑히, 그러나 은밀하게 내보였어.

이렇게까지 얘기했으니 당연한 소리로 들릴 테지만, 그 시계를 보는 순간 나는 강렬한 인상을 받았고 단숨에 그것에 사로잡혔네. 금세 매혹되고 말았지. 하지만 단순히 시계의 모양이 화려했기 때문만은 아니었어. 굳이 이유를 말해야 한다면 이렇게 말하는 수밖에 없겠군. 그 시계의 드러난 내부를 들여다보고 있자면, 그러니까 흡사 조밀한 내장으로 가득 찬 작은 생물처럼 오묘하게 돌아가는 그 모습을 보고 있노라면, 화려한 외모를 가진 어떤 우아한 동물의 내부에서 끊임없이 운행하는 징그럽고 추악한 영혼과 욕망을 엿보는 것 같아 섬뜩하고 괴괴한 느낌이 들었기 때문이라고 말이야.

아마 일반적인 아름다움과는 본질적으로 다른 무언가가 내부에 존재하는 것처럼 생각되어 그 시계에 그토록 끌렸던 것 같아. 유리 안쪽의 작고 아름다운 세계에 담긴 추악한 사념 같은 것을 느꼈다고나 할까? 간절한 탐심과 그에 따른 좌절과 절망의 어두움, 그리고 거의 파괴적이랄 수 있을 자기혐오의 음울한 기운이 서린 기묘하고 사악한 아름다움을 나는 그것에서 느꼈던 거야. 맞아, 지금 생각해보면 그래. 그 시계에서 느껴지는 아름다움은 차라리 모종의 기괴함에 가까운 것이었는지도 몰라. 그 정밀하고 화려한 장식들도 실은 몰락한 가문의 저택이나 저주받은 성의 그것처럼 으스스한 패망의 아름다움이 감지되는 것이었으니까. 아마 그 점이 나를 사로잡았는지도 모르지…….

그런데 시계가 대체 무슨 상관이 있느냐고? 일단 잘 들어보게. 나는 결국 그 시계 얘기를 하는 셈이니까. 자네도 다 듣고 나면 내 말이 무슨 뜻인지 알게 될 거야.

한편 그 시계에는 시간을 조정하고 태엽을 감기 위한 측면의 용두 외에도 정수리 부분에 금줄을 거는 고리를 겸한, 잡아당겼다 밀어 넣었다 할 수 있는 펌프식의 용두가 하나 더 달려 있었어. 문제는 그거였네. 아까 말했듯이 시계의 유리판은 유달리 솟아 있었는데, 그게 실은 이유가 있었던 거야. 그 두 번째 용두를 비틀어 잡아당기면 시계 뒤쪽에 숨겨져 있던 또 다른 판이 볼록한 유리 안쪽을 타고 앞면으로 돌아 나오게 장치가 돼 있었던 거지. 그건 숨겨진 판이 평평한 하나의 판이 아니라 세로로 잘게 갈라지는 구조로 돼 있었기에 가능한 일이었어. 즉 상부의 용두를 잡아당기면 시계 뒤쪽에 오그라들어 있던 판이 앞으로 찰칵 돌아 나와 펼쳐지고, 누르면 다시 오그라져 뒤쪽으로 숨어드는 거야.

숨겨진 판에는 전체적으로 세밀한 문양이 새겨져 있었어. 잎사귀가 몇 장 남지 않은 가지가 뿔처럼 비죽배죽 얽힌 괴괴한 나무와, 그 가지에 앉은 불경한 생김새의 새, 그리고 그 뒤로 나지막하게 솟아 펼쳐진 산들의 모습이었지. 전체적인 톤이 어둡고 음울한 게 어딘가 음산한 느낌이 드는 풍경이더군. 판의 가장자리는 앞판과 마찬가지로 여러 개의 원형 판들이 맞물려 있는 듯했어. 용두 안쪽에 용수철 같은 게 들어 있어서 이미 당겨진 상태에서도 계속해서 잡아당길 수가 있었는데, 아마 그걸 당길 때마다 판들이 순차적으로 돌아가며 그림이 바뀌게 돼 있는 것 같더라고.

그런데 그 상태에서 용두를 손으로 뽑으면 판이 다시 갈라지면서 돌아가다가 뭔가에 걸린 듯 콱 멈춰버리고 마는 거야. 고장이 난 거였지. 하지만 그게 고장인지, 아니면 처음부터 불량이었는지는 나도 몰라. 외조부께서 그 시계를 무척 자랑스러워하셨던 것 같기는 해도 정작 시계 자체에 대해서는 잘 모르셨던 것 같고, 조심스레 다룬 것도 아닌 것 같은 데다, 임종하시며 내게 그걸 주었을 뿐 별다른 말씀도 없으셨으니까. 그러니 내가 고장인지 불량인지 알 도리가 있나. 나중에야 외조부의 지인에게서 들었지만 외조부께서 오랫동안 알고 지낸 실력 있는 시계공이 만든 물건이라고 주변에 누누이 자랑하셨다는군. 그 시계공은 실은 그전까지 시계를 한 번도 완성하지 못한 이로 평소에 장인을 꿈꾸던 사람이었는데, 심혈을 기울여 마침내 필생의 역작을 만들어내고는 안타깝게도 그만 소요 때 죽고 말았다는 거야. 자기가 만든 시계는 그 무참한 혼란 속에서도 살아남았는데 말이지.

다른 판의 모양이 궁금했지만 별다른 수가 없었어. 그냥 그런가 보다 하고 시계에 대한 관심을 서서히 잃어갈 뿐이었지. 딱히 고쳐야겠다는 생각도 없었고 말이야. 사실 요즘 시대에 그렇게 요란한 회중시계를 가지고 다닌다는 것도 부담스러운 일이잖은가? 그렇게 관리도 안 하고 대충 보관하다 보니 그나마 시간은 잘 맞던 시계가 아예 멈춘 걸 알지도 못했어. 나중에는 내가 그런 시계를 갖고 있다는 사실조차 까맣게 잊고 말았네.

그러던 어느 날이었어. 작가라는 신상에 걸맞은 생산적인 여가 시간이라도 보낼까 하는 생각에 도서관에 갔다가 거기서 흥미로운 걸 발견한 거야. 아마 성서와 관련된 책이었던 것 같은데, 그 책에서 눈에 익은 그림을 본 거지. 그게 뭔지 알겠나? 시계의 다른 판에 새겨진 그림이었네. 그래, 그거더군. 한데 책에 실린 사진으로 본 실제 그림의 인상은 시계의 그림을 처음 봤을 때 느낀 것과는 한참 거리가 있었어. 나는 시계 그림에서 음산하고 기괴하다는 인상을 받았는데, 사실 그 그림은 장엄하고 성스러운 천지창조의 한 장면을 묘사한 것이었으니 말이네. 암울하던 중세 유럽의 그림임에도 시계의 그림과는 분위기가 너무도 딴판이라 몹시 놀랐지. 그건 창조 닷새째의 장면으로, 아담과 이브가 창조되기 하루 전의 모습을 묘사하고 있었어. 그걸 보고야 나는 시계 뒤쪽에 숨겨진 판들이 무얼 담고 있는가를 알게 되었네. 아마도 천지창조의 일곱 날들이겠지. 용두를 잡아당기면 요일에 맞는 그림이 나오고, 계속해서 당기면 마지막 이레의 장면까지 하나씩 차례로 유리 아래 떠오르는 거야. 새삼 감탄이 나오더군. 정말로 대단한 예술품이지 않은가?

그러다 창조 마지막 날의 그림을 보았을 때, 나는 전율했네. 그건 자신이 창조한 세상의 만물이 광활하게 펼쳐진 가운데 그 모든 것을 굽어보는 신의 모습을 그린 장엄하기 그지없는 광경이었으니까. 그토록 웅장한 장면이 그 조그만 시계 속에도 들어 있으리라는 데 생각이 미치자 갑자기 그것이 미치도록 보고 싶어지더군. 알겠는가? 나는 그 작은 시계 속에 자신만의 암울한 세상을 빚어낸, 타락한 존재라는 의미에서 악마적이랄 수 있을 이 이단의 창조자가 묘사한 집약적 세상의 모습이 궁금해서 견딜 수가 없었던 거야. 그래서 그 시계를 반드시 수리하고 말겠다고 새삼 마음먹게 되었지.

그러나 쉽지가 않았어. 백방으로 수소문해 수많은 시계공들을 찾아다녀봤지만 하나같이 고개를 절레절레하더군. 시계 자체가 너무 오래된 골동품인 데다, 수제 시계는 부품을 구하기가 어려워서 고치기가 힘들다는 거였어. 뭐, 이건 지금 와서 든 생각인데, 혹 그 말이 그들의 핑계에 지나지 않았는지도 몰라. 사실 그 시계의 복잡한 구조를 이해하는 사람조차 없어 보였으니까. 개중 솔직한 어떤 이가 조심스럽게 말해주더군. 뒤판의 그림이 나오게 고치기는커녕 시간이 제대로 가게 만드는 것조차 어렵다고. 결국 나는 그걸 고치겠다는 의지를 꺾을 수밖에 없었네. 아니, 의지가 사그라졌다고 하는 편이 맞을 거야. '이게 대체 내게 무슨 의미가 있다고, 이거 하나 보겠다고 내가 지금 뭐 하는 짓인가' 하는 회의가 불쑥 들더라고. 나는 시계 고치기를 완전히 포기했어. 그리고 집착이 되살아나지 않게 그걸 깊숙한 곳에다 처박아두었지.

그런데 얼마 후에, 그러니까 다시금 시계의 존재를 잊어갈 무렵에, 근처의 시계공에게 손목시계를 고치러 갔다가 '환상의 시계 장인'이라 불리는 노인에 대해 듣게 된 거야. 그 노인은 시계공들 사이에서는 그야말로 전설과 같은 인물이랬어. 한데 전해지는 그 환상의 실력이 과연 실제인지, 아니 그 노인 자체가 실제로 존재하기는 하는 건지 오랫동안 의견이 분분하다는 거야. 그래서 자부심 강한 시계공들은 다소 허무맹랑한 구석이 있는 그의 존재에 대해 언급 자체를 꺼려왔는데, 62구역의 재개발 공사가 임박해지면서 그의 실체에 관한 이야기가 다시 퍼지고 있다고 했어. 그는 나를 보자 문득 그 시계 생각이 나서 얘기해주는 거라더군.

그의 말에 따르면 이랬네. 그 시계공은 아주 나이가 많은데, 소문에 의하면 백 살도 넘었다는 거야. 노인은 사람들의 왕래가 거의 없다시피 한 62구역의 아주 작은 집에 살고 있댔어. 1층은 작업실이고 노인은 2층에서 혼자 생활한다는군. 그 노인은 전자시계만 아니면 세상에 못 고치는 시계가 없다고 해. 유수의 시계 업체들조차 자기들이 고치지 못할 만큼 엉망이 된 고가의 시계가 있을 때면 그 노인을 찾을 정도라는 거야.

그런데 그가 덧붙이기를, 그 노인이 정작 환상의 시계 장인이라 불리는 데는 다른 이유가 있대. 노인의 공방이 아무런 간판도 없이 늘 문이 굳게 닫혀 있기 때문이라는 거였지. 용케 공방을 찾는다고 해도 그 앞에서 아무리 용을 써봤자 문을 열어주지 않는다는군. 아주 드물게 문을 열 때가 있는데, 그때에 한해서만 제한적으로 수리를 맡는다는 거였어. 그런데 이상한 건 그뿐만이 아니라고 했어. 운 좋게 겨우 안으로 들어가도 노인은 항상 커튼 뒤에 서서 이래라저래라 명령만 할 뿐 절대 모습을 드러내는 일이 없다는 거야. 수리가 끝난 시계를 찾으러 가서도 의뢰인이 어두운 실내를 더듬거려 자기가 맡긴 시계를 알아서 찾아 나와야 한다더군. 그리고 의뢰인이 밖으로 나오면 문은 다시 굳게 닫힌다는 거야.

이런 이야기를 들려주면서 그가 마지막으로 한 말은, 자기 생각으로는 아마 노인을 만날 가능성도 없을뿐더러 그가 고가의 시계만 취급하는 만큼 수리비도 만만치 않을 텐데 굳이 그런 수고를 감수하면서까지 골동품 시계를 고쳐야 하는 이유가 있느냐는 거였어. 내 사정을 잘 아는 그가 나름대로 생각해준답시고 한 말이었을 테지. 하지만 내게 굳이 노인에 대한 이야기를 들려준 저의는, 아마 자기도 시계를 다루는 것을 업으로 삼는 만큼 그 놀라운 시계가 온전히 돌아가는 것을 보고 싶다는 것 아니었을까? 어쨌든 나는 그 노인을 찾아가보기로 이미 결심한 상태였어. 시계도 시계지만 실은 이상하게 극적으로 행동하는 그 노인에 대한 소설가적 호기심이 더 컸다고나 할까. 시계까지 고칠 수 있다면야 더할 나위 없이 좋겠지만, 그러지 못한다고 해도 그 소문 무성한 인물을 한번 보고 나 올 작정이었지. 어쩌면 작품의 좋은 소재가 될지도 모르고 말이야. 나는 처박아뒀던 시계를 찾자마자 당장 집을 나섰네.

자네도 알다시피, 61구역에 살던 내가 그런 생각을 했다는 게 좀 우스운 것 같지만, 어쨌든 당시 62구역이라면 신시가지 중 가장 낙후된 지역으로 다들 가기를 꺼리던 곳 아닌가? 바로 인접한 지역에서조차 그곳으로 가는 마땅한 교통편이 없다는 점도 어딘가 꺼림칙했고 말이야. 당장 찾아가겠다고 다짐했지만 사실 좀 걱정이 되더라고. 그래도 어쩌겠나? 그길로 싸구려 가스총을 하나 구입하고는 택시를 잡아타고 그리로 갔지.

그러나 우려와 달리 62구역은 특별히 위험해 보이지는 않았어. 근처의 다른 낙후 지역과 딱히 다를 게 없었지. 유별나게 인적이 드물고, 모든 집의 문이 굳게 닫혀 있다는 점만 빼면 말이야. 이런 생각이 들더군. 어쩌면 그 생기 없이 스산한 풍경만 가진 거리의 존재가, 그러니까 발 디딜 틈도 없이 북적이며 쉬지 않고 돌아가는 대도시의 한가운데 그런 곳이 존재한다는 사실 자체가 도시인들에게는 비현실적인 괴담처럼 받아들여지는 것이 아닐까 하고 말이네. 그렇게 생각하니 뭐랄까, 약간 김빠지는 느낌이 들었어. 하기야 꼭 그런 이유 때문에 실망한 것만은 아니었지만 말이야.

그 거리의 분위기가 유별나기는 했지. 간간이 지나가는 사람들은 하나같이 평범해 보였는데 모두 나 같은 외지인인 듯하더군. 배낭을 멘 젊은이들이 대부분이었지. 아마 그 구역에 대한 소문을 듣고 모여든 당찬 모험가들 같았는데, 외려 그들 때문에 그 거리의 신비스러운 분위기가 퇴색되는 것 같더라고. 다시 말해 그 거리에 정작 주민으로 보이는 사람은 하나도 없더라는 거야. 그게 내가 실망한 이유였네. 내가 환상의 시계 장인에 대해 들었을 때 받았던 그 신비하고 미스터리한 인상이 실은 그가 가진 고유의 것이 아니라, 그 거리 전체의 특성이었다는 얘기가 되는 셈이니까.

나는 친절한 시계공 친구가 손수 그려준 약도를 들고 어둑해지는 거리를 가로질렀어. 사실 그도 그곳에 가본 적은 없었고, 약도는 그곳을 다녀갔다는 동료가 술기운에 무용담을 늘어놓으며 그린 것을 보고 자기도 술기운에 베껴 그린 것뿐이라고 했지만 말이야. 가면서 죽 보니 건물은 대부분 단층이었고, 간혹 이 층짜리 건물도 있었지만 그보다 높은 건물은 찾아볼 수가 없더군. 건물의 외양은 한 사람이 디자인해서 한 번에 찍어내 만든 것처럼 모두 똑같고 특색 없었어. 때문에 길 찾기가 여간 어려운 게 아니었지. 약도에 그려진 건물들이 실제 어떤 건물인지 도통 분간이 안 갔으니까. 그나마 띄엄띄엄 있는 상점의 촌스러운 간판들이 표지가 돼준 덕분에 목적지에 겨우 도착할 수가 있었어. 어둠에는 점점 가속도가 붙고, 거리의 인적은 더욱 뜸해질 무렵이었지.

노인의 집이자 공방으로 보이는 건물은 아주 작은 이 층 건물이었어. 사람이 사는 집이라고 하기에는 지나치리만치 온기가 없어 보이더군. 네모난 콘크리트 상자 같았다고나 할까. 아무 색도 칠하지 않은 외벽은 색이 바랜 잿빛이었고, 건물에 난 구멍이라고는 작은 나무 문이 달린 현관과 그 바로 위에 난, 겨우 사람 얼굴만 한 크기의 창문뿐이었지. 그 조그만 창문에 블라인드까지 쳐져 있으니 정말이지 죽어 있는 집처럼 보이더라고. 길을 헤매는 동안에 다소 식었던 호기심이 다시금 활활 타오르는 것을 느꼈네.

나는 약간 긴장한 채 문을 두드렸어. 대답이 없더군. 문은 안쪽에서 커다란 빗장이라도 질러놨는지 나무 문 특유의 헐거움도 없이 아주 굳게 닫혀 있는 것 같았어. 몇 차례 문을 더 두들겨봤지만 안에서는 기척조차 없었어. 나는 굴하지 않고 노인을 꼭 만나고 가겠다는 일념으로 궁상스레 문턱에 쪼그리고 앉아 기다렸지. 밤이 깊어갈 때까지 말이야.

그러다 끝내 피로와 굶주림에 지쳐 근처의 숙박 시설을 찾게 되었네. 우선 간단히 요기부터 하고 나서 어떻게 할까 생각할 요량이었지.

호텔—실은 여관에 가까웠네—식당에는 외지인으로 보이는 몇 사람이 나처럼 소문의 실상에 실망한 것인지, 아니면 음식에 실망한 것인지 잔뜩 풀이 죽은 채 식사를 하고 있더군. 음식은 가격에 비해 형편없었어. 카운터에는 못생긴 청년이 앉아 있었고. 식사를 마치고 계산을 하면서 청년에게 길 건너 건물의 공방에 대해 아느냐고 물어봤지. 그러자 청년은 누구보다 잘 안다는 듯이 한껏 거드름을 피우면서 말하더군.

"아마 하루 가지고는 안 될걸요? 제가 장담하는데 선생님이 앞으로 취하실 수 있는 행동은 둘 중 하나예요. 그냥 돌아가시든가, 아니면 관광이라도 오신 셈치고 몇 날 며칠을 기다리시든가요. 대부분 그래요. 마음 내킬 때만 영업하는 괴팍한 노인네거든요."

그러고는 또 말했어.

"어때요? 저 집의 동태를 수시로 살필 수 있는 명당자리를 내드리죠. 특별히 싸게 해드릴게요."

나는 고민할 것도 없이 방을 잡았어. 청년과는 이후로 몇 마디를 더 주고받았지. 나중에 안 사실이지만, 그곳에 있는 상점들은 낡고 초라한 외양과는 달리 대부분 생긴 지 그리 오래되지 않았고 전부 외지인이 운영하는 거라더군. 발 빠른 장사치들이 모종의 정보를 듣고서 우후죽순 개업한 지가 불과 10년도 되지 않았다는 거야. 상점의 종업원들 또한 전부 외지인이고 말이야. 거주민을 고용하는 경우는 없다고 했어. 그들이 일하기를 원한 적도 없었다지만 말이네. 거주민들은 꼭 필요한 경우가 아니면 집 안에 틀어박혀서 밖에는 나오지도 않는댔어.

그에 관해 흥미로운 이야기를 또 하나 들었지. 청년이 거기서 일한 지가 반년 가까이 되는데, 글쎄 거기 사는 사람들의 얼굴을 단한 번도 본 적이 없다는 거야. 간혹 외출한 주민이 외지인에게 목격되는 경우가 있기는 하지만 그럴 때면 어김없이 미라처럼 온몸을 꽁꽁 싸매고 있더라는 거였어. 한여름에도 두꺼운 옷을 껴입고서 말이지. 종업원 청년도 그 모습을 처음 봤을 때는 흠칫 놀랐다고 해. 난생처음 보는 광경에 등골이 오싹했다더군. 그는 그 마을이 혹시 지독한 병에 걸린 사람들이 모여 사는 곳은 아닐까 하는 생각까지 했대. 어디에도 그런 얘기가 없어서 현재는 아니라는 쪽으로 결론을 지었다지만.

청년의 얘기는 거기서 끝이었어. 그 이상의 관심은 가져본 적 없을 것 같은 그에게서 더 이상 들을 말은 없어 보였지. 나는 그만 내 방으로 올라가기로 했네.

아마 이쯤 되면 자네도 쉽게 예상할 테지만…… 방은 좋기는커녕 형편없었어. 몹시 지저분한 데다가 모양도 직사각형이 아닌 찌부러진 마름모꼴이어서 묘하게 사람 마음을 불편하게 만들더군. 더구나 그 끔찍한 음식을 매끼 먹어야 한다고 생각하니 뒤늦게 후회가 밀려들더라고. 하지만 창밖을 내다보는 순간 그런 후회는 말끔히 사라졌어. 청년의 말대로 노인의 집이 훤히 내다보였으니까. 나는 창가에 서서 잠시 노인의 집을 지켜봤네. 작은 창문은 어둡기만 하고 불빛 같은 건 보이지도 않더군. 얼마 뒤 도저히 참을 수 없는 피로감이 덮쳐 와 나는 더러운 침대에 몸을 누이고 잠을 청했지. 피곤해서였는지 오랜만에 참 달게도 잤어.

다음 날 문 두드리는 소리에 잠에서 깼네. 문을 열자 종업원 청년이 서 있더군. 그가 다급하게 말했어.

"창밖을 봐요!"

창가로 가서 블라인드를 올리자 빛이 쏟아져 들어왔어. 해가 벌써 중천에 떠 있었지. 화창한 낮인데도 거리에는 개미 새끼 한 마리 없더군. 그런데 놀랍게도, 노인의 집 앞에서 몇 명의 사내가 서성이고 있더라고. 그들은 모두 말끔한 양복 차림이었는데, 머리 모양마저 똑같아서 꼭 하나의 기계에서 찍혀 나온 듯한 인상이었어.

"봐요, 대기업에서 온 사람들이에요!"

청년은 부러 꾸민 티가 확 나게 짐짓 흥미진진한 척 말하고는 내 눈치를 살피는 듯했어. 그의 기대에 부응하고자 나 역시 무척 흥미롭다는 투로 물었지.

"무슨 일로 온 걸까?"

"아마 자기들이 못 고치는 고급 시계를 가져왔거나 아니면 임원들이 찰 최고급 수제품 시계를 주문하러 왔겠죠. 근데 다른 때하고는…… 음, 좀 다른 것 같기도 하네요."

"노인이 직접 시계를 만들기도 하나?"

나는 노인이 수리만 맡는 줄 알고 있던 터라 물었어.

그러자 청년은 "글쎄요, 만든다는 얘기도 있었지만……" 하고 자신 없게 말하더군.

남자들은 교대해가며 문을 두드렸는데, 아무 반응도 없는지 당황하는 눈치였어. 그들은 뭔가를 심각하게 의논하는 것 같았어.

"보세요, 아무리 대기업 사람들이라고 해도 저 노인네가 쉽게 들일 리가 없죠. 저 사람들 별수 없으니 아마 이쪽으로 올 거예요. 대개 그래요."

청년은 즐거운지 흥얼거렸지만, 그럴수록 나는 걱정스러워지더군. 그래서 물었지.

"내가 방을 비워주어야 할까?"

청년은 깜짝 놀라 손사래를 쳤어.

"그럴 리가요! 좋은 방은 많아요!"

그러나 그의 예상은 보기 좋게 빗나가고 말았어. 노인이 그들에게 문을 열어준 거야. 남자들은 장난감 병정처럼 일렬로 줄을 맞춰 줄줄이 좁은 문 안으로 들어가더군. 나는 벌떡 일어나 노인의 집으로 쏜살같이 달려갔지. 하지만 문은 이미 닫힌 뒤였어. 문을 두드리자 한참 뒤에 남자 하나가 나왔는데, 조금 전에 본 무리 중 한 명인 것 같았어.

"무슨 일이죠?"

그는 자기가 집주인이라도 되는 양 말하더군.

"장인에게 볼일이 있어서요."

"지금 바쁘신데요. 다음에 오시죠."

"댁들 여기 하루 종일 있을 겁니까?"

"뭐요?"

"며칠이나 기다렸는데 오늘 장인이 계시다는 걸 알았으니 나도 일을 맡기려고요. 그쪽 다음에 제가 하지요."

"우리가 언제까지 있을 줄 알고요?"

"내 방이 저기입니다."

나는 손가락으로 내 방 창문을 가리켰지.

"저기서 계속 지켜보고 있다가 그쪽 일이 끝나면 오도록 하죠. 나도 바쁜 사람입니다."

그는 나를 위아래로 훑어봤어.

"그래서요?"

"이봐요, 거짓말할 생각일랑 마요. 나도 장인을 만나야 하니까. 어쨌든 그렇게 전해주기나 해요."

그는 당혹스러운 얼굴이었어. 그때 안에서 다른 남자가 나오더군.

"시계 맡기러 오신 겁니까?"

나는 내 시계를 꺼내 그에게 보여줬지. 그도 그쪽 방면에 지식이 있는 사람인지 관심 있게 들여다보는 것 같더라고. 그는 내게 시계를 돌려주면서 말했어.

"잠깐 기다리십시오."

그는 들어가면서 문을 조금 열어두었어. 안쪽에서 몹시 역하면서도 어쩐지 달착지근한, 괴이한 악취가 풍겨 나오더군. 문 앞에 서 있던 남자의 얼굴이 구겨지는 게 보였어. 잠시 뒤에 남자가 나와서 말했지.

"오늘 장인께서 피곤하시다는군요. 내일 다시 오시면 안 되겠느냐고 하십니다."

"내일은 문을 여신답니까?"

"그러실 겁니다."

"안 열면요?"

"제가 보증하죠."

"당신이 누군데요?"

두 남자는 서로의 얼굴을 쳐다봤어. 잠깐 주저하다가 한 남자가 말했어.

"우리는 G3에서 나온 사람들입니다."

그는 그렇게만 말하더군.

'그래서 어쩌라고?' 하고 나는 생각했지만 뭐, 더 이상 따져봤자 내게 무슨 이득이 있겠는가? 그들의 말이 정말인지 아닌지는 몰라도 어쨌든 노인이 그렇게 말했다고 하니 따르는 수밖에. 나는 알겠다고 하고 호텔로 돌아왔네.

방으로 돌아오니 청년은 할 일이 없는지 아직도 거기에 있었는데, 창문으로 쭉 지켜봤는지 내게 이것저것 물었어.

"저 사람들, 여기 올 것 같아요?"

"아니, 그냥 갈 것 같던데."

그는 실망하는 기색이었어. 그런데 내가 그들이 G3의 직원들이라고 하자 몹시 흥분하더군. 자기 꿈이 G3에 들어가는 거라나? 그는 이런 말을 했어.

"이 근방을 헤매는 젊은 사람들 보셨죠? 그 사람들이 시간이 남아돌거나 방랑벽이 있어서 그러는 게 아녜요. 이상하게 들리겠지만 실은 스펙을 쌓으려고 그러는 거예요. 언제부턴가 여기가 G3와 모종의 관계가 있다는 얘기가 돌기 시작했거든요. 그 사람들 입장에서야 지푸라기라도 잡는 심정으로 그러는 거겠지만, 하여간 이 거리와 마을에서의 경험이 비공식적이면서도 가장 중요한 입사 자격 요건이 된다는 근거 모를 소문이 나돌면서 이 황폐한 곳이 은근히 관광지 비슷하게 변모한 거라고요."

그의 말에 의하면 그런 소문이 나온 시점이 G3가 지방정부령 최대 기업으로 자리매김한 10년 전쯤이라는 거야. 그곳의 상점들도 돈이 되겠다 싶었는지 그 무렵에 거의 한꺼번에 생기다시피 했다는 군. 하지만 그 모종의 관계가 무엇인지 아는 사람은 한 명도 보지 못했다고 했어. 실체가 없는, 말 그대로 소문일 뿐이라는 거였지. 그래서 정작 거기서 일하는 사람들은 그런 소문 따위는 믿지 않는다더군. 또 그는 62구역의 한가운데 위치한 건물의 소유주인 노인이 평소에 재개발에 대해 반대 의사를 표명해왔다는, 소위 '알박기'를 예고해왔다는 소문이 있는 만큼 G3에서 그를 설득하러, 혹은 협상하러 온 것인지 모른다는 얘기도 들려줬어. 그게 G3였는지는 몰라도 최근 들어 대기업에서 나온 듯이 보이는 사람들이 그의 집을 뻔질나게 드나드는 장면이 목격되었는데, 시계 때문이 아니라 그 때문일지도 모른다는 얘기였지. 꽤 흥미로운 이야기였지만 당시 나는 시계와 환상의 시계 장인으로서의 노인에게만 정신이 팔려 있던 터라 그냥 흘려듣고 말았네.

형편없는 늦은 식사를 하고서 천천히 동네 구경이나 하기로 했지. 꽤 오래 걸었지만 역시나 볼거리라고는 전혀 없더군. 그날도 딱히 주민으로 보이는 사람은 볼 수 없었어. 다만 여자인지 남자인지, 젊은이인지 늙은이인지 모를 어떤 사람이 외투를 몇 겹이나 뒤집어쓰고서 비척비척 걸어가는 걸 보기는 했지. 청년이 해준 이야기를 생각하면 그 사람이 바로 주민이었는지도 몰라. 하나 곧장 건물 안으로 들어가버렸기 때문에 말을 걸어볼 틈도 없었어. 이후로는 주민도, 주민일 듯싶은 사람도 보지 못했어.

반복되는 단조로운 풍경에 질려 그만 호텔로 돌아가자고 마음먹었을 때였네. 묘한 광경을 목격하고 말았지. 식료품점의 트럭이 집집마다 돌면서 똑같은 모양의 상자를 배달하는 걸 본 거야. 이상한 점은, 배달원들이 커다란 상자를 문 앞에 그냥 내려놓고는 바로 차에 올라타 다음 집으로 향한다는 거였어. 무슨 꺼림칙한 일이라도 하는 양 상자를 내려놓기가 무섭게 차로 달려가더군. 몹쓸 호기심이 동해서 나는 급기야 트럭을 쫓아다니게 되었네. 집집마다 정차하느라 트럭이 좀체 속도를 내지 못했기에 가능한 일이었어. 그렇게 쭉 따라가면서 지켜보니 모든 배달을 그런 식으로 하더라고.

그런데 더 이상한 게 뭐였는지 아나? 상자가 배달되고 나서도 집에서 누구 하나 그걸 가지러 나오는 사람이 없더라는 거야. 어느 집이든 마찬가지였지. 기묘하다면 기묘한 광경이었어. 어떤 은밀한 사제들이 대답 없는 무덤에다 불경한 공물이라도 바치는 것처럼 보였다고나 할까?

도대체 무슨 일을 벌이는 건지 궁금해서 견딜 수가 없더군. 결국 날이 어둑해질 무렵 배달을 끝마치고 식료품점으로 들어가는 남자 하나를 붙잡고서 다짜고짜 물어봤지―나는 걷고 달려서 거기까지 쫓아갔네. 불현듯 어둠 속에서 뛰쳐나와 자기 팔을 붙들고 헐떡이는 나를 보고 남자는 꽥 비명을 지르며 소스라치더군.

그를 안심시키는 데는 조금 시간이 걸렸어. 그를 따라 가게 안으로 들어간 나는 소설가라고 나를 소개하고 작품을 위해서 취재하는 중이라고 밝혔지. 그는 내가 무슨 책을 썼는지 물었는데, 말해봤자 모를 게 분명했기에 대충 제목만 들으면 어느 정도는 알 만한― 하지만 그가 읽지는 않았을 듯한―책의 제목을 말해주고는 다시 배달에 관해 물었네. 한데 그의 대답은 실망스럽기 짝이 없었어.

"그야 나도 모르죠. 여기 사람들은 밖으로 나오길 꺼려요. 필요한 게 있으면 전화로 주문해서 배달시키는 경우가 대부분이죠."

"그럼 왜 문밖에다 내려놓고만 가는 겁니까? 뭐라고 안 그래요?"

"뭐라고 하긴요. 방금 말했잖아요. 밖으로 나오길 꺼린다고. 그 사람들은 문을 열려고도 하지 않는걸요."

그는 슬슬 내가 귀찮아지는 눈치였어. 내 말을 받아준 걸 후회하는 것 같더라고.

"하나만 더 물을게요. 오늘 배달한 물건이 뭔지 좀 알 수 있을까요? 다 같은 걸로 보이던데……."

"뭐요? 상자가 똑같으니 같아 보이는 게 당연한 거 아녜요?"

"하지만 크기도 같고……."

그는 잠깐 고민하는 것 같았어. 그러다 별 문제 없을 거라고 생각했는지 말해주더군.

"사료예요."

"사료요? 무슨 사료요?"

"네? 그야…… 가축 사료죠."

"전부 말입니까?"

"아, 그렇다니까요."

"그럼 여기 사람들이…… 동물 사료를 먹는다는 건가요?"

그는 미친놈 보듯이 나를 보더군. 그리고 실제로도 이렇게 말했어.

"미쳤어요?"

그 뒤에는 이런 말도 덧붙였지.

"소설가라는 거, 거짓말이죠?"

나는 대충 얼버무리고는 아무거나 하나 대충 사 들고 나왔어. 그런데 웬걸, 문득 손에 든 걸 보니 공교롭게도 고양이 사료더라고. 그제야 계산대에서 그가 보인 극에 달한 혐오의 표정이 이해가 가더군. 그는 내가 먹으려고 그걸 사는 줄 알았을 거야.

마침 호텔 청년이 고양이를 키운다기에 그걸 줬지. 내 얘기에 그는 흥미롭다는 반응을 보였어.

"그러고 보니 여기서 잠시 배달 일을 한 친구한테서 이상한 얘기를 들었어요. 어느 날은 배달하러 간 집의 문이 웬일인지 열려 있더래요. 이제 어느 정도 아시겠지만 여기서 그런 일은 좀체 없거든요. 그 친구는 이상하다고 생각하면서도 마침 배달 문제 때문에 사장님한테 욕먹은 것도 있고 해서 제 딴에는 직접 전달해주려고 했나봐요. 잘됐다 싶어서, 그래도 함부로 들어가지는 않고 문을 두들겨서 주인을 불렀는데, 어두운 안쪽에서 희미한 형체로 보이는 뭔가가 나타나는가 싶더니 황급히 문을 콱 닫아버리더래요. 물건도 받지 않고 말이에요. 그런데……."

그는 뭔가 중요한 사실을 말하려는 것처럼 잔뜩 뜸을 들이다가 말했어.

"냄새가 났다고 했어요."

"냄새?"

순간 노인의 집 앞에서 맡았던 역한 냄새가 떠오르더군.

"그래요, 그 잠깐 사이에 참기 힘든 악취를 맡았다고 했어요. 쉰내 같기도 하고 썩는 내 같기도 한 게, 뭐라 말로 표현할 수 없는 냄새였다나요? 더구나 문이 닫히는 순간 문틈으로 보인 건…… 사람 손 같지가 않았대요."

"사람 손이 아니었다……."

"뭔지는 몰라도 아무튼 아닌 것 같았대요. 안쪽이 너무 어두워서 잘못 본 걸 수도 있겠지만 좌우간 그때는 너무 놀라서 심장이 멎는 것 같았다더라고요. 그 뒤로 그 친구는 일을 그만두고 부랴부랴 여기를 떠났어요. 무슨 대단한 전염병이라도 나도는 게 분명하다면서요. 겁에 질려서 도망치듯 떠났죠. 뭐, 제 생각은 조금 다르지만요."

"자네 생각은 어떤데?"

"제 생각에는요, 아무래도 여기 사람들이 비밀리에 가축 사업을 벌이는 게 아닌가 싶어요."

"왜 가축 사업 같은 걸 비밀리에 해야 하지?"

"글쎄요, 세금 문제일 수도 있고, 어쩌면 금지된 종일지도 모르죠. 불법인 거요. 예를 들면 천연기념물이라든가……. 그렇잖아요? 동물 사료를 그렇게 사들이는 데 그 이유 말고 뭐가 있겠어요? 그렇게 꽁꽁 문을 걸어 잠그고 동물을 키우니 지독한 악취가 날 수밖에요. 사실 저 은둔자 같은 사람들이 뭘 해서 먹고사는지도 의문이거든요."

"그럼 자네 친구가 말한 손은 어찌된 거고?"

"아마 잘못 본 거겠죠. 자기는 아니라고 하지만 지독한 악취가 풍겨나는 어두운 실내를 들여다보면서 이미 이런저런 상상을 하고 있었을 게 뻔해요. 바로 그때 축사 일을 하던 주인이 문이 열려 있

48

다는 걸 알고는 작업복 차림으로 달려 나왔을지도 모르는 일이고요. 겁에 잔뜩 질려서는 장갑 낀 손을 잘못 봤을 수도 있잖아요? 그리고 이건 제 생각인데요, 주민들의 기이한 행태도 그와 관련이 있을지 몰라요. 동물에게서 옮은 인축 공통 전염병 때문에 몸에 수포같은 게 생겨서 그렇게 꽁꽁 싸매고 다니는 건지도 모르잖아요. 뭐, 그러면 결국 전염병이 맞긴 하겠네요. 아, 저는 어디까지나 가능성을 얘기해본 거예요."

황당한 구석이 있기는 해도 그의 말도 일리가 있었어. 그 청년을 다시 보게 됐지. 꽤 재미난 상상력이었으니까. 소설로 쓰면 재밌겠다는 생각도 들더군. 나는 대충 맞장구를 쳐주고는 식사를 주문했네. 이틀이나 먹었더니 미각이 적응이 돼서인지 마비가 돼서인지 아니면 허기가 져서인지 영 못 먹을 정도는 아니더라고.

식사를 마친 후 방으로 돌아가 건너편 집의 동향을 살폈어. 문득 그 안에 정말 사람이 살기는 하는 건가 의심이 들더군. 집은 정말이지 차갑게 식은 폐허처럼 보였거든.

다음 날 늦은 아침을 먹자마자 노인의 집으로 갔네. 근데 문이 열려 있더라고. 나는 노인이 약속을 지키려는 게 틀림없다고 생각하며 내심 기뻐했지. 나를 위해 문을 열어둔 거라고 생각했거든.

안으로 들어가자 예의 그 악취가 진동했어. 머리가 어쩔할 정도였지. 마침 막 식사를 마친 터라 구역질이 나는 걸 가까스로 참았어. 집 안은 굉장히 어두웠는데 전등 하나 달려 있지 않은 것 같더군. 후각이 어느 정도 마비됐을 무렵, 시각도 어둠에 차차 익숙해져

비로소 내부가 조금씩 보이기 시작했어. 안쪽으로 낡은 소파가 하나 있고, 그 옆으로 작업대인 듯한 기다란 나무 책상이 놓여 있는 게 보였지. 작업대 위에 갖가지 공구와 부품이 어지러이 널려 있는 것도 어렴풋이 보였어. 그리고 어둠 속에 간간이 고풍스러운 형체를 희미하게 드러내는 가구들이 있었는데, 소문 속 노인만큼이나 나이를 먹었을 것 같더군. 한 가지 의외였던 건, 지독한 냄새와 달리 집 안은 제법 깔끔하게 정리돼 있다는 거였지.

인기척이 느껴지지 않기에 나는 "계십니까?" 하고 허공에 대고 불러봤어. 집의 가장 안쪽에 위층으로 연결된 계단이 있고, 그 앞으로 벽돌을 쌓아 세운 네모난 작은 벽이 있었지. 위층의 창을 통해 새어드는 것인지 그나마 그곳의 희미한 빛이 주위 사물들을 어슴푸레 밝히고 있더군. 그 초라한 벽 너머로 보이는 공간에 식탁이 놓여 있는 게 언뜻 보였네. 벽에는 좁다란 사각형 구멍이 나 있고 거기다 커튼을 달아놓았는데, 아마 옆으로 쑥 들어간 곳에 있을 부엌에서 음식을 나르기 위해 낸 구멍인 것 같았어. 내가 다시 한 번 "계십니까?" 하고 부르자 커튼 너머로 슬며시 희미한 그림자가 떠올랐어.

잠시 뒤 벽 뒤에서 알아들을 수 없는 말소리가 들려왔어. 죽어가는 남자가 낼 법한 목소리였지. 이승에 속한 게 아닌 것 같은 그 음침한 음성을 들으니 별안간 오싹해지더군. 목소리는 끊어질 듯 말 듯 위태로이 흘러나왔어. 얼마간 그렇게 형체 없이 파편만 남은 것처럼 의미를 파악할 수 없던 소리가 차츰차츰 형태를 갖춰가더니, 이윽고 내가 알아들을 수 있을 정도가 되었지.

"……계를 고친다는 분이오?"

질문으로 보아 환상의 시계 장인이 그 소름 끼치는 음성의 주인인 것 같았어. 드디어 그를 만났다고 생각하자 방금 전의 오싹함도 사라지고 굉장한 흥분이 밀려들더라고.

"그렇습니다."

나는 다소 긴장한 채 내 소개를 했지. 그런데 뒤이은 노인의 말은 의외였어.

"미안하지만 다른 사람에게 맡기지 않겠소?"

내가 당황해서 그 이유를 묻자 그가 말했어.

"나는 너무 늙었소. 시계 하나 고치기가 이제는 힘에 부쳐……. 정말 미안하오."

나는 절대 그럴 수 없다고 완강히 버텼어. 떼쓰듯이 말이야. 노인이 어째서냐고 묻더군. 그가 보기에도 내 태도가 좀 억지스러운 데가 있었나 봐. 사연이 궁금할 정도로 말이지.

"이건 아주 희귀한 시계입니다. 다들 못 고친다고 하더군요. 장인께서는 어떤 시계든 고치실 수 있다고 들었습니다. 제발 부탁 좀 드리겠습니다."

그림자는 잠시 말이 없었어. 고민하는 것 같았지. 마침내 그가 말했어.

"소중한 물건인가 보구려. 그러면 거기, 책상 위에 조그만 철판이 있소. 거기에 시계를 올려보시겠소?"

나는 그의 말대로 접시 모양의 철판 위에 시계를 올려놨어. 철판이 천천히 공중으로 떠올라 허공을 타고 미끄러지는 걸 보고 기겁

했지. 자세히 보니 천장으로 이어진 와이어를 타고 식당으로 가게 끔 장치가 돼 있는 것 같더라고. 철판은 노인의 목소리만큼이나 위태롭게 흔들리고 삐걱대면서 날아가 커튼 안으로 조용히 빨려 들어갔어.

"거기 잠깐 앉아 계시겠소? 소파나 의자 어디든 상관없소."

노인이 친절하게 배려해주었지만, 당시 나는 솔직히 집 안에 진동하는 썩은 내 때문에 가구에 몸을 접촉하기가 꺼려졌어. 청년이 말한 가당찮은 가설도 자꾸만 생각나고, 왠지 불결한 뭔가가 있을 것만 같았거든. 착각인지는 몰라도 악취에 소독약 냄새가 섞여서 나는 것도 같았는데, 유황 내 비슷한 게 꼭 축사에서 쓰는 종류 같더라고. 어찌나 찜찜하던지……. 그렇다고 멀뚱히 서 있는 것도 실례일 것 같아서 근처의 간이 의자를 끌어다가 억지로 앉았지. 한쪽 엉덩이만 살짝 걸치고서 기우뚱하게 말이야.

노인이 시계를 살피기 위해 불을 켰는지 커튼 위 그림자가 아까보다 분명해지더군. 하지만 어둠과 친숙한 노인에게 그렇게 밝은 빛은 필요치 않은 것 같았어. 어둠은 아주 조금만 밝혀질 뿐이었지.

적막이 흘렀네. 으레 그런 상황이면 시계 소리만 커다랗게 들리게 마련인데, 시계를 취급하는 공방임에도 작동하는 시계가 하나도 없는지 아무 소리도 안 나더군. 그 동네에는 개도 한 마리 없는지—그런 일이 가능할까?—개 짖는 소리조차 들리지 않았어. 정말이지 난생처음 느껴보는 완전한 침묵이었지. 어둠 속에서 그러고 있자니 내가 꿈을 꾸는 건지 깨어 있는 건지조차 불확실해지는 것 같았어. 내 각성을 증명해주는 건 다름 아닌 그 기이한 악취에 의

한 후각신경의 자극과 그에 따른 혐오감뿐이었지.

오랜 시간이 흐른 뒤에—그저 내가 그렇게 느꼈던 것뿐인지도 몰라—벽 뒤에서 목소리가 흘러나왔어.

"이걸…… 어디서 났소?"

본래 불안정했다는 걸 감안하더라도 목소리는 심하게 떨리는 것 같았어. 그는 그 시계를 알고 있는 것 같았어. 일순 그가 내 조부와 어떤 관련이 있는 것은 아닐까 하는, 개연성 부족한 몹쓸 상상력이 발동되더군. 하지만 그걸 오로지 내 왕성한, 동시에 부실한 상상력 탓으로만 돌린다고 해도, 줄곧 의문스러웠던 시계의 출처도 그렇고 어쩐지 예사롭지 않은 예감이 드는 것은 어쩔 수가 없었지. 나는 어떻게 말해야 할까 고민하다 그냥 솔직히 말하기로 했어.

"외조부의 유품입니다."

"조부라……. 조부가 혹시…… 군에 계셨소?"

"직업 군인 생활을 하셨는지는 모르겠습니다만…… 전에 공직 생활을 하신 적이 있다고는 들었습니다."

"이곳에서 근무하셨소?"

"주로 그러신 걸로 알고 있습니다. 하지만 오래 하지는 않으신 걸로 압니다."

이런 대화를 나누면서, 나는 혹시 그 노인이 외조부의 동료가 아니었을까 생각해봤어. 외조부가 소요 무렵에 군복무를 하셨는지도 모를 일이고 말이야. 더 나아가 어쩌면 그 노인이 시계를 만든 건 아닐까 하는 생각도 들었지. 그렇지만 조부께서는 그가 그 난리 통에 죽었다고 하셨으니 말이야. 이런저런 상상을 하고 있었지만 확실한 건 없었어. 내가 아는 건 그저 조부께서 소요 이후 도시의 재건 계획과 정비에 관련된 기관에서 잠시 근무하셨다는 것뿐이니까.

그런데 이상한 일이 벌어졌어. 아니, 놀라웠다고 해야 할까? 전혀 예상치 못했던 일이라 소름이 끼칠 만큼 섬뜩하더라고. 글쎄, 다 죽어가는 것 같던 노인이 돌연 껄껄대며 미친 듯이 웃어대기 시작한 거야. 순간 내가 잘못 들었나 싶었지. 한데 커튼 위로 비친 그림자 또한 부자연스럽게 흔들리고 있더라고. 나는 불안해져서 물었어.

"왜 그러십니까? 어디 불편하십니까?"

하지만 노인은 명백히 웃고 있었어. 그는 억지로 웃음을 참는 것 같더군.

"……아니오. 시계를 고쳐주리다. 최고로 고쳐주지……. 모레쯤 찾으러 오시겠소?"

하지만 더 이상 시계를 고치는 게 문제가 아니었어. 노인이 시계를 알고 있는 게 분명해 보였으니까. 알고 있는 정도가 아니라 분명 무슨 사연이 있는 것 같더라고. 나는 궁금해서 견딜 수가 없었어. 그래서 단도직입적으로 물었지.

"어르신, 전에 그 시계를 본 적이 있으십니까?"

노인은 한참 뒤에야 대답했어.

"아니, 그렇지 않소. 오늘 처음 보는 거요."

거짓말인 게 분명했어. 나는 무심코 일어나 벽 쪽으로 다가갔지. 그러자 그는 "그 이상 오지 마시오!" 하고 경고하듯이, 위협하듯이 말했어.

"어르신, 솔직히 말씀드리겠습니다. 저는 작가입니다. 소설가죠.

저 시계가 조부의 유품이라는 건 거짓말이 아닙니다. 하지만 저도 저런 물건을 평생 가난하셨던 조부께서, 게다가 시대가 시대였던 만큼 정상적인 방법으로 얻었다고는 생각지 않습니다. 제게 있어 그렇게 소중한 물건이라고 할 수도 없고요. 제가 여기 온 것은 단지 어르신의 소문을 듣고 한번 만나 뵙고 싶었기 때문입니다. 한편으로는 어르신 손에 고쳐진 저 시계가 온전히 돌아가는 모습을 보고 싶기도 했습니다."

"일단 물러나시오."

그가 여전히 위협적인 어조로 말했어. 내가 할 수 없이 뒤로 물러나 자리에 앉자, 그제야 그는 죽어가는 사람의 어조를 되찾고는 말하더군.

"시계가 많이 상했소. 그대로 방치해둔 게로군."

나는 호기심으로 한껏 흥분해 있는 상태였지만, 바라는 걸 얻기 위해서 조금 돌아갈 각오쯤은 하고 있었어.

"요즘에 그런 걸 고칠 수 있는 사람이 있어야죠. 장인이 없는 시대가 아닙니까? 유명 브랜드를 달고 공장에서 찍어내는 게 최고로 대접받는 시대니 말입니다. 전문가만 있고 기술자는 없는 시대죠. 정말이지 가치를 모르는 시대입니다. 레갑인*들 기분을 알겠다니까요."

● 모세의 장인 이드로의 후손으로 겐 족속을 말한다. 아브라함 시대부터 이어진 특수한 기술을 보유한 장인 집단으로서, 이집트에서는 피라미드 건축에, 바빌론에서는 공중정원 건축에 동원됐다고 한다. 광야 시절에는 성막 짓는 일을 맡았으나, 이후 유목 생활을 하며 포도주와 독주를 금하는 나실인으로서의 삶을 살았다. 이에 관해 솔로몬 왕의 성전 건축 당시 주도권을 가나안 사람들에게 빼앗긴 뒤로 방랑생활을 자청해 참회의 삶을 살았다는 설이 있다.

내 입에 발린 소리에 그가 조금은 동조할 줄 알았는데, 그렇지가 않더군.

"어쩌겠소? 결국 시대를 따라가는 수밖에."

그러고는 또 침묵이 이어졌어. 이야기를 할 기미가 안 보였지. 내가 너무 성급했다는 생각이 들더라고. 길을 잘못 잡은 것 같았어. 그리고 결정적으로, 작가라고 밝힌 것이 실수가 아닌가 싶어 크게 후회가 됐지. 그저 내 가족사에 대해 궁금해하는 사람처럼 보였다면 혹 얘기를 해주었을지도 모르는데 말이야.

한데 그가 갑자기 "작가시라고?" 하고 묻더라고. 나는 행여 그가 내 이름이나 내가 쓴 책을 물어보지는 않을까 민망해하면서 그렇다고 확인해주었지.

"이 시계는…… 내가 아는 사람이 만든 시계요. 오랜만에 봐서 무척 반갑고…… 또 놀랍구려. 내가 잘 고쳐놓겠소."

얘기가 그렇게 마무리되는 것 같아 나는 허무해졌어. 결국 시계는 고쳐져서 다시 내 손에 들어올 테고, 나는 못내 보고 싶어 하던 그 그림을 보게 될 터였지……. 그런데 노인의 태도가 어쩐지 마음에 걸렸어. 그렇게 말하는 노인에게서도 어딘가 아쉬워하는 기색이 보였던 거야. 처음에 그런 거짓말을 한 것도 이상했고 말이야. 혹시나 하는 생각에 이렇게 말해봤지.

"원하신다면 시계를 드리겠습니다."

그러자 노인은 깜짝 놀라며 "나에게? 어째서?" 하고 묻더니 곧바로 "이제 내게는 필요 없는 물건이오"라고 하더군. 그러고는 또 말이 없었어.

나는 체념하고 일어섰어. 그런데 인사를 하고 나오려니까 노인이 "잠깐 기다리시오" 하고 날 불러 세우는 거야. 내가 돌아서자 노인이 잠깐 망설이다가 말했어.

"조부의 유품이라면서 내게 주어도 괜찮은 거요?"

나는 흔쾌히 대답했지.

"저는 괜찮습니다."

그러고서 내친 김에 덧붙였어.

"다만 한 가지 조건이 있습니다."

"조건이라……."

"들어보시겠습니까?"

"어디 말해보시오."

"시계에 관한 이야기를 들려주십시오."

목소리가 다시 떨리기 시작했어.

"미안하지만…… 나는 당신 조부에 관해서는 아는 게 없소."

"아뇨, 제가 알고 싶은 건 조부의 이야기가 아닙니다. 어르신이 알고 계시는 이야기를 들려주시면 됩니다."

"내 이야기를? 어째서? 내 이야기가 팔아먹을 만한 가치가 있다고 생각하는 거요?"

"그게 아닙니다. 단순히 직업적인 호기심일 뿐입니다. 사실은 천성이죠. 밝히시기 곤란한 내용이라면 비밀을 지켜드리겠습니다. 절대 글로 쓰거나 책으로 내는 일은 없을 겁니다."

나로서는 충분히 파격적인 제안이었지. 솔직히 말해서 책을 내고 싶어도 낼 수가 없는 상황이었지만 말이야. 하여간 나는 시계에 얽힌 사연이 궁금해서 미칠 지경이었어. 그러면서도 한편으로는 이야기가 별거 아니면 어쩌나 싶은 생각도 들더라고. 그런데 노인은 내 제안을 수락하는 것은 물론이거니와, 오히려 더 파격적인 제안을 내놓는 거였어.

"좋소. 그러리다. 다만 나도 한 가지 조건이 있소. 이 이야기를 책으로 써주시오."

내가 얼마나 놀랐을지 자네도 알겠지. 나는 얼떨결에 그러겠노라고 했네. 그러자 노인은 나를 다시 의자에 앉게 하고는 "대접할 게 없어 미안하오"라고 하더군.

그리고 그는 커튼 뒤에서, 자신의 이야기를 들려주기 시작했어.

시체들

1

내가 수도로 올라온 것은 중학교를 갓 졸업하고서였다. 60년도 더 지난 일로, 부모님이 돌아가시고 혼자가 된 지 얼마 되지 않아서 였다.

아버지는 지방 소도시에서 조그만 인쇄소를 오랫동안 운영하셨는데, 일감이 점점 줄어들어 힘겨워하시다가 결국 부도를 맞은 이듬해에 돌아가셨다. 얼마 뒤에 어머니 또한 병을 얻어 돌아가셨다.

외아들이었던 나는 그렇게 외톨이가 되었다. 아버지의 사업 실패 후, 오랫동안 살던 동네를 떠나 낯선 곳으로 막 이사를 가 살던 때에 그 모든 일이 일어났다. 아버지의 죽음 이후 실의에 빠진 나와 어머니는 줄곧 폐쇄적인 생활을 했기에 주위에 딱히 교류하는 이도 없었고, 나는 어머니의 죽음과 함께 철저히 혼자가 된 것이다.

그 후로 잠시나마 오로지 생존을 위한 서글픈 투쟁의 시간을 보내야 했다. 한동안 동네 주민들이 내 딱한 사정을 봐주기도 했지만 나는 그런 동정이 익숙지 않아 불편해했고, 얼마 안 가 싸구려 관심마저 끊기고 말았다.

산 입에 거미줄이야 치겠느냐고 하지만, 문제는 생존 자체가 아니라 그것을 위해 싸워야만 하는 나날에서 절대 벗어날 수 없으리라는 감금, 혹은 생매장의 예감과 그로 인한 공포였다. 나는 너무 어린 나이에 그것에 속박당하는 경험을 맛보아야 했다. 그리고 그렇게 어렸음에도, 절대 그것에 패배해 타성적인 유영으로 인생을 보내지 않으리라는 다소 성인적인 헛된 저항을 발악처럼 하고 있었다. 아마도 그것이 그 짧은 기간 동안 나로 하여금 영혼을 극단적으로 소모하도록 만들었는지 모른다. 고통스러운 현실을 받아들이지 못한 채 발작적으로 그것을 거부하던 어린 시절의 내가 바로 비극 자체였으며, 또한 장차 청년 시절의 참담한 패배를 인정하기를 거부하고 도리어 추악한 복수를 꿈꾸는 뒤틀린 영혼으로 스스로를 인도한 것인지도 모른다.

나는 끊임없이 저항하며 탈출을 꿈꾸었다. 그러나 어두운 충동은 언제나 관념적인 것에 불과했고, 지나치게 극단적이었다. 끝내 나는 고교로의 진학을 포기하고 도망치듯 무작정 상경했다. 어머니와 살던 집에 불을 지르고서.

아무도 내가 떠난 것을 알지 못했으리라. 설령 알았다 한들 그들은 아무런 관심도 갖지 않았을 것이다.

나는 그곳에서 아무것도 가지고 오지 않았다.

2

아직 내전의 흔적이 가시지 않은 수도는 듣던 것보다 더 황폐해 보였다. 부친과 모친 모두 수도에 친척이 있었지만 때가 때인지라 그들이 나를 거두어줄 것 같지는 않았다. 나는 그들을 찾지 않았다.

한동안 사람들이 많이 지나다니는 번화가에서 구걸을 했다. 오래도록 수도로 올라왔을 당시의 모습 그대로였으므로 나는 누가 봐도 거지나 다름없었을 것이다. 그러다 나를 딱하게 여긴 한 노신사의 도움으로, 나는 어느 구두 수선공의 보조로 들어가게 되었다.

무급이라 해도 될 만큼 급여는 형편없었지만, 잘 곳과 먹을 것을 제공해주는 것만으로도 감사할 지경이었다. 내가 할 일은 주변 사무실을 돌면서 닦거나 수선할 구두를 수거해 오고, 작업이 끝나면 도로 주인에게 가져다주는 것이었다. 그 시절의 사람들은 좀체 구두를 새로 사지 않았다. 나 혼자서 하루에도 수백 켤레의 구두를 가져오고 각각의 주인에게 모두 되돌려주어야 했다.

비록 도중에 학업을 포기하기는 했어도, 특별한 노력 없이 매번 중상위권에 드는 성적을 받을 만큼 머리가 꽤 좋은 편이었다고 나는 자부한다. 더구나 그때는 아직 어릴 때라 기억력에는 자신이 있었다. 처음에야 실수를 연발했지만, 그럴 때면 나는 더욱 필사적으로 노력했고, 그러한 노력이 결실을 맺어 마침내 수선공에게 인정을 받을 수 있었다.

얼마 안 가 수선공은 내게 구두 수선을 가르치기 시작했다. 나는 곧잘 따라 했다. 그 과정에서 나는 내가 모르던 재능을 발견했다. 어쩌면 어릴 적부터 아버지의 인쇄소를 드나들며 끊임없이 휘도는 윤전기를 유심히 봤던 까닭에 물건의 구조와 기능을 파악하는 능력이 남달리 발달한 것인지도 모르겠다.

그런 나를 그는 자식처럼 아껴주었지만, 공교롭게도 수도 재건 계획으로 인해 사무실 이전이 늘던 때라 일감은 줄어만 갔다. 그는 내게 급료를 더 주고 싶어 했으나 내가 보기에도 여의치가 않은 상황이었다. 나는 먹을 것과 잘 곳을 주는 것만으로도 충분하다고 말했다. 하지만 천성이 착했던 그는 내 손재주가 그대로 썩는 것을 못내 안타까워했고, 또 부담마저 느꼈던 것 같다. 혹은 내가 구두와 함께 손님들의 고장 난 시계를 초보적인 수준에서나마 고쳐내는 것을 보고 강한 인상을 받았던 것인지도 모른다. 재건 지역으로 가게를 옮기기로 결정한 후, 그는 나를 '시계 거리'로 데려갔다. 그곳은 내전 후에 시계 장인, 수리공, 상인 들이 몰려들어 제조 공장, 수리점, 판매점 등을 열면서 형성된 작고 조잡한 거리였다. 구두 수선공은 나를 그중 한 가게로 데려갔다. 그곳은 '르 루아(Le Roy)'라는 이름의 작은 수리점 겸 수제 시계 제작 공방이었다.

그곳의 장인은 고급 수제 시계 제작자로 어느 정도 명성을 쌓은 이였다. 구두 수선공이 나를 그에게 데려간 까닭은, 아마 평소에 안면이 있던 그가 마침 재능 있는 제자를 필요로 한다는 사실을 들어 알고 있었고, 또 그가 고급 수제 시계를 소유할 만큼 부유한 자들을 주로 상대하므로 당시로서는 형편이 꽤 괜찮은 편에 속했기 때문이었던 것 같다. 구두 수선공은 시계공에게 타고난 손재주가 있는 친구라고 나를 소개했다. 둘 사이에 신뢰가 돈독해서인지 몰라도 시계공은 내 실력을 시험해보지도 않고서 나를 받아들이기로 결정했다. 어쩌면 그가 전에 구두 수선공을 찾았다가 내가 어설프게나마 시계를 고치는 모습을 목격하고 재능을 눈여겨본 것인지도 모른다. 그러나 실상은 알지 못한다.

공방에는 나 외에도 세 명의 제자 겸 직원이 더 있었다. 당시 내 나이는 열여덟이었는데, 크게 차이 나지는 않았으나 그들 모두 나보다 나이가 많았다. 그들은 그곳에서 기술을 배우며 일을 한 지가 꽤 되었다고 했다. 그중 가장 연장자였던 이는 매우 허약해 보이는 남자로, 내전 때 징집되어 참전했다가 제대한 후에 그곳에서 일하게 됐다고 했다. 그는 군복무 당시 전선에서 복귀한 장병들의 세탁물을 담당하는 보직에 있었으며, 문제가 생긴 세탁기를 정비하고 보수하는 일을 했다고 했다.

나는 그들과 함께 공방에 딸린 기숙사에서 생활했다. 기숙사는 아래층에 있는 작업실의 한쪽에 붙어 있었고, 공방의 위층은 장인과 그의 유일한 혈육인 딸이 쓰고 있었다.

그곳에 들어간 이튿날, 세 제자는 나를 골릴 심산으로 아래층 식당의 식탁에 나 혼자 앉아 있게 했다. 아직 이른 아침이었고, 식탁에는 새 식구를 위한 푸짐한 아침 식사가 차려져 있었다. 나는 영문도 모른 채 멀뚱히 앉아 있었다. 낯선 곳에서 기가 죽어 있는 내게 장인이나 제자들이나 하나같이 쌀쌀맞게 굴었기에 나는 구두 수선공 밑에서 일할 때를 그리워하며 침울해져 있었다.

그럼에도 젊었을 적이라 허기만은 어쩔 수가 없었다. 아무리 기다려도 누구 하나 나오는 이가 없었고, 파리 한 마리만이 식탁 주위를 윙윙대며 날아다닐 뿐이었다. 결국 나는 참지 못하고 게걸스레 음식을 입안에 쓸어 담기 시작했다. 그때 식당에서 이 층으로 통하는 계단을 사뿐히 밟는, 가볍게 삐걱대는 소리가 들려왔다. 나는 볼이 부풀 만큼 입에 가득 찬 음식물을 추잡하게 우물대며 계단을 올려다보았다.

한 여인이 계단참에 서서 난간 너머로 싸늘한 시선을 던지고 있었다. 순간 목이 메었다. 그토록 아름다운 여자를 본 것은 난생처음이었다. 교복을 입고 있는 것으로 봐서는 내 또래쯤 될 것 같았는데, 이상할 정도로 차분한 느낌이 들어 마치 성숙한 여인처럼 느껴졌다. 호리하고 꼿꼿한 몸매에는 나이를 초월하는 기품이 깃들어 있었고, 희미하게 잿빛이 감도는 갈색의 머리칼은 허리에 닿을 만큼 길고 풍성했으며, 부드러워 보였다. 늘어뜨린 머리칼 가운데 묻힌 섬세한 생김새의 조그맣고 새하얀 얼굴이 싸늘한 표정과 눈빛으로 나를 내려다보고 있었다. 그 얼굴에 담긴 감정이 놀라움인지 경멸인지 나는 알 수 없었다.

나는 입을 가득 부풀린 채 얼어붙은 듯 꼼짝하지 못했다. 별안간 나 자신이 한없이 추하고 초라하게 느껴지기 시작했다. 식도가 음식물을 밖으로 밀어내기 시작했고, 나는 그걸 도로 삼키기 위해 안간힘을 썼다. 갑자기 그녀가 웃음을 터뜨렸다. 얼어붙어 있던 무언가가 깨지면서 따스하고 향긋한 것이 터져 나오는 것 같았다. 그녀는 이 세상에 어울리지 않는 존재처럼 보였다.

그러나 이내 그녀의 반응은 확연한 혐오로 돌변했다. 그녀는 계단에서 내려와 곁눈으로 내 우스꽝스러운 모습을 차갑게 쓱 훑으면서 지나쳤다. 그리고 문을 쾅 닫고 나가버렸다.

한동안 나는 얼이 빠져 있었다. 이윽고 밀려든 자괴감에 어쩔 줄을 몰랐다. 공방으로 통하는 문 뒤에서 킥킥대는 소리가 들렸다. 선배들이었다. 그들은 그 광경을 죽 지켜보고 있었던 것이다. 나중에 안 사실이지만, 아침 식사는 그녀가 내려온 뒤에야 시작되는 것이었다. 장인은 느지막하게 일어나 방에서 혼자 식사한다고 했다. 나는 화가 났으나 겉으로 드러내지 않았다. 아니, 실은 그럴 겨를이 없었다. 단 한 번 봤을 뿐인 그녀에게 홀딱 빠져 허우적대고 있었기 때문이다. 사랑의 씨앗이 퍼뜨린 몽환적 기운이 내 분노를 달래고 가려주었다.

얼마 후에 나는 그들이 벌인 장난의 의도를 알게 되었다. 그들은 모두 그녀를 사랑하고 있었다. 그렇기에 그 짓궂은 장난은 곧 그들이 공유하는 감정에의 동참 의식이었고, 또한 나를 자기들의 일원으로 받아들이는 신고식이었던 셈이다. 그들은 그녀를 함부로 침범할 수 없는 신성한 존재로 여기고 있었다.

그리고 몇 년 뒤, 결코 깊은 관계라고는 할 수 없었으나, 나는 그녀와 가장 가까운 사람이 되어 있었다. 아울러 나는 제자들 중 가장 뛰어난 실력을 가진 촉망받는 제자가 되어 있었다. 물론 처음에는 제자들 간 경쟁이나 시기가 심했던 것이 사실이다. 하지만 얼마 안 가 선배들과 내 실력의 격차는 확연해졌다. 결국에는 그들도 내 실력을 인정하고 한발 물러나게 되었다. 그리고 그녀에게서도 물러났다. 그럼에도 불구하고, 그녀 앞에서 나는 여전히 너무도 보잘것없는 존재였다. 그 사실이 나를 슬프게 만들었다.

그 무렵 장인이 제자를 하나 더 들였다. 막바지에 이른 도시의 재건과 함께 새로이 부유층의 지위를 얻게 된 이들의 고급 시계 주문이 늘어가던 때라 사람을 하나 더 들이기로 한 것이다. 새로 들어온 이는 내 또래였다. 그녀와도 그랬다. 그는 예쁘다고 할 만큼 얼굴선이 곱고 키가 큰 청년이었다. 그의 이름은 G라고 했다. 내전 통에 부모를 잃고 나와 마찬가지로 고아가 되어 이곳저곳을 전전하다 그곳까지 흘러들게 되었다고 했다. 돌아가신 그의 부모님은 모두 공무원이었는데, 어째서인지 아무런 기록도 남지 않아 당국으로부터 어떠한 도움도 받지 못했다고 했다. 물론 누구도 그 말을 믿지 않았다.

그가 나와 비슷한 신세였음에도, 어째서인지 나는 그에게 동질감보다는 묘한 불쾌감을 느꼈다. 시대나 장소, 신분에 어울리지 않게 생각될 만치 출중했던 그의 외모 때문이었는지도 모른다. 아니, 그보다는 차라리 그에게서 어떤 불길한 예감을 느꼈기 때문이라고 하는 것이 맞을지 모르겠다. 세 명의 선배와 나는 그에게도 신고식을 할지를 논의했다. 나는 반대했다. 그러기에는 우리가 너무 나이 들어버렸다는 것이 이유였다. 하지만 실제 이유는 전혀 다른 것이었다.

이튿날 신고식이 결행되었다. 그때 장인의 딸은 수도의 대학에 다니고 있었다. 진짜 성숙함을 지니게 된 그녀는 아이러니하게도 외려 소녀의 순수함과 청초함이 기묘하게 도드라져 그야말로 눈이 부실 만큼 아름다웠다. 드디어 그녀가 계단 아래로 모습을 드러냈고, 식탁에 홀로 앉아 있던 G와 눈이 마주쳤다.

결국 내가 우려하던 일이 벌어지고 말았다.

그를 바라보는 그녀의 눈은 나를 대하던 때와 같이 지극히 차가운 것이 아니었다. G 또한 당황하기는커녕 그녀의 눈을 뚫어져라 쳐다보았다. 불편한 정적이 오랫동안 이어졌고, 공방 가득한 시계 소리가 그들의 가쁜 심장 박동 소리처럼 들려왔다. 그녀가 먼저 시선을 거두고 도망치듯 그곳을 떠났다. 그 모습이 흡사 부끄러워하는 소녀 같았다. 그 광경을 지켜보던 우리는 모두 할 말을 잃고 말았다.

그 뒤로는 흔해빠진 이야기처럼 일이 진행되었다. 나는 그녀를 잃었고, 끊임없이 되찾고자 했으나 그러지 못했다. 애당초 그녀는 나를 사랑하지도 않았다. 나도 그 사실을 알고 있었다. 하지만 나는 여전히 그녀를 사랑했다.

얼마 뒤에 장인이 지병으로 쓰러졌다. 평소의 폐쇄적인 생활 습관 탓이었다. 시계 거리에는 그가 곧 후계자를 지목할 것이라는 소문이 파다했다. 나는 그녀를 빼앗긴 데 대해 G에게 오랫동안 적개심을 품고 있었기에, 그녀의 마음을 얻을 수 없다면 그 참에 실력으로라도 그를 누르고 싶었다. 행여 후계자가 되면 그녀를 차지할 수 있을지 모른다는 희망을 품고 있었던 것 또한 사실이다.

그러나 소용없었다. 모두 부질없는 짓이었다. 천부적인 재능이라는 말은 내가 아닌 그에게나 어울리는 것이었다. 일을 배운 지 얼마 되지도 않은 그의 실력은 나날이 눈부시게 성장하여 단번에 우리를 따라잡는 지경에 이르렀고, 그는 그 차이마저도 금세 넘어서버렸다. 그는 점점 더 멀어져갔다. 아무리 노력해도 나는 그를 꺾기는

커녕 따라잡을 수조차 없었다. 지난 세월의 노력이 모두 헛된 것인 양 느껴졌다.

결정적으로 그를 실력으로 제치고서 장인에게 인정받겠다는 생각을 깨끗이 접게 된 것은, 그의 서랍을 몰래 열어보고서였다. 그때 그는 벌써 자신의 시계를 제작하고 있었다. 비록 아직 시작 단계에 불과했으나, 나는 시계공의 직감으로 그것이 장인의 것에 버금가는 작품이 될 것임을 알았다. 그는 이미 닿을 수도 없을 만큼 먼 곳에 있었던 것이다. 나는 그가 후계자가 될 것이 분명하다고 생각했다. 그리고 그것이 마땅해 보였다.

다행히 후계자를 지목해야 하는 상황까지는 가지 않았다. 장인이 극적으로 건강을 회복한 것이다. 하지만 나는 장인이 일어난 이후에도 G가 자신의 시계를 만들고 있다는 사실을 알았다. 그 무렵 나는 좋든 싫든 간에 그와 어느 정도, 적어도 겉으로 보기에는 원만한 관계를 유지하고 있었다. 나는 더 이상 그의 경쟁 상대가 될 수 없고, 그런 그에게 경쟁심을 불태우는 것이 무의미한 자기 소모에 불과하다는 것을 알았기 때문이다. 그렇지만 그녀를 보거나 생각할 때면 여전히 가슴이 찢어지듯 아파 왔다. 그리고 그런 고통에도 불구하고, 나는 다만 매일 그녀를 볼 수 있다는 사실로 하루하루를 연명하고 있었다.

한편 장인이 쓰러져 있는 동안 시계 주문이 끊겨 가게 사정이 어려워진 까닭에, 장인이 일어났음에도 부득이하게 고용인에 대한 정리가 이루어졌다. 가장 우수한 제자였던 나와 G를 제외한 다른 제자들 모두가 공방을 떠나게 되었다. 오랜 시간 정든 이들이었기에 몹시 안타까웠으나 어쩔 수가 없었다. 공방을 떠나면서 어떤 이는 자신의 재능 없음을 한탄하며 조만간 스스로 목숨을 끊겠다는 말을 했고, 또 다른 이는 남겨진 우리에게 저주의 말을 퍼부었다. 저주한 이는 내전 때 세탁병으로 복무한, 가장 나이가 많은 제자였다. 나는 지금도 이따금씩 우리가 정말로 그의 말대로 된 것은 아닐까 생각하곤 한다.

나와 G는 그때까지 제자에게 맡기지 않고 장인이 손수 해왔던 설계와 조립 등의 주요 공정까지 맡게 되었다. 그즈음 G와 그의 연인은 더욱 가까워져 심지어 내 앞에서도 거리낌 없이 애정을 표현할 정도였다. 나는 비통한 심정을 그들 앞에서 전혀 내색하지 않았지만, 밤마다 어둠 속에서 떠오르는 그들의 다정한 모습으로 인해 극심한 질투의 감정에 시달려야 했다. 그들이 나를 조롱하고 있으리라는 망상으로 통 잠을 이룰 수 없었다. 나는 차라리 그곳을 떠나고 싶었다. 하지만 영원히 내 것이 될 수 없음을, 처음부터 내 것이 될 수 없었음을 알면서도, 그럼에도 나는 도저히 그녀의 곁을 떠날 수가 없었다. 그저 묵묵히 속으로 눈물을 삼키며 거짓된 축복의 미소를 지어줄 따름이었다.

그러던 어느 날이었다. 간절한 저주의 기원에 악마가 응답이라도 주는지, 비열하고 사악한 영감이 불현듯이 나를 스치고 지나갔다. 그 후로 오랫동안 나는 무언가에 홀린 듯 그것만을 생각했다. 그리고 기어이 비열하기 짝이 없는 계략을 꾸미기에 이르렀다. 그것은 누구보다 뛰어나며, 그렇기에 누구에게든 경탄 어린 시기와 질투를 불러일으키는 그의 재능을 이용하여 그 스스로를 무너뜨리려는 계략이었다. 나는 은밀한 광기에 싸여 조용히 그것을 구체화하기 시작했다. 흡사 정교한 시계를 만들듯이.

나는 몸이 어느 정도 회복된 장인에게, G가 허락도 없이 자신의 시계를 제작 중이라는 사실과 더불어 내가 본 그 시계에 대해 넌지시 일러주었다. 그에게 있어 G는 가장 촉망되고 신망 있는 제자였기에, 나의 고발은 우연을 가장한 조심스러운 형태로 이루어져야 했다. G가 장인의 총애를 받고 있기는 했으나, 그에게 G는 여전히 새파란 풋내기에 불과했다. 같은 이유로 우리의 작업은 아직은 철저히 장인의 지시에만 따르는 방식으로 이루어지고 있었다. G도 장인이 자기를 어떻게 생각하는지 알았기에 그토록 조심스러운 방법으로 몰래 시계를 만들고 있었을 터였다. 나는 장인의 암묵적 동의하에 미리 손을 써서 G가 자리를 비우게 만든 다음 그가 설계한 시계의 도면을 베껴 장인에게 가져다주었다.

도면을 본 장인은 도저히 믿을 수 없다는 눈치였다. 그는 그것이 분명 남의 도본을 베낀 것에 불과할 것이라고 했지만, 내가 알기로 그런 시계는 이전에도 없었고 앞으로도 없을 것이었다. 장인 또한 그것을 알았다. 다만 믿고 싶지 않았을 따름이다. 그는 실물을 보고 싶어 했다. 실물을 보기 전에는 믿을 수 없다고 했다. 나는 메인 플레이트와 앵커, 브리지, 휠 등 그가 만든 주요 부품까지 몇 개 빼내어 장인에게 보여주었다. 기이하다 할 만큼 독창적이며, 정교한 완성도를 지닌 그것들을 보고 장인은 큰 충격을 받은 것 같았다. 그러나 그는 그것을 제자리에 돌려놓으라고만 말할 뿐이었다.

그로부터 며칠간 장인의 상태가 눈에 띄게 이상해졌다. 말수가 없어지고, 식사를 자주 걸렀으며, 작업실에 틀어박혀 나오지 않았다. 어느 날 그는 미친 사람처럼 작업실에서 뛰쳐나와 G를 향해 갖은 욕설과 저주의 말을 쏟았다. 나를 제외한 모두가 장인이 미쳤다고 생각했다. 육체를 잠식한 병이 그의 정신마저 병들게 했다는 것이었다.

나는 장인이 병원에 가느라 자리를 비운 사이 그의 작업실에 들어가보았다. 작업실 곳곳에서 극심한 고뇌와 좌절과 분노의 흔적이 보였다. 어지러이 널린 각종 공구들, 그리다 만 수십 장의 도면들, 그보다 많은 찢긴 도면들, 만들다 만 부품과 부서뜨린 부품들, 피와 자해의 흔적들……. 그리고 광기의 잔해가 소용돌이치는 그 좁은 공간의 구석에서, 나는 폐기된 몇 개의 실패작을 발견할 수 있었다. 그것은 G의 시계였다. 아니, 그것과 같은 것이었다. 그것들은 모두 제대로 작동하지 않는 실패작이었다.

어쩌면 G의 설계에 오류가 있었을지 모른다. 그러나 실은 장인의 도면도, 부품도 완성도가 G의 것에 미치지 못하는 수준이었다. 심지어 그것들은 조악해 보이기까지 했다. 더욱 놀라운 사실은, 버려진 것들 중에는 장인의 오리지널 작품도 있었는데 그것들은 실패작이 아니었다는 점이다. 장인은 그것들까지 모조리 망치로 깨부숴 내버렸다.

장인은 자신을 부정하고 있었다. 그는 시계 장인으로서 살아온 자신의 패배를 부정하고, 이미 자신을 뛰어넘은 G의 재능 또한 부정하고 있었다. 사실상 자기에게서 직접 기술을 전수받은 적이 없는 제자가 자신을 뛰어넘었다는 사실이 주는 자괴감에, 시계를 만드는 일에 평생을 투신한 그는 급격히 붕괴되어갔던 것이다. 나는 내가 저지른 일이 불러올지 모를 파국의 예감으로 몸이 떨려오는 것을 느꼈다.

G를 향한 장인의 질투와 시기는 날로 더해갔다. 다른 이들과 마찬가지로 G 또한 장인이 왜 그리되었는지 알지 못했다. 아마 그는 건강의 악화와 경영난이 장인의 성격에 악영향을 미친 것이라고만 생각했던 듯하다. 그래서 그는 장인에게 인정받겠다는 일념으로 더 열심히 일하고, 언젠가 후계자가 될 날을 꿈꾸며 자신의 시계 제작에 더 열성을 쏟았던 것일 테다. 그의 그런 모습에 장인은 도리어 질투와 시기를 더욱 불태웠다.

나의 계략은 얼핏 성공한 듯이 보였다. 아니, 실제로도 성공했다. 하지만 결과적으로는 실패하고 말았다. G가 그녀를 잃게 하는 데는 성공했으나, 내가 그녀를 얻는 데는 결국 실패했으므로. 장인은 후계자를 끝내 지목하지 않았고, 자신의 딸을 어느 부유한 집안의 자제와 결혼시키기로 했다. 전쟁 전부터 의료 분야에서 잔뼈가 굵은 기업을 운영해온 사업가가 정부에게 선물할 고급 시계를 주문하러 왔다가 장인의 딸의 미모와 기품을 보고는 마음에 들어 한 모양이었다. 그녀를 며느리로 들이는 대가로, 기울어져가는 '르 루아'에 물질적인 지원을 해주겠노라 그가 약속까지 했다는 이야기가 돌았다.

G는 몹시 슬퍼하고 절망했으며, 분노했다. 배신감에 휩싸인 그는 장인을 칼로 찔러 죽이겠다는 말까지 서슴없이 내뱉었다. 그런 그를 나는 필사적으로 말렸다. 자칫 벌어질지 모를 참극의 배후에 내

가 있다는 생각이 나로 하여금 그렇게 하도록 만들었다. 겨우 그를 진정시키는 데 성공했지만, 그날부터 그는 장인이 그랬던 것처럼 자신의 방에 틀어박혀 일절 모습을 드러내지 않았다. 식사조차 하지 않았다. 나는 그가 자신의 방에서 스스로 목숨을 끊은 것은 아닌가 싶어 걱정이 되었다. 마음 깊숙이 어두운 곳에서는 그것을 바랐는지도 모르지만.

어느 날 그가 방에서 나와 수척해진 몰골을 드러냈다. 그를 본 모두가 놀라움에 숨을 삼켰다. 그는 마치 죽은 사람처럼, 송장처럼 보였다. 그는 비척대며 걸어와 장인에게 자기 시계를 내보였다. 시계는 완성되어 있었다. 장인은 시기도 잊은 채 경이에 찬 눈으로 그가 만든 시계를 들여다보았다. 하지만 이내 그것을 외면하며, 애송이가 만든 형편없는 습작에 불과하니 폐기해버리라고 소리쳤다. 그 순간 장인에게서 내 어린 시절의 헛된 발악과 발버둥을 본 것 같아 나는 기묘한 느낌이 들었다.

G는 퀭한 두 눈 깊이 섬뜩하게 빛나는 시선을 돌려, 의자에 꼿꼿이 앉아 그 모든 광경을 차분히 지켜보던 그녀를 바라보았다. 그녀는 그 눈길을 피했다. 그녀의 아름다운 얼굴에는 전에 내가 보았던, 그러나 그것에 비할 수 없을 만큼 극도로 차가운 경멸과 혐오가 서려 있었다. G의 얼굴 위로 슬픔이 번졌다.

무슨 이유에서인지 그녀는 자기 아버지가 멋대로 주선한 혼사에 반대하지 않았다. 그녀는 아버지의 일방적인 결정을 군소리 없이 받아들였고, 그때부터 G를 멀리하기 시작했다. 아마 그녀는 빠르게 변화하는 시대에 갈수록 장래가 불투명해지는 무명의 시계 제작자보다는 부유한 사업가가 자신의 상대로 적합하다고 생각했는지 모른다. 아니면 그저 그 지긋지긋한 공방과 거리에서 탈출하고 싶었던 것뿐인지도 모른다.

그러나 이성을 상실한 G의 눈에는 그녀의 변심이 가증스러운 배신으로만 비쳐졌던 것 같다. 더구나 그는 그녀가 진실로 자신을 사랑했음을 알았기에, 그녀의 갑작스러운 회심에 더 큰 배신감과 당혹감을 느꼈을 것이다.

그날 밤, 그는 시계를 방에 놔둔 채 자취를 감추었다. 아무도 그를 찾지 않았다. 마치 처음부터 그라는 존재가 없었던 것처럼.

결혼식은 양가 근친만이 참석한 가운데 비공개로 치러졌다. 나는 웨딩드레스를 입은 그녀의 모습을 볼 수 없었다.

그녀마저 '르 루아'를 떠나자 나와 장인 둘이서만 공방을 꾸려가게 되었다. 당시 장인은 더 이상 일을 할 수 없는 상태였다. 따라서 시계의 모든 제작 공정을 내가 도맡아 하게 되었다. 내가 만드는 시계는 실패작이기 일쑤였고, 그나마 성공했다고 할 만한 작품도 어디서나 살 수 있는 싸구려 범작에 불과했다. 당연한 일이었다. 내게 기술을 전수해주기도 전에 장인의 건강은 정신과 육체 모두 극도로 악화되었고, 이후로 나는 그의 지시 없이, 구멍 난 모든 공정을 오로지 내 보잘것없는 재능만으로 메워야 했기 때문이다.

시계 거리의 사정도 안 좋기는 마찬가지였다. 거리는 이가 빠지듯 조금씩 허물어지고 급작스럽게 생겼던 것과 마찬가지로 급작스럽게 몰락해갔다. 브랜드도 없는 수제품 시계를 주문하려는 사람도 더 이상 없었거니와, 내게 그 일을 맡기려는 사람은 더더욱 없었다. 우리는 간간이 들어오는 낡은 시계만 수리하며 근근이 살아갈 뿐이었다. 그녀의 시댁에서도 더는 지원이 없었다.

장인이 죽고 유일한 후계자였던 내가 공방을 잇자, 그나마 들어오던 수리 주문마저 뚝 끊기고 말았다. 나는 아직 남아서 영업을 하는 몇 안 되는 공방과 판매점을 전전하며 시계 수리의 하청을 맡고서 받은 품삯으로 겨우 먹고사는 처지였다. 빈 공방은 이전과는 완전히 다른 공간처럼 느껴졌다. 그곳에서의 생활은 지긋지긋했고, 끔찍했다. 나는 그대로 닳고 닳아 문드러질 것만 같았다. 어두운 충동이 다시금 나를 덮쳐 왔다.

몇 년 후, 나는 자의 반 타의 반으로 '르 루아'를 정리하고 두 번째 탈출을 감행했다. 내 모든 흔적을 지우고자 그곳에 불을 질렀다. 저주 혹은 정화의 의식 같은 춤사위로 어둠을 쑤석이는 광염에 삼켜진 그곳을 떠나기 전, 나는 손에 익은 공구 세트만을 챙기고 나머지는 모두 정리해 부족하나마 가게의 빚을 갚는 데 썼다. 하지만 G의 시계만큼은 팔지도, 버리지도 않았다. 소중한 물건처럼 나는 그것을 가지고 나왔다. 나도 내가 왜 그랬는지 모르겠다. 한 연인의 행복할 수도 있었을 미래를 파국으로 이끌고 말았다는 죄책감 때문이었을까?

3

당시는 국가 주도의 대규모 재건 계획으로 인해, 수도를 포함해 파괴됐던 몇몇 도시들이 복구되어 내전의 상흔을 말끔히 지우고 전보다 더 번화한 대도시의 모양새를 막 갖추게 된 때였다. 전쟁의 황폐함을 그대로 지닌 채 재기의 몸짓으로 잠시 번성했던 시계 거리가 몰락한 시점과 도시의 재건이 완결된 시점이 일치한다는 점이 어쩐지 아이러니하게 느껴졌다.

그러나 이렇듯 무결한 외관을 갖추게 된 것과 달리, 한편으로는 사람을 먹는 시체들이 곳곳에서 출몰한다는 흉흉한 소문이 나돌던 때이기도 했다.

시시한 괴담처럼 시작된 소문은 점점 살이 붙어 무성해졌다. 시체들이 연출한 끔찍한 광경을 실제로 목도했다는 이야기와, 얼마 전까지 연락을 주고받았던 친척이나 친구, 지인과의 연락이 갑자기 끊겨 수소문해보았더니 그들이 실종되었더라는, 실명까지 거론된 구체적이고 불안감을 띤 사례담이 사람들의 입에 오르내렸다. 지면과 온라인을 통해 운무처럼 퍼져 나간 소문은 온 도시, 온 나라를 좀먹듯이 뒤덮어갔고, 사람들의 공포도 커져만 갔다.

그렇게 괴담은 확대되어 확고하나 은폐된 사실인 양 은밀하고 끈질기게 흘러 다녔지만, 정부는 그저 풍문일 뿐이라고 일축하며 소문의 내용을 한사코 부인했다. 하지만 친지들의 실종 확인 요구를 정부가 뚜렷한 이유 없이 일관되게 거부한다는 점이 사람들의 분노와 의구심을 끊임없이 불러일으켰다. 또한 전시가 아님에도 군이 특수 병력의 규모를 급히 증강하는 등 이상 기류를 보임에 따라, 혹 극단적인 사태에 대비한 강경책을 모사하는 것은 아니냐는 의혹도 제기되었다. 얼마 안 가 사람들은 이러한 일련의 소문을 정설로 받아들이기 시작했다.

실제로 그것은 사실이었다. 얼마 뒤 군은 마치 죽음을 앞둔 사람처럼 무언가에 쫓기듯 기존의 군 입대 자격 요건을 거의 무시하면서까지 징집 대상을 서둘러 확대했고, 자원 입대자에 대해서는 최소한의 자격 기준마저 없애겠다는 태도를 비공식적으로 표했다. 도시와 나라가 이면으로부터 서서히 전복적인 혼란의 상태로 빠져드는 것 같았다. 하나 그러한 와중에도 정부의 공식적인 견해나 입장 발표가 없었으므로, 여전히 다양한 소문들만 연쇄적으로 양산되어 세상을 떠돌 뿐이었다.

정부의 우려에도 양상은 갈수록 병적인 형태를 띠어갔다. 초자연적인 미지의 존재 혹은 고대의 존재들에 의한 인간 세계의 습격이라는 황당무계한 주장도 있었고, 이와 관련하여 인류의 멸망이 도래했음을 주장하는 회의주의자들이 나타나는가 하면, 종교적으로 해석해 '시간의 종말'이 다가오고 있다는 종말론적 풍문 또한 생산됐다. 실제로 사이비 종교 단체가 생겨났으며, 그들이 갓 태어난 아기를 시체들에게 바치는 의식을 행했다는 풍문이 돌았다. 가십을 주로 다루던 민영 매체에서는 아직까지 알려지지 않은 바이러스 또는 세균에 의한 새로운 괴질의 가능성을 연일 점쳤다.

괴담의 근원지로 지목된 지역 사회 곳곳에서는 곧 침공해올지 모를 시체들에 맞서 가족을 지키겠다는 명목으로 조잡하고 탐욕스러운 민병대가 조직되었다. 그 현상의 배후에 세계보건기구와 국제 제약 회사, 그리고 정부 등 거대 권력이 얽힌 모종의 음모가 존재한다고 주장하는 이들도 있었다. 내전 당시 생물 병기의 사용에 대비하기 위한 것이라며 보급됐던 백신이 실은 시체 바이러스를 퍼뜨리기 위한 매개체였다는 것이다. 이 음모론자들 사이에서 결성된 과격 무장 단체와 민병대가 사소한 이유로 충돌해 수십 명의 사상자가 나오기도 했다. 우발적으로 분집한 시위대가 역시 우발적으로 민간인 여성을 집단 강간하는 사건이 벌어졌으며, 내부에서의 다툼으로 사상자가 생겼고, 상점과 관공서를 급습하여 약탈하는 일이 빈번하게 일어났다. 정부는 경찰과 군 병력을 동원하여 그들을 무력으로 진압고자 했으나 여의치가 않았다. 그들 내부에서조차 혼란이 끊이지 않았다. 날마다 새롭게 미친 사람들이 폭동을 일으켰다. 정작 시체는 아직 실체가 드러나지 않았음에도, 사람들은 시체들에 대한 공포로 인해 스스로 걷잡을 수 없는 광기의 길로 들어서고 있었다.

상황이 이러했으므로, 군의 노력에도 불구하고 입대를 원하는 자는 많지 않았다. 군인이 되어 싸우게 될 존재들에 대한 공포가 워낙 크기도 했고, 미쳐가는 사람들과의 꺼림칙한 싸움 또한 결과적으로 그들 몫으로 돌아갈 것임이 뻔했기 때문이다. 더구나 그 무렵은, 점차 뚜렷이 목격되며 구체화되어가는 괴문 속 시체들에 대해 '이제껏 알려진 바 없는 바이러스성 전염병'이라는 일부 전문가들의 근거 없는 추측이 힘을 얻으면서 사람들의 병적인 공포가 더욱 심화되어가는 시점이기도 했다. 전투를 포함한 그들과의 접촉에 극도의 공포와 저항을 가진 이들이 군에 들어가기를 기피하는 것은 당연한 일이었다. 일부 징집 기피자들은 당국의 단속을 피해 도주하여 숨어 사는 것도 마다하지 않을 정도였다.

슬픈 사실이지만, 역설적이게도 내게는 그것이 일종의 기회가 되었다. 달리 할 수 있는 일이 없었던 나는 일용 노무자로 건설 현장을 전전하다 잇따른 공사 중단으로 그 일마저도 궁해지자 군에 지원하기로 결심했고, 학력 등의 공식적인 자격 요건에 분명히 미달됨에도 별다른 문제 없이 군인이 될 수 있었던 것이다.

훈련을 마치고 특임부대에 배치된 지 몇 달 만에, 불온한 전설처럼 음밀하게만 출몰하던 시체들이 마침내 대규모로 군집을 이뤄 거대한 물결처럼 도처를 휩쓸기 시작했다는 소식이 들려왔다. 그럼에도 정부는 적어도 주요 도시들, 특히 수도만은 광적인 혼돈과 그에 따른 자가 붕괴의 위험으로부터 보호하겠다는 의지하에 여전히 매스컴을 철저히 통제하며 시체들의 존재를 부정했으며, 그것이 진실이든 거짓이든 시체들에 관한 이야기를 유포하는 자들을 잡아다가 구금했다. 그들은 국가가 처한 당시의 위기가 천재지변에 따른 압도적인 자연재해 때문이라고만 설명했다. 도시의 사람들은 반신반의하면서도, 스스로 폐쇄한 집에서 나오기를 두려워했다. 그들 대다수가 생업마저 포기했다. 그렇게 도시와 국가는 죽어 잠든 또 다른 시체처럼 영면을 맞게 되었다.

이러한 절망적인 상황에서도 군은 살아 있는 남자라면 노소를 막론하고 깡그리 강제로 징집했다. 덕분에 아직 신병에 불과했던 나는 단지 그들보다 조금 이르게 자원하여 입대했다는 이유만으로 부사관으로 진급하여, 신병들로 이루어진 분대 하나를 맡게 되었다.

4

줄곧 훈련과 정신 교육, 진지 구축 작업에만 열중하던 우리 부대는 처음으로 현장에 투입되었다. 현장은 전선이 아닌, 1급 전염병 유행 지역이었다. 그리고 우리에게 주어진 임무도 전투가 아니라 방역 활동이었다. 현장까지는 헬기로 이동했는데, 우리 모두의 눈을 가린 채였다. 우리는 어디로 가는지 알지 못했고, 도착해서도 어디인지 알지 못했다.

헬기가 착륙하고 안대를 풀었을 때, 나는 눈앞에 펼쳐진 참상에 몸을 떨었다. 폭격이 막 가해진 뒤였는지 도시는 폐허가 된 채 불타고 있었다. 온전한 건물, 아니 온전한 모습이라고는 하나도 찾아볼 수 없을 만큼 처참했다. 하지만 곧 그것이 폭격 때문만은 아니라는 것을 깨달았다. 그곳이 폐허로 변한 것은 그보다 훨씬 전의 일인 성싶었다.

거리 곳곳에 시체들이 십수 구씩 뒤엉켜 쓰러져 있었다. 형체도 알 수 없을 정도로 타고 녹아 하나의 덩어리로 눌어붙어 있는 경우가 대부분이었다. 그나마 운 좋게 형태를 유지한 시체들은 새까맣게 그을려 커다란 숯덩이처럼 보였다. 타고 익은 살점의 냄새가 나를 진저리치게 만들었다. 시체들의 얼굴은 하나같이 괴로운 표정을 하고 있었다. 짐승에게 물어뜯기기라도 했는지 몸의 살점이 여기저기 떨어져 나가고, 잿빛으로 그을린 뼈가 더러운 이빨같이 드러나 있었다. 어떤 시체는 깨끗이 발라먹은 생선처럼 그을린 뼈대만이 앙상하게 남아 있었는데, 그 주위로 여러 구의 시체가 마치 군체인 양 한데 얽혀 있었다. 그 모습이 흡사 먼저 죽은 이의 몸을 뒤져 무언가를 찾는 도중 폭격을 맞고 다 같이 죽어버린 비참한 도둑의 무리처럼 보였다.

도시에는 온통 그런 시체들뿐이었다. 아비규환의 순간이 급작스레 얼어붙어 멈춰버린 듯 끔찍하고 황량한 광경이 끝 간 데 없이 펼쳐져 있었다. 소각의 검은 연기가 하늘로 끝없이 치솟고 있었다.

대원들 또한 충격과 혼란에 빠져 있기는 마찬가지였다. 구토를 하는 이가 많았다. 그때 등 뒤에서 악의에 찬 둔탁하고 신경질적인 목소리가 울려 퍼졌다.

"뭣들 하나! 어서 가! 어서! 이 머저리 같은 놈들아!"

소리가 난 쪽을 돌아보았다. 장갑차 위에 설치된 이동식 망대 위에 장교 하나가 서 있었다. 방독 마스크를 쓴 그는 지휘봉으로 폐허 너머를 가리키며 확성기에다 대고 고래고래 소리를 질렀다.

"뭐 해! 어서 가라고! 가! 이런 병신새끼들!"

방역복을 뒤집어쓴 이들이 달려와 우리에게 마스크를 씌워주었다. 우리는 총 대신 화염 방사기를 들고 그 지옥도의 한복판으로 들어섰다. 그들은 빨간색으로 특정 지역을 표시한 지도를 주면서, 그 구역 내에 있는 건물마다 철저히 수색하여 완전히 소각되지 않은 시체들을 바싹 태워버리라고 지시했다. 그리고 "먹음직스럽게"라는 말을 뒤에다 슬쩍 덧붙였다.

분대별로 할당된 구역을 수색하기 시작했다. 만약의 사태를 대비해 분대마다 병사 두 명씩은 총기를 소지하게 했는데, 한 명에게는 소총이, 다른 한 명에게는 소총과 함께 지원 화기로 유탄 발사기가 지급되었다. 소총을 든 병사가 수색용 세라믹 장대도 맡았다. 우리는 무너지고 불타는 건물마다 돌면서 장대로 시체 더미를 헤쳐 안쪽에 파묻혀 있던 시체들을 끄집어내 화염 방사기로 불태웠다. 온전한 살점이 하나도 남지 않을 때까지 완전히 불태웠다. 먹음직스럽게. 살들이 기름을 뚝뚝 떨어뜨리며 오그라들다 새까맣고 조그마한, 역겨운 덩어리로 변했다. 시체들은 검댕이 눌어붙은 가느다란 기둥들로 변해갔다. 그 소름끼치는 광경을 그날만 수천 번은 목격한 것 같다. 우리는 수천 구의 시신과 그보다 더 많은 신체의 일부들을 불태웠다. 그날부터 며칠간은 고기 타는 냄새가 몸에서 떨어지지 않았다.

극히 군인다운 정신과 자세로, 우리는 그 끔찍한 일에 점차 익숙해져갔다. 더 이상 구토하거나 욕지기를 느끼는 대원은 없었다. 우리는 일하는 속도를 올렸다. 지금 생각하면 어떻게 그렇게 태연할 수 있었는지 의문스러울 정도로 신속하게 작업을 해나갔다.

우리 분대가 맡은 마지막 건물은 대형 마트였다. 날이 저물어 주위가 캄캄해졌을 때였다. 다른 건물과 마찬가지로 안은 난장판이 되어 있었다. 전기가 나가 칠흑 같은 그곳 내부에서 단정하게 꾸며져 있었을 본래의 모습은 찾아볼 수 없었다. 손전등 불빛을 따라 제한적으로 드러나는 공간은 공습의 충격으로 선반과 진열대에서 떨어져 바닥을 가득 메운 상품들과, 빽빽이 들어찬 칸막이와 진열대의 미로 때문에 알록달록 화려하고 기이한 덩굴이 무성한 극지의 정글 같았다.

하지만 그곳은 폭격의 영향이 그리 크지 않은 듯싶었다. 천장 일부가 무너지고 내벽 한쪽이 그을기만 했을 뿐 건물 자체는 전반적으로 양호한 상태였으며, 노출된 식품이 썩는지 지독한 악취가 나기는 했어도 바닥에 쏟아진 물건들도 대부분 멀쩡한 편이었다. 상황에 맞지 않는 그 정상성의 유지가 오히려 우리를 더욱 긴장시켰다. 그 드넓고 복잡한 미로 어딘가에, 폭격의 불길로부터 진정한 죽음을 모면한 무언가가 숨어들어 있을지 모른다는 생각이 우리를 불안하게 만드는 것이었다. 바짝 긴장한 우리는 총기를 든 병사를 대열의 앞뒤에 세운 채 일사분란하게 움직였다.

폭격의 영향이 덜했다거나 당시 영업이 정상적으로 이뤄질 만한 상황이 아니었다는 것을 감안하더라도, 어째서인지 그곳에서는 다른 건물에 비해 시체가 많이 눈에 띄지 않았다. 그 점이 우리를 한층 불안하게 했다. 바닥에 더부룩이 깔린 상품에 반쯤 묻혀 있는 몇 구의 시신들은 우리가 그때까지 본 것과 같은 극적인 분위기를 풍기지 않았다. 그들 중 대다수는 선반에 진열돼 있다 떨어진 무거운 물체에 머리를 맞거나, 쓰러지는 진열대에 깔려 죽은 것 같았다.

"여기는 안전했나 봐. 내전 때 군사 목적으로 지어진 걸지도 모르지. 건물은 폭격을 견뎌냈는데 정작 안에 있던 사람들은 견디지 못했나 보군."

한 나이 많은 대원이 말했다. 대원 몇이 그의 의견에 동의했다.

수색이 진행될수록 긴장이 조금씩 풀어지는 듯했다. 그러나 육류 매장에 이르자, 우리는 경악하고 말았다. 소, 돼지를 막론하고 그곳에 있던 모든 고기가 시뻘건 피로 얼룩진 하얀 뼈대만 앙상히 남은 채로 갈고리에 걸려 있었던 것이다.

바닥에는 고기의 찌꺼기와 피로 물든 뼛조각이 수북했다. 그것들은 수많은 발길에 밟히고 눌려 지저분하게 찌부러져 있었다. 문이 열린 냉동고 안에도 마찬가지로 고기 조각 하나 남아 있지 않았는데, 뭐라 형용할 길이 없는 무섭고 끔찍한 얼굴을 한 시체 한 구만이 갈고리에 목 뒤가 꿰어져 축 늘어진 채 걸려 있었다. 하체가 온데간데없는 시체는 끊긴 허리 부분이 너덜너덜했고, 내장이 아래로 길게 늘어져 있었다. 마치 낚싯바늘에 꿰여 건져진 이름 모를 심해의 짐승처럼 보였다. 뜯기고 끊어진 창자에서 흘러나온 오물이 고약한 냄새를 풍겼다.

대원들 사이에서 두려움의 탄식이 터져 나왔다. 별안간 불안과 공포가 악취처럼 요동을 치기 시작했다. 나 자신도 두려움에 휩싸였다. 나는 필사적으로 나를, 그리고 그들을 통제해 허둥지둥 간신히 대열을 정비했다.

뒤쪽에서 무언가에 찢기는 듯한 섬뜩한 비명이 터져 나왔다. 우리는 일제히 그쪽을 돌아보았다. 대열의 맨 뒤에 있던 소총수였다. 그의 어깨 너머, 손전등 불빛에 밝혀진 반점 안에, 문드러진 얼굴이 흉측한 조상(彫像)처럼 박혀 있었다.

순간, 영혼이 꺾이는 느낌이 들었다.

'시체', '죽은 자', 또는 '식시자(食屍者)' 등의 이름으로 불리던 바로 그 존재였다. 그것이 소총수의 목을 물어뜯고 있었다. 살아 있는 시체를 본 것은 그때가 처음이었다. 그것은 분명 사람이었지만, 사람이 아니기도 했다. 엄밀히 말해 그것은 허물어져가는 사람의 외양을 가까스로 유지하고 있는 짐승처럼 보였다. 추악한 본능에 지배당하는 짐승. 오로지 한 가지 욕구로만 움직이며 그것에 지배당하는 맹목적이고 무자비한 짐승 같은 존재. 그것은 세상 그 무엇을 보고도 느낄 수 없을 완벽한 공포의 매개자이자, 충실한 숙주였다.

시체의 이빨에 병사의 목이 반쯤 뜯겨 나갔다. 살점이 뜯기는 소리와 함께 피가 분수처럼 솟아올랐다. 파열된 부위로 삐져나온 근육과 혈관과 신경의 다발이 축 늘어진 채 허망한 맥동을 이어갔다. 병사는 고통에 의한 것인지 공포에 의한 것인지 모를 절규를 터뜨리며 총을 난사했다. 대원 몇이 총에 맞고 쓰러졌다. 우리는 그것을 향해 일제히 화염을 쏘았다. 거의 죽어가고 있었다고는 하나 아직 아군 병사의 숨이 붙어 있었음에도. 그들은 불길에 휩싸였다. 몸에 불이 붙은 병사가 발광을 하며 우리에게로 달려들었다. 총을 든 다른 병사가 그를 쏘았다. 눈에 보이지 않는 어떤 힘에 의해 제지된 양 그가 갑자기 진로를 바꿔 진열대로 돌진했다. 그는 쓰러진 진열대에 몸을 비비며 괴롭게 발버둥을 쳤다. 그리고 죽었다.

그러나 시체는 죽지 않았다. 시체는 온몸에 불이 붙은 채로, 죽은 대원이 그랬듯 비척대는 걸음으로 우리를 향해 돌진해 왔다. 우리는 총이며 화염이며 무작정 쏴댔다. 시체가 화염 방사기를 든 대원 하나를 덮쳤고, 둘은 곧 화염으로 한 몸이 되었다. 우리는 혼비백산하여 출구를 향해 뛰기 시작했다. 바닥에 가득한 물건들 사이로 발이 푹푹 빠져들었다. 등 뒤에서 도저히 사람의 것이라 생각할 수 없는 소리가 들려왔다. 소리는 살려달라고 울부짖고 있었다.

어둠 속에서 병사 하나가 발이 걸려 넘어졌다. 그는 일어나 우리를 쫓지 못했다. 우리는 조금 떨어진 곳에서 멈춰 서서 숨을 헐떡이며 그에게로 빛을 비췄다. 우리 중 가장 어린 대원이었다. 아직 학생인데도 졸업을 앞둔 사실상 성인이라는 이유로 징집돼 끌려온 이였다. 등에 멘 연료통에 연결된 기다란 화염 방사기가 쓰러진 진열장 어딘가에 걸린 것 같았다. 그는 도와달라고 절규했다. 울음 사이로 변성기가 막 지난 날카로운 소년의 목소리가 드러났다.

처음에는 누구도 그를 도와주려 하지 않았다. 그러다 마침내 누군가가 그에게로 달려갔다. 사수(射手)를 제외한 나머지가 뒤따랐다. 사수는 자리에 남아 불빛으로 우리를 비추며 경계를 섰다. 어두워서 화염 방사기가 어디에 걸린 것인지 알 수 없었다. 연료통을 떼버리려 했으나 한쪽 버클이 고장 났는지 풀리지 않았다. 칼을 꺼내 연료통 끈을 자르기 시작했다. 어둠 속 여기저기서 오싹한 울부짖음이 들려왔다. 숨어 있던 무언가가 비로소 깨어나 일제히 사악한 결의를 다지는 듯했다. 끈은 매우 질겼고, 손이 떨려서 제대로 자를 수가 없었다. 소년은 울면서 자기를 버리지 말아달라고 애원했다. 그러면서 오줌을 지렸다.

빛이 거두어지고 어둠이 내렸다. 이어 섬광이 번쩍하며, 귀를 먹게 하는 폭음과 함께 가공할 진동이 일었다. 모든 것이 순간적으로 드러났다가 어둠 속으로 가라앉았다. 사수가 유탄을 쏜 모양이었다. 그르렁거리는 숨죽인 고통의 비명이 어둠 속에서 수군거리듯 들려왔다. 사위에서 기묘한 신음 소리가 우리를 에워싸기 시작했다. 불현듯 사수가 사격을 시작했다. 불빛이 번쩍번쩍 건물 내부에 명멸했다. 총성이 잠깐 끊긴 틈을 타 그가 소리쳤다.

"빨리 해! 젠장! 빨리 하라고!"

끈을 자르는 데 성공하자 어린 대원을 끌고 사수가 있는 곳으로 돌아갔다. 그동안에도 그는 어둠을 향해 계속해서 총탄을 퍼부었다. 소년은 다리에 힘이 풀렸는지 걷지 못했다. 고교 시절 농구 선수였다던 건장한 대원이 등에 멘 연료통을 벗어 던지고 그를 둘러 업었다. 남은 대원은 나를 포함해 총 다섯이었다. 유탄 발사기가 장 착된 소총을 든 대원이 하나, 화염 방사기를 든 대원이 둘, 아무 화 기도 갖지 않은 대원이 둘. 우리는 비무장인 두 대원을 둘러싼 대 형을 이룬 채 출구로 나아갔다. 사수는 계속해서 시체들을 향해 총을 쏴댔다. 우리도 줄기차게 화염을 뿜어대 내부를 밝히는 동시 에 시체들의 접근을 차단했다. 사수가 탄창을 교체할 때는 우리가 위치를 바꿔 그 대신 화염을 쏘아댔다. 총염으로 인해서건 폭염으 로 인해서건 화염으로 인해서건 간에 내부가 환히 밝혀질 때마다 사위에서 꾸물대며 일어나는 소름끼치는 존재들이 보였고, 다음 순 간에는 총탄이나 유탄의 폭풍에 쓰러지는 그들이 보였다. 또 다음 순간에는 다시 일어나 커다란 원을 이루며 스멀스멀 기분 나쁜 안 개처럼 모여드는 그들의 모습이 보였다. 사방에서 합성수지 녹는 역한 내가 진동했다. 불붙은 나무 같은 진열장들이 드문드문 서서, 혹은 쓰러진 채 주황빛 입김으로 주위를 밝혀 그곳을 지나치는 존 재들을 설핏설핏 비추고는 도로 지워냈다. 얼마 뒤에 사수가 탄이 떨어졌다고 말했다. 그 말에 대형이 무너졌다. 우리는 뒤쪽에다 간 헐적으로 화염을 쏴대며 각자 출구를 향해 뛰기 시작했다.

가까스로 출구에 다다랐을 때, 유리벽 가까이에 있던 진열대 안 쪽에서 불쑥 시체 하나가 튀어나와 사수를 덮쳤다. 우리는 얼른 그 쪽으로 화염 방사기를 겨눴지만 차마 쏘지 못했다. 나이 든 대원이 연료통을 벗어 시체의 얼굴을 후려쳤다. 얼굴에서 분리된 코와 눈 알이 어둠 속으로 날아가는 것이 보였다. 그 틈을 타 쓰러진 대원의 발목을 잡아끌었다. 우리는 얼른 밖으로 나온 다음 문을 걸어 잠갔다. 곳곳에 둥근 파문(波紋)으로 금이 간 강화유리 문 너머에서 시체가 몸을 일으키는 모습이 보였다. 문을 긁고 두드리며 으르렁거리는 소리를 뒤로하고 부상당한 대원을 부축해 지휘소가 있는 곳으로 향했다. 사수였던 대원은 의식을 잃은 채였고, 물어뜯긴 한쪽 볼에서 피를 줄줄 쏟고 있었다. 덩이진 피 사이로 간간이 하얀 뼈가 드러났다. 그를 부축한 나와 나이 든 대원의 군복이 뜨겁고도 꺼림칙한 피로 물들어 질척였다. 등 뒤로 유리 깨지는 요란한 소리가 들렸다. 뛰면서 돌아보니, 창과 문으로 쏟아져 나온 시체들이 불결한 벌레처럼 엉켜 꾸물대고 있었다.

우리는 그들의 추격으로부터 안간힘을 다해 도망쳐 지휘소에 이르렀다. 무장한 병사들이 기겁을 하며 우리를 쫓아온 시체들을 향해 발포하기 시작했다. 나는 방독 마스크를 쓴 대위에게 상황을 보고했다. 그는 즉각 무전기로 공중 폭격을 요청했으나, 건물 하나 때문에 폭격을 하기는 곤란하다는 대답이 돌아왔다. 대위는 축역대(逐疫隊)라도 보내달라고 간청했다. 그곳에 있던 모두가 지휘소를 내버려둔 채 트럭을 타고 황급히 임시 본부로 후퇴했다.

임시 본부에 도착한 우리는 즉각 컨테이너에 격리되었다. 분대가 둘로 나뉘어 격리됐는데, 내가 들어간 곳에는 나와 나이 든 대원, 그리고 부상당한 사수가 함께였다.

사수 대원의 상태는 갈수록 나빠지고 있었다. 몸에서 열이 펄펄 끓었고, 의식이 없는 상태에서 괴로운 듯 신음을 토했다. 우리는 벽을 두드리고 소리쳐 그를 치료해줄 것을 요청했다. 그러나 텅 빈 철제 상자의 내부만 시끄럽게 울릴 뿐, 외부로부터의 응답은 없었다. 부상병의 상처 부위에서 거품이 부글부글 끓어오르기 시작했다. 우리는 한쪽 벽에 나란히 붙어 서서 말없이 그것을 지켜보았다.

얼마쯤 지나, 내부에 설치된 스피커가 지글지글 끓는 목소리를 내보냈다. 소리는 변조된 것이었다.

"······이것은 명령이다······."

그리고는 한동안 지글거리는 소리만을 내보냈다. 다시 목소리가 이어졌다.

"······이제부터 너희는 탈의한다. 속옷, 양말까지 실오라기 하나 남김없이 탈의하라. 너희는 서로의 몸 상태를 철저히 체크하라. 자상, 창상, 열상, 교상 등 부상 여부를 철저히 확인하라. 아무리 작은 상처라도 상세히 보고하라. 이것은 명령이다. 너희는 철저히 감시되고 있다는 점을 명심하라······."

우리는 시키는 대로 옷을 모조리 벗고 서로의 몸을 구석구석 살핀 후 스피커를 향해 부상의 흔적을 찾지 못했다고 보고했다. 우리는 어서 부상병을 치료해달라고 간구했다.

목소리는 대답하지 않았다. 그 대신 벽에 이중으로 난 구멍이 벌컥 열리더니 자동 권총 두 정이 들어왔다. 바닥에 떨어진 권총을 보며 어리둥절해 있는데, 다시 목소리가 나왔다.

"······이것은 명령이다······."

나쁜 예감이 들었다. 그리고 예감은 틀리지 않았다.

"······너희 생존자는 각자의 총기로 부상자를 사살하라. 둘 모두 발포해야 한다. 이것은 명령이다. 명령을 따르지 않는 자는 군법에 의해 처벌을 받을 것이다……."

우리는 그가 우리의 전우이며, 아직 살아 있고, 치료를 받으면 살 수 있을 것이라고 항변했다. 목소리가 말했다.

"……그것은 우리의 안전을 심각하게 위협하는 존재다. 다시 말한다. 그것을 사살하라. 이것은 명령이다. 지금은 심각한 비상사태다. 다섯을 세겠다. 거부할 시 너희도 함께 처리될 것이다. 지금은 심각한 비상사태다. 이것은 명령이다……."

우리는 마지못해 총을 들었다. 하지만 쏠 수 없었다. 부상병의 신음이 거세지고 있었다.

"하나!"

날카롭게 찢어지는 음성이 소리쳤다.

"둘!"

우리는 서로의 얼굴을 쳐다봤다가 다시 부상병을 바라보았다.

"셋!"

도저히 그를 쏠 수 없었다. 나는 총을 바닥에 떨구었다. 나이 든 병사가 떨어진 총을 가만히 내려다보았다. 그러고는 다시 부상병에게로 시선을 돌렸다.

"넷!"

그는 천천히 팔을 들어 총을 겨누었다.

목소리는 다섯을 세지 않고 기다렸다.

나이 든 병사가 울먹이며 말했다.

"정말 흔해빠진 사연이지만, 제게는 아이가 있습니다. 저는 제빵사였죠. 작은 빵집이 있습니다. 아이는 둘입니다. 하나는 중학생이고, 하나는 초등학생이죠. 재해구호세를 내지 못했어요. 저는 빵집을 팔 겁니다. 그러면 더 이상 제빵사가 아닐 테고, 나는……."

그는 방아쇠를 당겼다. 부상병의 몸이 공중으로 짧게 튀어 올랐다. 그는 울면서 잇달아 총탄을 쏟아냈다. 탄창과 약실에 꽉 채운 총탄을 모조리 쏟아냈다. 더럽고 역한 음식물을 뱉어내듯이.

그때 내가 무슨 생각을 했는지 모르겠다. 그가 그를 먼저 죽여주었다는 생각에 부담이 덜해진 것인지도 모른다. 아니면 내 알량한 양심보다 살고 싶다는 욕구가 더 컸는지도 모른다. 목소리가 "다섯!"을 외치는 순간, 나도 재빨리 총을 집어 시체를 향해 쏘기 시작한 것이다. 그리고 나 또한 내게 주어진 것을 모조리, 그것에 쏟아 부었다.

총성과 포연이 그득했다.

발포가 그치자 침묵이 이어졌다. 구멍에서 정체 모를 가스가 뿜어져 나와 안을 가득 채웠다. 우리가 괴로워하며 쓰러질 즈음 문이 열렸고, 우리는 곧바로 격리 차량에 실려 어딘가로 이동되었다. 조그만 창문 밖으로, 수많은 컨테이너가 불태워지는 광경이 멀어져갔다.

나는 유리로 된 격리벽 맞은편에 앉은 동료를 보았다. 그는 아직도 울고 있었다. 나는 울지 않았다. 나는 그가 제빵사이고, 아이가 둘이라는 말을 믿지 않았다.

그제야 나는 내가 비열하고 잔인하다는 사실을 깨달았다.

5

　며칠에 걸친 정밀하고 예민한 신체검사 후, 그는 부대로 복귀했으나 나는 그러지 못했다. 나 역시 '양호' 판정을 받았지만, 명령 이행을 지연했다는 이유로 영창에 끌려갔다. 그곳에는 나와 비슷한 시기에 수감된 병사들이 많았다. 나는 그들과 함께 2주간 어두운 지하 수용실 차가운 바닥에서 숙식하며 호된 얼차려를 받았다. 그리고 부대로 복귀하는 날, 뜻밖의 사실을 알게 되었다. 그곳에 있는 대다수가 나와 같거나 비슷한 이유로 들어왔다는 것이다. 같은 날 나가게 된 소위 하나가 내게 말해주었다.

　"우리뿐이 아니야. 생각해봐. 명령을 불이행했다는 이유로 잡혀온 우리가 겨우 영창에 들어왔다, 그것도 보름 만에 나갈 수 있다고 생각해? 이건 나약한 병사들에 대한 일종의 정신 교육에 불과해. 게다가 병력도 모자란 상황이지. 엄청난 병력이 투입되고 있다고. 각지에서 시체들이 범람하고 있어. 어디서 나오는지도 몰라. 일종의 전염병이라는 설이 맞는 것 같아. 정부는 사실을 철저히 은폐하고 있어. 그래서 군에 은밀히 그 처리를 맡기고 있는 거야. 이 병이란 게, 한번 퍼지면 도시 하나쯤은 순식간에 괴멸되는 것 같아. 나라 전체가 시체들로 뒤덮이는 건 시간문제겠지. 그래, 그렇게 되면 차라리 그들에게는 쉬운 일일지도 몰라. 도시 하나를 불태우는 것쯤이야 생존자들을 일일이 체크하고 입막음하는 것보다 훨씬 간단한 일일 테지.

　그거 알아? 심지어 그 뒤처리를 전문으로 하는 특수부대까지 편성됐을 정도라고. 그들은 새까만 군복과 군장에 검은 방탄모를 쓰고, 방독 마스크까지 착용한다는군. 각종 화기로 상식을 벗어날 정도의 중무장을 하고서 말이지. 그들이 바로 '축역대'라 불리는 이들이야. 그들을 본 사람들은 '검은 청소부들', 혹은 '청소대'라고 부른다지만 말이야."

그는 청소대에 속해 있던 어느 장교의 탈영 소식도 들려주었다.

"청소대로 가기 전까지는 부대 내에서 그다지 평판이 좋지 않던 이였어. 좀 고지식했다고나 할까. 뭔지는 몰라도 이상한 자긍심 같은 게 있는 녀석이었다나 봐. 당연히 상관이나 동료, 부하 들과도 마찰이 빈번했지. 그런 그가 청소대 창설 소식을 듣고는 자원했다고 해. 그가 차출되어 나가자 다들 한시름 놓는 눈치였다지. 어쨌든 청소대에서는 상당한 신임을 받은 듯해. 시체들을 청소하는 데 앞장서서 혁혁한 전과를 올렸다는 거야. 하긴 그의 기질을 생각하면 당연한 것 같기도 해. 본래 그는 잔인한 인간이었던 게 틀림없어. 그를 실제로 본 적이 있는데, 겉으로는 단정하고 차분해 보였지만 속은 어딘가 이상할 만치 뒤틀려 있다는 느낌을 받았거든. 하여간 그런 연유로 그는 소위로까지 진급했다고 해. 아무리 전시이고, 또 아무리 청소대라지만 사병 출신의 부사관이 위관급 장교로, 그것도 그렇게 빨리 진급했다니 웃기는 일이지. 뭐, 그만큼 수완이 뛰어나기는 했던 모양이지만 말이야.

그러던 그가 저번 임무에서…… 무슨 말인지 알겠지? 그러니까 시체를 학살하던 도중에…… 갑자기 사라져버린 거야. 그가 이끌던 소대의 대원들 말로는 그가 뒤처졌다가 시체들에게 붙잡혀 잡아먹힌 줄로만 알았대. 얼마간 찾다가 보이지 않자 그대로 임무를 계속

수행했다는군. 이상할 것도 없지. 그들의 신조 중 하나가 '죽은 자는 찾지 않는다'였으니까. 하지만 상황이 좋지 않았어. 그들은 시체와 격전을 벌였고 그 와중에 많은 대원들이 희생됐지. 그때 어디선가 그가 홀연히 나타났대. 한데 그는 자기가 어디에 있었는지, 무얼 했는지 끝내 말하지 않았다는군. 그들은 간신히 버티다가, 뒤늦게 도착한 지원 병력과 합류해서 겨우 시체들을 처리할 수 있었어.

어때, 너도 이제 대충 어떻게 돌아가는 건지 알지? 그다음에는 우리가 남은 찌꺼기를 청소하고……. 그건 그렇고, 아무리 청소대라도 별수 없는가 보지. 그의 소대에서 치명적인 부상을 당한 대원이 나온 거야. 그래서 그들은 컨테이너에……. 아, 너도 그랬다고 했었나? 그래, 천하의 청소대에서, 그것도 거기서 승승장구하던 그가 우리처럼 그런 엿 같은 상황을 맞게 된 거지. 그런데 여기가 반전이야. 청소대의 냉혹한 신조라든가 그의 이력을 생각하면 딱히 문제가 될 상황도 아니었을 것 같잖아? 사살은 물론이고 그 자리에서 태워버린대도 전혀 이상할 게 없지. 그런데 그가 끝까지 총을 쏘지 않았다는 거야. 결국 그는 자기가 맡았던 임무와 현 상황에 관해 그 어떤 것도 일절 외부에 발설하지 않겠다는 각서를 쓰고서 불명예제대를 했대. 연금은커녕 밀린 봉급도 제대로 받지 못하고 무일푼으로 쫓겨난 거지.

그래도 그 정도면 다행이지. 우리 같으면 벌써 총살되고도 남았을걸? 그나저나 웃기지 않아? 양심이라니? 전우의 생사에도 무관심한 저 악명 높은 청소대의 잘나가던 장교가? 약이라도 먹은 건가? 나는 이렇게 된 게 아닌가 싶어. 부상당했다는 소대원의 상처가, 냉정한 그조차도 양심의 가책을 느낄 만큼 경미했던 것은 아닐까. 그래, 그랬을지도 모르지. 크게 다쳤더라면, 그러니까 그들 말대로 정말 치명적이었다면 자기 손으로 일찌감치 쏴 죽이고 바싹 태워버렸을 게 분명하니까."

나는 그자가 지금 어디서 무얼 하는지 아느냐고 물었다.

"난들 알겠어? 그는 사라져버렸어. 종적을 감춰버렸다고. 완전히."

그는 내게 이런 충고도 해주었다.

"이대로 가다간 나라 전체가 소각되고 말겠지. 아니면 시체가 되어 동료들 손에 죽거나. 우리가 그런 것처럼 말이야. 난 어느 쪽도 싫어. 군인의 명예? 내 가족, 내 친구, 내 전우를 죽여야 하는 판에 명예는 무슨 얼어 죽을 명예야? 나는 이 나라를 뜰 거야. 하긴 다른 나라도 여기보다 심하면 심했지 덜하지는 않더라는 얘기가 있더군. 뭐, 어차피 여기를 뜰 수도 없을 테지만 말이야……. 너도 이참에 전역을 신청하는 게 어때? 시켜줄지는 모르겠다만. 행여 청소대의 그놈처럼 진급하겠다는 생각일랑 꿈에도 마. 그건 청소대니까 가능한 거라고. 게다가 너나 나나 이력은 이제 밑 닦은 휴지나 다름없는 셈이니까. 뭐, 돈? 나라가 이 꼴인데 그깟 박봉 제대로 나오기나 하겠어? 우리는 그저 총알받이일 뿐이야. 아니, '이빨받이'라고 해야 되나? 소모품이라고. 젠장, 이 꼴을 계속 보다간 미쳐버리고 말 거야……."

그러나 나는 그의 말대로 하지 않았다. 나는 상부의 명령에 따라 얌전히 복무했고, 몇 차례 더 현장에 투입되었다. 이후로 잠시 후방에서 근무하다 다시 전방에 투입되었고, 다시 후방에 배치됐다. 이 과정이 반복되었다. 나는 자리를 대신할 소모품이 조달되는 동안 잠시 그 공백을 메우는, 불온하지만 치열한 대체품이었다. 얼마 후부터는 전역 신청을 하라는 무언의 압력이 감지되었다. 잉여 부품이 충분해졌다고 판단했는지 그들이 드디어 나를 버리기로 한 모양이었다. 나는 모른 척하고 간부사관 지원까지 했다. 당연히 그것이 가능할 리 없었다. 그럼에도 나는 꿋꿋이 버텼다. 벌써부터 군에, 그리고 시체들과의 싸움에 환멸을 느끼고 있었던 것이 사실이지만, 밖에 나가 생계를 꾸리려면 어쩔 수 없이 내가 가진 유일한 재주인 시계를 다루는 일을 찾을 수밖에 없으리라는 것을 알고 있었기에 나는 스스로를 그곳에 필사적으로 묶어두고자 했던 것이다. 더 이상 시계 다루는 일은 하고 싶지 않았다. 내게 있어 그것은 그 끔찍한 군 생활보다 더 지긋지긋한 일이었으므로.

물론 내 청춘을 다 바쳤던 일에 대한 그리움이 아주 없었던 것은 아니다. 언젠가는 나만의 시계를, 걸작품을 만들겠다는 기술자의 긍지와 예술가적 포부가 아직 존재했던 것 또한 사실이다. 그 이루지 못한 꿈에 대한 아쉬움과 유혹이 일 때마다, 나는 소중히 보관하던 G의 시계를 꺼내 찬찬히 들여다보곤 했다. 그 정교한 아름다움에 취해 얼마간 경도되어 있노라면 이내 고개를 쳐드는 극도의 좌절감과 자기혐오로 오랜 불치의 욕구를 단번에 꺾어버리고 씻어버릴 수가 있었기 때문이다.

적어도 경직된 군 생활에 있어서는 타고난 재능이 핵심적인 사항이 아니라고 나는 생각했다. 그래서 군에 남기를 원했다. 아마 도저히 넘을 수 없는 재능에 가려 시기하고 비열한 계략을 꾸미는 경멸스러운 나 자신을 다시는 겪고 싶지 않았던 것 같다.

그들의 압력만큼이나 암묵적이었던 내 항명에 대해 상부는 나를 지옥과 같은 전장에 거의 학대라 할 만큼 연달아 투입시킴으로써 보복했다. 하지만 한편으로는, 당초의 예상에 반하는 나의 태도에 의구심을 느낀 그들이 나를 한번 시험해보겠다는 생각인 것 같기도 했다. 나는 기꺼이 그에 응하기로 했다. 그렇게 끔찍하기 그지없는 치열한 1년을 보냈고, 나는 끝내 버텨냈다.

그 무렵은 시체가 전국에 범람하여 더 이상 정부나 군이 정보를 통제할 수가 없는 시기였다. 이제 군은 자의에 의해서건 타의에 의해서건 공개적으로 그들과 사투를 벌이고 있었다. 놀라웠던 것은, 정부가 당초 염려했던 바와 달리 그 비정한 싸움에 대해 살아 있는 자들의 반발이 거의 없었다는 점이다. 오래도록 은밀하고 불확실한 두려움과 불안감에 시달리던 그들은 실체화된 공포와 맞닥뜨리자 금방 동요했으나, 일찍이 예견됐던 그 동요는 그들을 혼란시키기는커녕 그들의 삶과 안전을 위한 본유의 잔인성만 한층 굳어지게 만들었던 것이다.

내일이면 바로 자기 자신이, 혹은 자기 아내나 남편이, 또는 부모와 아이들이 그리될지 모르는데도, 그들은 시체들을 철저히 죽이고 완전히 없애야만 한다는 극단적인 주장을 폈으며, 직접 주장하지는 않더라도 적어도 거기에 수긍은 했다. 그들은 자신들이 오염되는 일이 절대 없기를 바라고 그것을 두려워했지만, 기실 자기들이 그렇게 되리라고는 생각지 않는 것 같았다. 그렇기에 그들은 오염을 더욱 두려워한 것인지도 모른다. 그들에게는 오로지 자기들이 그렇게 되기 전에 시체들을 모조리 없애야 한다는 믿음뿐이었다. 급기야 그들은 시체를 박멸하고자 하는 의지와 노력이 부족하다며 정부를 규탄하기까지 했다.

그렇다고 정부의 일이 수월해진 것만도 아니었다. 국민의 안위를 위해 싸운다는 명분은 있었으나 승리를 위해 어쩔 수 없이 필요악이 되고 말았다는 자격지심 또한 없지 않아 있던 정부와 군은, 순식간에 자신들이 완전한 정의의 수호 세력으로 돌변한 그 의외의 상황에 적잖이 당혹스러워했다. 그와 더불어 비공식적이던 싸움이 공식적인 것으로 전환되면서, 그들은 당시와 같은 극단적 상황에 제법 편리하고 능률적이라 생각했던 소모품의 투입을 부담스러워하기 시작했다. 스스로의 안위를 위해 정부를 지지하는 국민이 정작 국가가 되찾기 위해 애쓰는 안정을 위하여 자신들의 안전이 침해당하고 있다는 사실을 깨닫게 되면 자칫 상황이 더 악화될지 모른다고 판단했기 때문이다. 이제 시체들과의 싸움은 효율을 따져야 하는 국면으로 접어들고 있었다. 밑 닦은 휴지 꼴이 된 내 경력이 재평가되기 시작한 것도 바로 그 시점이었다. 군은 소모품이 아닌, 경험 있는 자들에 의한 효과적인 작전을 계획하기 시작했다. 그들이 비로소 덜 잔인한 생각을 하기 시작한 것이다. 더 잔인해진 국민들에 의해.

군인으로서의 내 경력은 애송이에 불과한 것이었지만, 시체들과의 전투에 있어서 나는 백전노장이었다. 그렇다고 해서 내가 용감히 앞장서서 싸운 것은 아니었다. 나는 청소대가 휩쓸고 지나간 현장에 수차례 투입되면서, 익숙해질 대로 익숙해진 돌발 상황을 의식적으로 회피함으로써 용케 살아남는 방법을 터득했을 뿐이다. 소모품들은 그것을 알지 못했다. 나는 매번 낯선 소모품들을 보았고, 두려워하는 한편 무지로 인한 만용을 지니기도 했던 그들의 참담한 죽음을 보았으며, 죽은 상태에서의 깨어남을 보았다. 그리고 그들의 완전한 죽음을 목격했다. 그 한복판에 언제나 내가 있었다. 결국 군은 나를 인정하기에 이르렀고, 나는 소위로 진급되었다.

잠시 신병 훈련소에서 시체들과의 교전에서 지켜야 할 행동 지침을 훈련병들에게 가르치다가 다시 전선에 배치되었다. 그즈음에는 시체들의 행동 패턴이 어느 정도 파악되어 대처법도 교범화되었으므로, 청소대의 개념이 일반 부대로 확대되고 우수 병력도 일반 부대에 우선적으로 수급되고 있었다. 내가 속한 대대급 규모의 부대는 그들의 일차 지원부대라 할 수 있는 잔여시체처리반, 일명 'B팀'의 하나로서 특별 편성된 것이었다. 전과는 달리 대원 모두가 젊고 과거의 기준에 가까운 자격 요건을 갖춘 병사들로 구성되었다.

소대장으로서 나도 다른 이들처럼 전적으로 직속상관으로부터 명령을 받고 임무를 수행하는 입장이기는 했으나, 영관급 장교 중에 현장을 나만큼 아는 이가 드물었기에 현장에서는 실질적으로 내가 지휘관이라 할 수 있었다. 장교들은 이동식 망대 위에 서서 목이 터져라 소리만 질러댈 뿐이었다. 실제로 목이 터져서 의무대에 실려 가는 이도 있었다.

한번은 원조 청소대인 축역대와 함께 작전을 수행한 적이 있었다. 그들의 활약은 소문보다 훨씬 대단한 것이었다. 그들의 공식적인 임무는 시체들이 점령한 지역에 투입되어 순수 생존자, 즉 비부

상자를 수색·구조함과 동시에 시체를 발견하는 즉시 완전히 사살하는 것이었다. 주로 폭격 이후에 투입되는 경우가 많았지만 상황이 애매한 경우에는 그들이 먼저 투입된 뒤 그들의 보고에 따라 폭격 여부가 결정되었고, 이후에 우리가 투입되는 식이었다. 때때로 폭격이 곤란하거나 폭격이 가해진 후에도 효과가 미심쩍을 경우에는 우리와 함께 투입되어 청소대는 잔존한 시체를, 우리는 진짜 시체를 처리하게 돼 있었다. 그러나 그들이 생존자를 수색하거나 구조하는 장면을 우리는 단 한 번도 목격하지 못했다. 그들 본연의 임무는 이름 그대로 오로지 청소인 것 같았다. 그들은 닥치는 대로 죽이고, 불태웠다.

우리 대원은 작전 지역 투입 시 여전히 눈을 가린 채였다. 그 이유가 전과는 사뭇 달랐다. 전에는 기밀을 통제하기 위해서였다면, 지금은 대원들의 정신 건강을 위해서라고 했다. 우리가 불태우는 도시와 마을과 주민이, 우리가 아는 장소이거나 아는 사람들이 아니어야 한다는 것이었다. 청소대는 눈을 가리지 않았다. 그들은 그곳이 어디인지 알고 그들이 누구인지 알면서도 검은 그림자 같은 모습으로 냉혹하게, 서슴없이 무차별적인 학살을 자행했다. 그들의 정신은 더 이상 파괴되거나 무너질 데가 없어 보였다. 하지만 나는 그들을 비난할 생각은 없다. 비록 그들이 잔인하고 폭력의 욕구에 충실한 자들이었다지만, 지금의 세상을 지켜내고 만들 수 있었던 것도, 우리가 지금껏 살아 있는 것도 결국은 그들 덕분이라는 것을 부정할 수 없기 때문이다.

그렇지만 그들이 전리품을 챙기는 것만은 불만이었다. 그에 관해 나와 비슷한 지위에 있는 자에게 따진 적이 있다. 그는 무척 탐욕스러운 자로, 일찌감치 민병대를 꾸려 비공식적으로 청소대와 함께 활동했던 자였다. 청소대의 전신이랄 수 있는 관련 특수부대에서 부사관으로 복무한 전력이 있는 까닭에, 정보 통제가 심하던 시기에도 부대 내 지인을 통하여 작전과 관련된 정보를 입수할 수 있었고, 당시는 일선 전투 병력이 부족하던 시절이라 군 또한 민병대의 활동을 묵인했다고 한다. 시체들과의 싸움이 공식화되면서 군은 그들을 정식으로 축역대에 편입시켰다. 나중에 안 사실이지만, 그는 청소대 내에서도 악명이 높은 이였다.

그가 내게 말했다.

"사람들은 우리가 더러운 짐승이니 악마니 살인자니 떠들어대지만 우리가 있기에 그나마 상황이 이 정도인 겁니다. 누가 그들과 싸웠습니까? 모두가 행여 병이라도 옮을까 싶어 몸을 사릴 때 누가 앞장서서 그들을 죽이고 불태웠습니까? 당신도 알 것 아닙니까? 시체들을 박멸해야 한다고 침을 튀겨가며 소리를 지르면서도 누구 하나 나서는 이가 없어요. 그들과 맞서는 것이 두렵고, 한때 자기와 같은 인간이었던 자들을 제 손으로 처리하는 게 꺼림칙하다는 거지요. 그러면서도 자기들만은 안전하기를 빌고요. 저희들은 아무것도 하지 않아도 응당 안전하고 무사해야 한다고 생각하는 겁니다. 다른 누군가가 자기들을 위해 기꺼이 나서 목숨을 걸고 양심을 더럽히며 싸워야 한다고 난리치는 비열한 족속들이죠.

도대체 누가 그들을 위해서 싸웁니까? 우리입니다. 예, 바로 우리예요. 어제만 해도 대원 열둘을 잃었어요. 그중 여덟은 우리 손으로 죽여야 했죠. 빌어먹을 족속들을 위해 우리가 몸소 위험의 싹을 제거한 겁니다. 뭐요, 전리품? 폭격에 곧 재가 돼버릴 쓸모없는 것들 말이에요? 그럼 그걸 누가 가지죠? 우리는 그걸 가질 자격이 있어요. 국가가 주는 쥐꼬리만 한 봉급 대신에 그걸로 우리의 목숨 값을 할 자격이 있다는 말입니다!"

나는 아무 대꾸도 할 수 없었다.

6

치열한 전투가 얼마간 계속된 후, 언제부터인가 출동 횟수가 점점 줄기 시작했다. 정부와 보건 당국은 이 시체가 되는 병에 대해, '공수병, 인플루엔자, 후천성면역결핍증, 뇌염, 홍역 등의 치명적인 몇 가지 바이러스들이 결합하여 변종한 신종 바이러스가 일으키는 급성 전염병'으로서 신체 조직의 자연적 훼손과 출혈, 세포 분열 체계의 교란과 신호 체계의 붕괴, 급격한 지능의 저하와 비정상적인 식욕, 특히 육식에의 과도한 탐심을 특질로 하는 병증을 유발한다는 점을 알아냈을 뿐 아직도 근본적인 대책을 마련하지 못하는 실정이었다. 심지어 그것이 어떤 중간 숙주를 거쳐 변형을 일으키는지, 사람 이외의 매개체가 무엇인지도 여전히 밝혀내지 못한 채였다. 그럼에도 군의 철저하다 못해 잔인하기까지 한 방제 노력과 거의 편집증에 가까운 시민들의 위생 관리 노력 덕분인지 상황이 조금씩 진정되는 듯했다. 오랫동안 혼란과 공포에 빠져 있던 사람들도 차차 안정을 되찾기 시작했고, 그렇게 사태는 소강으로 빠져드는 것 같았다. 그 지겹고 끔찍한 상황이 그대로 일단락될 수도 있으리라는 막연한 희망이 피어올랐다.

그러나 착각이었다. 단지 그렇게 보였을 뿐이다. 이제부터는 세상 사람들이 '죽은 자들의 소요'라고 알고 있는 내용이다. 실제와 많이 다르게 알고 있기는 하지만.

전반적인 안정세와는 달리 오히려, 철통같은 수비와 보안으로 그나마 안전하리라 생각됐던 수도 내에서 그들이 출현하기 시작했다. 어떤 감염원에 의해 방역망이 뚫렸는지, 최초 보균자나 감염자가 누구인지는 모른다. 어쨌든 처음에는 한 사람이었다. 그러다 곧 한 가정이 되었고, 한 행정구역이 되었으며, 이윽고 도시 전체로 번져 갔다. 마치 들불처럼.

인구가 과도하게 밀집한 대도시는 병에 취약해 보였다. 무결한 문명은 미지의 병을 저항도 못하고 받아들였다. 시체가 기하급수적으로 늘어갔고, 도시는 시체들로 인해 좀먹어갔다. 이웃이나 가족에게 잡아먹히거나 물려서 감염되는 일이 비일비재하게 일어났다. 이내 극단적인 처방이 일상화되었고, 겹쳐진 죽음의 공포로 인해 극도로 예민해진 사람들은 서로를 믿지 못했다. 그들은 서로를 의심하고 감시했다. 그런 그들에게 당국은 지침까지 만들어 배포하며 즉각적인 신고를 권장하고 독려했다. 애꿎은 사람이 감염자로 몰려 자경의 폭력에 희생당하는 일이 수시로 벌어졌다. 하지만 감히 누구도, 누구에게도 그 책임을 물을 수 없었다. 다시금 드리워진 공포와 불안의 그림자 속에서 사람들은 미쳐가기 시작했다.

괴병에 대한 정부와 보건 당국, 의료 기관의 연구는 계속되었으나, 백신이나 치료제 개발의 가능성은 여전히 보이지 않았다. 혼란과 당황에 빠진 지 오래인 정부로서는 그럴 만한 시간도, 여력도, 의지도 부족했다. 더구나 부족한 인력으로 수도 내 치안을 신경질적으로 담당하던 경찰력만으로는 나날이 늘어가는 시체를 막기에 역부족이었고, 그들 내에서도 시체가 나오고 있었다. 정부가 무언가를 해주리라 막연히 기대하고 있던 시민들이 불만을 품고 거리로 쏟아져 나왔다가, 시체 무리와 맞닥뜨리자 뿔뿔이 흩어져 버려진 건물과 대피소로 숨어들었다. 갑작스러운 혼돈의 희생양이 되어 압사당한 사람들이 수두룩했다. 미처 도망치지 못한 자들과, 도망은 쳤으되 불행히도 죽은 존재들의 둥지에 발을 들여놓고 만 자들은 결국 시체들의 제물이자 양식으로서 형체도 남지 않고 완전히 죽거나 절뚝거리며 죽은 자들의 무리에 합류했다. 도처에서 같은 상황이 반복되었다.

이제까지의 치열했던 전황이 장난처럼 느껴질 만큼 시체들의 세는 금세 어마어마하게 불어났다. 그들은 먹이를 찾아 이동하는 굶주린 짐승 떼처럼 몰려다니며 종종 서로가 서로를 잡아먹었다. 거리에는 썩는 내가 진동했다. 사방에 펼쳐진 것은 원초적인 살육과 살점, 피, 뼈, 그리고 비명이었다.

수도는 순식간에 괴멸 직전의 상태에 이르렀다. 믿었던 수도가 그렇게 되자 당황한 정부는 사실상 싸움을 포기했다. 그들은 감염자와 비감염자의 파악과 분류마저 완전히 손을 놔버렸다. 빠져나갈 기회를 놓친 요인들은 지하 벙커로 들어가 숨었다. 국외로 도망칠 생각이 없었던 듯 보이는 것을 보면 다른 나라들도 상황이 마찬가지라는 소문이 맞는 것 같았다. 바이러스는 전 세계에 창궐했고,

다른 나라도 달리 방책을 내놓지 못한 채 무너지고 있음이 틀림없었다. 그러나 그들은 싸움은 포기했을지언정 자신들의 생존과 기득권 유지의 희망만은 포기하지 않았다. 그들은 국가의 재건이라는 대의의 마취제를 기꺼이 자기들 양심에 주사했다. 그들이 생각하는 남은 방법은 하나뿐이었다. 수도에 군을 투입하여 전면전을 벌이는 것. 그들은 수도의 시체들을 남김없이 쓸어버리고 싶어 했다.

이윽고 군 병력이 총동원되었다. 하달되는 명령은 단 하나였다. "보이는 대로 죽이고 불태우라." 한 가지 지침이 붙기는 했다. "병이 의심되는 자 또한 즉각 사살하고 소각하라."

이 작전의 이름은 '황혼'이었다.

수도는 곧 불바다가 되었다. 주요 기관과 시설, 비감염자로 확정되어 오래전에 격리된 시민들의 대피소가 있는 구역을 가급적 피해 가능하다고 판단되는 범위 내에서 최대한 폭격이 퍼부어졌다. 시체들이 은신해 있다고 보고된 건물과 그럴 것으로 예상되는 건물 위로, 사실상 대부분의 온전한 건물들 위로 소이탄이 비처럼 쏟아졌다. 가공할 진동과 굉음이 지나간 자리에 불길이 잔인한 자식같이 치솟아 춤을 추었다.

기갑부대를 포함한 육상 병력에 의한 공격 또한 살아 있는 자는 존재하지 않는다는 전제하에 이루어졌다. 외부로부터 커다란 원을 만들듯 도시를 몇 겹으로 둘러싼 수십만의 병력은, 비칠대며 거대한 파도처럼 몰려드는 시체들과 처참한 접전을 벌이며 진격하여 도시의 핵심을 향해 차츰 범위를 좁혀나갔다. 군인들이 쏟아내는 총알보다도 많은 수로 밀려드는 시체들에 의해 원주의 일부가 무너지기 일쑤였다. 그럴 때면 무너진 부분을 향해, 바깥쪽의 원을 이룬 병사들의 화기가 무시무시한 불을 뿜었다. 시체들과 뒤엉킨 병사들도 동료들의 맹공에 함께 쓰러져갔다. 피와 뇌수와 사지가 사방으로 튀었고, 고기 타는 내가 그득했다. 그야말로 참극이었다. 당시 그 자리에 있었던 이가 요즘 역사책에 실린 비극 운운하는 설명이 달린 입체 사진을 본다면 코웃음을 칠지도 모른다.

시체들은 끝도 없이 밀려들었다. 죽이고 죽여도 검은 물결의 끝은 보이지 않았다. 탄약이 떨어진 병사들은 칼을 빼 들고 참혹한 백병전을 벌였다. 바닥은 시체와 그것들로부터 분리된 신체의 일부로 그득하여 걷기조차 힘겨웠다. 도시는 피와 악취로 홍수가 날 지경이었다. 시체를 쏘아 넘어뜨리고 대열을 정비하여 그것들과 동료들의 시체가 이룬 언덕을 넘어 안쪽으로 들어가면, 후열의 병사들이 쌓인 시체들을 모조리 불태웠다. 원은 바깥쪽에서부터 점차 불로 채워져 갔다. 몸에 불이 붙은 시체가 불쑥 일어나 괴성을 지르며 달려드는 일도 부지기수였다. 청소대고 의무병이고 할 것 없이 그들의 머리와 몸에 총알을 박아 넣었다. 두개골이 터지고 뼈가 튀어나갔다.

누구도 자신의 행동에 의문을 품는 자는 없어 보였다. 당연했다. 우리는 죽음과 맞서 싸우고 있었으므로. 그들 중에 자기 부모나 형제, 자녀가 있을지도 모를 일이었고, 사랑했던 연인이 있을지도 모르는 일이었다. 그러나 당시의 상황은 그런 생각도 하지 못할 만큼 급박하고 혼란스러웠다. 믿기 힘들겠지만 정말로 그랬다. 그것이 차라리 우리에게는 다행이었는지도 모른다. 그 순간만은 우리 또한 그들과 마찬가지로 인간이라 할 수 없었으니까. 양심, 아니 마음이라는 것 자체가 생존의 욕구 앞에서는 배출하지 못한 노폐물만치나 쓸모없고 거추장스러운 것에 불과했다. 우리는 마음이 없는 시체들과 싸우고 살아남기 위해 스스로의 마음을 제거해야 했다. 동료 장병이 시체에게 물리는 즉시 우리는 그를 향해 발포했다. 가까스로 시체들에게서 풀려난 어떤 부상병은 총구를 돌려 우리에게 총탄을 퍼붓기도 했다. 그러면 우리는 합심하여 그를 불태웠다. 살과 뼈를 태우는 연기가 하늘을 가려 태양마저 시커먼 잿빛으로 타올랐다.

지옥이 있다면, 그리고 그 지옥에서 주어진 벌로 우리가 무언가를 해야 한다면, 바로 그런 광경이 아닐까 싶었다.

지금이야 상상할 수도 없겠지만, 당시의 신시가지는 그 이름에 걸맞은 모습을 한 곳이었다. 신시가지는 수도 재건의 마지막 단계로서 부유층을 위한 종합계획지구로 한창 건설되던 중에 그 난리를 맞으며 공사가 중단된 상태였다. 하지만 시가지 중앙에 위치한, 특별 행정 기관이 들어설 예정이었던 부지만이 휑하게 비어 있었을 뿐이고, 그 주변으로는 으리으리한, 고급의 주거 목적과 상업 목적의 마천루가 이미 빽빽하게 들어차 있었다.

우리가 병력의 거의 반수를 잃으면서 필사적으로 시체들을 몰아넣은 지점이 다름 아닌 신시가지였다. 정부의 수도 봉쇄에도 불구하고 거주민 대다수가 일찌감치 빠져나간 시가지는 유령도시처럼 텅텅 비어 있었다. 군은 시체들을 그곳에 몰아넣고 최후의 총공세를 퍼부어 몰살시킬 작정이었다. 그즈음에는 별 의미가 없어진 '피해의 최소화'라는 명분을 뒤늦게나마 지키려는 것이었다. 그때 벌써 정부는 자기들의 승리를 예감하고서 미래를, 미래에 보일 역사를 준비하고 있었던 것인지도 모른다.

비록 병 자체를 근절시키는 데는 실패했지만, 일단은 그 끔찍하고 지긋지긋한 싸움의 끝이 보이는 것 같아 우리는 고무되었다. 살아남은 인류의 승리가 눈앞에 있는 듯했다. 단지 살아남았다는 사실이 주는 기쁨이, 그 숱한 살육으로 인한 가책을 무색하게 만드는 순간이었다. 놀랍도록 신비한 순간.

최후가 될 폭격을 앞두고 긴장과 흥분에 휩싸여 신시가지 밖의 폐허 속에서 전열을 가다듬고 있을 때, 상부로부터 지시가 떨어졌다. 즉각 전투를 중지하고 대기하라는 명령이었다. 예상치 못한 명령에 우리는 어리둥절해졌다. 사병이나 장교 모두 그 의미를 이해하지 못했다. 냉혈한 청소대원들은 다 된 밥에 재를 뿌린다며 분통을 터뜨렸다. 다시 명령이 내려왔다. 지상군은 시체들과의 전면전을 중지하고 신시가지 주변을 철저히 경계하라는 것이었다. 만약 시체들이 그곳을 벗어나려는 움직임이 있으면, 그때는 그들을 사살하여 소각해도 좋다고 했다. 아니, 반드시 그렇게 하라고 했다. 그리고 폭격은 없을 것이라고 했다. 요컨대 그들을 그곳에 가두어놓겠다는 것이었다.

군은 최전선이랄 수 있는 신시가지의 경계 밖에 통합군 임시 사령부를 세웠다. 그리고 신시가지의 방비를 위한 필수 병력을 중심으로 경계를 맡기되, 전국 각지에서 간헐적으로 출몰하는 시체들의 처리를 위해 청소부대와 지원부대를 유동적으로 운용하기로 했다. 나는 신시가지의 경계 방어 임무를 맡은 부대에 임시로 편성되었다.

몇 차례 신시가지를 빠져나오려는 시체들과 교전이 있었다. 시체들이 펴는 시해(屍海)의 대공세는 몹시 치열했다. 하나 그들은 어디까지나 우리에게 포위되어 있는 상태로, 우리가 절대적으로 유리한 위치에 있었기 때문에 그들의 시도는 번번이 좌절될 수밖에 없었다. 시간이 지날수록 공격의 강도 또한 점차 약화되었다. 그럼에도 그들은 계속해서 덤벼들었는데, 그곳을 나가려는 의지 때문이 아니라 단지 식욕을 참지 못해서인 것 같았다. 처음부터 그랬던 것인지도 모르지만.

얼마 뒤부터 신시가지 내에서 벌어지는 아비규환의 광경이 심심찮게 목격되었다. 굶주린 그들이 서로를 무자비하게 잡아먹고 있었다. 먹잇감이 된 한 개체에 다수의 시체가 달려들어 하나의 덩어리가 된 모양으로 그들은 신음하고 울부짖었다. 그런 덩어리들이 길마다 즐비했다. 그들은 뒤뚱뒤뚱 움직이다 서로 부딪혀 하나로 합쳐지기도 하고, 모두 분리되어 이내 피와 살이 튀는 살육전을 벌이기도 했다. 떨어진 사지를 붙잡고 개처럼 길가에 웅크려 앉아 게걸스레 먹는 것들도 있었다. 덩이진 시커먼 피가 그들 입가에서 뚝뚝 떨어졌다. 피식자가 쓰러졌던 자리에는 핏자국과 뼛조각만이 덧없이 남아 있었고, 그 주위로 잔인한 새들이 득실거렸다. 들끓는 벌레들이 허공에다 흐늘대는 그림자를 그렸다가 뭉그러뜨리기를 거듭했다. 고통과 욕구의 절규가 악취에 실려 끊임없이 날아들었다.

언제부터인가 병사들은 귀마개와 코마개를 착용하기 시작했다. 물론 간부들 몰래 하는 것이었으나, 간부들조차도 코마개 없이는 통식사를 하지 못했고, 귀마개 없이는 잠을 이루지 못했다. 그것은 나도 마찬가지였다.

몇 달간 그런 생활이 계속되었다. 그 와중에 이따금씩, 지하 대피소의 생존자들 가운데서 발생한 시체는 물론이고 지방 곳곳에서 소규모로 발생한 시체들이 청소대에 의해 처리되었다는 소식이 들려오곤 했다. 임무를 마치고 복귀한 청소대원들은 검은 방탄모에 새긴 무수한 킬 마크를 보여주며 무용담을 늘어놓았다. 그중에는 감염된 자녀를 당국과 이웃으로부터 숨겼다가 발각된 일가족을 '보균 의심자 집단'으로 간주해 완벽하게 처리했다는 이야기도 있었다. 그들은 전리품의 전시 또한 빠뜨리지 않았다.

그즈음 헬기들이 분주히 오가며 건축용 자재를 나르기 시작했다. 거대한 철재들이었다. 일선 병력들에게는 별다른 설명도 없이 공사가 시작되었다. 그런 시기에 가능할까 싶을 정도로 대규모의 공사였다. 민간 건설업자들이 공사를 주도하고 공병부대가 현장을 지원한다고 했다. 우리에게는 시체들의 공격으로부터 공사 현장을 철저히 경계하고 보호하라는 지시가 내려왔다. 우리는 그들을 경호하면서도 그들이 무얼 만드는지 알지 못했다. 얼마 후에 그 실체가 대략적으로나마 드러나기 시작했지만, 그럴수록 의문은 더욱 깊어져갔다. 그들은 신시가지 주위에 거대한 강철 울타리를 세우고 있었다.

요란한 대규모의 공사 때문인지, 아니면 견고하고 삭막한 형태를 점차 뚜렷이 갖춰가는 거대한 울타리의 존재 때문인지 한껏 자극받은 시체들의 격한 공세가 잇따랐다. 그 탓에 경계부대가 곤욕을 치러야 했다. 우리는 울타리가 완성되기 전에 봉쇄선이 무너질까 봐 전전긍긍하며 사력을 다해 그들을 진압했다. 그때 희생된 장병의 수만 해도 수천에 달할 것이다.

구호 단체의 표시를 단 차량 행렬이 나타나기 시작한 것은 그 무렵이었다. 민간으로부터 징발한 듯 모양이 제각각인 차들은 저마다 무언가를 가득 싣고 있었다. 하얗고 커다란, 고치처럼 생긴 꾸러미였다. 울타리와 마찬가지로 그것이 무엇인지 우리는 전혀 알지 못했다. 장병들을 위한 것이 아니라는 것만은 분명했다. 군은 그것을 헬기로 날라서 보급 물자처럼 시가지 곳곳에다 떨어뜨렸다. 시체들이 꾸러미를 향해 벌떼같이 몰려드는 것이 보였다. 얼마 후 시체들이 떠난 자리에는 형체를 알 수 없는 파편들만 덩그러니 남아 있었다. 같은 광경이 며칠 간격으로 되풀이되었다. 나처럼 사정을 모르는 군인들 사이에서는 그 하얀 꾸러미를 두고 별의별 이야기가 다 나왔다. 정부가 시체 사육을 위한 사료를 제조하기 시작했다는 둥, 초기에 훼손되어 매몰했던 가축을 도로 파내 먹이는 것이라는 둥, 하등 쓸모없는 가설이 대부분이었다. 다만 한 가지 확실한 것은, 꾸러미가 시체들에게 보급되기 시작한 이후로 그들 간에 서로를 잡아먹는 무참한 살육전의 빈도가 눈에 띄게 줄었다는 것이다.

울타리가 완성되기까지는 생각보다 오랜 시간이 걸려, 거의 반년 가까이 소모되었다. 그 와중에도 시체들과의 어느덧 익숙해지고 지루해진 교전은 꾸준히 있었지만, 지속적으로 보급되는 하얀 꾸러미 덕분인지 그 강도는 예전만 못했다. 그들은 분명 이전만큼 필사적이지도 맹목적이지도 않았다. 그러나 특유의 본능 때문인지 공격을 그치지는 않았다. 시체들은 여전히 끊임없이 밀려들고 있었다.

마침내 울타리가 완성되자 그것에 고압의 전류를 흘려보냈다. 그 위력이 어찌나 셌던지, 날아가던 새가 부딪혀 흔적도 없이 타버릴 정도였다. 시체들이라고 해서 다를 바 없었다. 철조망을 향해 맹렬히 달려들던 시체들은 순식간에 타 새까만 재가 돼버리거나, 신음에 가까운 외마디 비명과 함께 전광을 번쩍이며 튕겨 나가 꿈틀거리기 일쑤였다. 개중에는 추락의 충격으로 머리나 팔, 다리 등이 찢겨 나가는 경우도 있었다. 대규모로 밀려든 무리의 선두에 있던 시체가 뒤의 시체들에 밀려 그대로 철조망에 눌어붙기도 했다. 처음에 우리는 그 바보 같은 장면을 보면서 히죽거렸다. 하지만 유희는 오래가지 않았다. 곧 누군가 그것을 떼어내야만 한다는 사실을 깨달았기 때문이다.

시체들은 울타리 근처에 얼씬거리지 않게 되었다. 헬기의 꾸러미 투하를 통한 유인으로 그들의 은신처가 서서히 시가지의 안쪽으로 옮겨지면서, 울타리 밖에서 그들을 목격하는 것은 드문 일이 되었다.

7

울타리가 완성되고 성능 시험에 성공하자, 군의 재편성이 논의되었다. 신시가지를 중심으로 집결되어 임시 편성됐던 통합군이 해체되었으며, 울타리 경계 임무를 위한 필수 병력만을 남긴 채 각지의 시체 색출과 척결, 방역, 치안, 위생 계도를 위해 병력은 뿔뿔이 흩어졌다.

그에 앞서 병사들에 대한 등급 심사가 대대적으로 이루어졌는데, 1급부터 3급까지의 판정을 받은 건장한 이들을 제외한 나머지는 전부 예편되어 국가의 재건을 위해 각자의 집과 생업 현장, 또는 복구 현장으로 돌려보내졌다.

살던 곳으로 돌아간 그들 대다수는 자신의 집과 마을과 도시 그리고 가족이 사라진, 도저히 믿고 싶지 않은 현실을 목도하게 되었다. 그러나 기실 그것은 그동안 그들이 수없이 머리에 그려보며 몸서리를 치던 익숙한 광경이기도 했다. 그들은 실종된 가족을 찾으려 하지 않았다. 결코 찾을 수 없으리라는 사실을 알았고, 찾고 싶지도 않았던 것이다.

한편 기동력이라는 이점이 무색해진 청소대는 남아서 울타리의 경계를 맡게 되었다. 나를 포함한 우리 부대의 일부가 거기에 편입되는 바람에 잠시 그들의 정체성에 혼란이 생기는 듯싶었다. 얼마 안 가 축역대라는 무시무시한 이름마저 사라지고 대신에 '특수방위군'이라는 무난하고도 애매한 이름이 부여되었다. 그 역시 정부가 구상하는 미래 준비 사업의 일환이었다. 우리는 울타리 주변 사방에 세워진 네 개의 높다란 망루를 중심으로 나뉘어 감시와 방어의 임무를 맡았다. 나는 그중 동쪽 망루인 제1망루에서 육안 감시를 맡게 되었다.

감시 업무는 교대로 이루어졌지만, 나는 보고를 위해서 내려갈 때가 아니면 상부의 허락하에 줄곧 망루 위에서 업무를 보고 감시에도 동참했다. 때로는 자청하여 동료나 부하를 대신해 근무를 서

기도 했다. 딱히 무슨 이유가 있어서 그랬던 것은 아니다. 단지 이제는 보이지 않게 된 그들이 그 안에서 대체 무슨 일을 벌이고 있을까 궁금했을 뿐이다. 하지만 아무리 지켜보아도, 내가 막연히 기대했던 특별한 광경은 목격할 수 없었다. 사실 내가 무얼 기대했는지 나도 잘 모르겠다. 그 참상을 겪었으면서도 그들에 대한 순수한 호기심이 아직까지 남아 있다는 사실이 그저 놀라울 따름이었다.

고속 승강기를 타고서도 한참을 올라가야 하는 망루의 감시대에서는 신시가지 전체의 풍경이 훤히 내려다보였다. 거기서 바라본 거리의 모습은 의외로 잠잠하고 조용하여 되레 기묘하게 느껴졌다. 높이 솟아 태양빛을 반사하는 빌딩과 구조물 들의 어두운 그림자가 중앙 공터를 향해 길게 늘어진 모습이, 마치 묘비로 만든 거대한 해시계 같았다. 아닌 게 아니라 그곳은 흡사 시계의 부품처럼 치밀하게 설계되고 배열되어 꿰맞춰져 있는 듯이 보였다. 나는 그곳 전체가 얼음 속에 갇혀버린 정밀한 시계 같다고 생각했다. 얼어붙어 정지된 채 끝내 침묵을 지키는 거대한 시계. 그것은 죽음을 맞은 인간의 빈 육신처럼 차갑고 을씨년스러웠다.

종종 나는 상자 속에 잠들어 있을 그의 정묘한 시계를 떠올리며 망루 끝 난간에 기대서서 서쪽으로 뉘엿뉘엿 기우는 석양에 물든 그 황폐한 아름다움을 바라보곤 했다. 그럴 때면 어김없이 감탄이 터져 나왔다. 그러면서도 한편으로는 저 아래 잠들어 있을 광기가 붉게 뿌려진 핏빛에 녹아 기어이 무시무시한 실체를 드러내지는 않을까 불안해지는 것이었다. 나는 조금 사악하고 위험한 상상을 해보기도 했다. 흰 꾸러미 보급을 차단하면 그곳에서 과연 어떤 일이 벌어질까 하는 것이었다. 우리는 그때까지도 그 꾸러미 안에 무엇이 들어 있는지 알지 못했다.

그런 호기심마저 지루함으로 변질될 무렵이었다. 기존 청소대의 구성원들을 칭하는 이른바 '돌격대'에게 헬기를 이용해 울타리 안으로 들어가 특정 구역을 확보하고 경비하라는 명령이 떨어졌다. 우리에게는 망루에서 감시를 철저히 하며 시체들의 동태를 수시로 보고하라고 했다. 우리는 그 말에 따랐다. 무슨 일이 벌어지는지 알지도 못하면서. 이윽고 한때 청소대라 불렸던 이들이 헬기를 타고 신시가지 내로 진입했다.

그들이 확보해야 할 곳이란 중앙의 공터로, 행정 기관이 들어설 예정이었던 빈 부지를 말하는 것이었다. 그곳은 광활한 땅이었다. 엄폐물도 없이 휑뎅그렁한 그곳에 전차와 장갑차 몇 대와 함께 그들은 남겨졌고, 헬기는 떠나갔다. 공터 주위로 번창한 시가지가 펼쳐져 있었다. 무성한 빌딩 숲 가운데 텅 빈 그곳은 마땅히 존재해야 할 무언가가 무너지고 허물어진 커다란 구멍같이 보였다. 주변의 구조물 탓에 시체들에 대한 시야가 확보되지 않는 터라 그들은 잔뜩 긴장할 수밖에 없었다. 전차가 사방에 배치되었고, 그들은 금방이라도 교전이 일어날 것처럼 총기를 몸에 바짝 붙여 들고서 주의 깊게 사위를 두리번거렸다. 한눈에 보아도 그들은 무척 당황해 있었다. 당연한 일이었다. 그 불길한 공간에 서서 무얼 지키라는 것인지 도통 알 수가 없었으니까. 시체들은 공터 주위로 얼씬하지도 않았다. 시체들은 그들에게 별 관심이 없어 보였다.

건설 공병을 태운 헬기들이 울타리 안으로 날아들었다. 그제야 우리는 그곳에서도 어떤 공사가 진행되려 한다는 것을 눈치챘다. 하지만 이해하지 못하는 것은 여전했다. 도대체 시체들 가운데서 무얼 하겠다는 것일까? 밖에서 지켜보는 우리는 물론이고, 안에 있는 그들 또한 자기들이 무얼 위해서 그러는 것인지, 앞으로 무얼 어떻게 하려는 것인지 알지 못했음이 분명하다. 그들은 파편화된 명령만을 극도의 위험을 무릅쓰면서 수행할 따름이었다. 전체 그림은 허락된 소수만이 알고 있을 터였다.

울타리를 건설하던 때처럼 육중한 헬기들이 자재를 나르기 시작했다. 울타리 공사에 버금가는, 아니 그보다 규모가 큰 대공사 같았다. 우선 공터 주위로 외부에 쳐진 것과 비슷한 크고 견고한 울타리가 세워졌다. 이번에도 그것이 그들의 주의를 끌었는지 도중에 몇 차례, 차마 무리라고 하기에는 빈약한 숫자의 시체들이 접근했다가 돌격대의 총격에 갈가리 찢겨 죽는 일이 발생했다. 이후로도 그들은 공사 현장 근처로 스멀스멀 모여들어 하나의 군집을 이루는 듯했으나, 그 이상 가까이 접근하지는 않고 건물 뒤에 숨어 모습을 드러내지 않았다.

망루에서 보기에는 그들이 꼭 살아 있는 인간들처럼 단순히 호기심에 이끌려 움직이는 것 같았다. 그러나 어둠 속에 숨어 보이지 않는 것들의 존재를 분명하게 느끼고 있었을 안쪽의 돌격대원들에게는 그렇지가 않았던 모양이다. 공사가 진행되는 내내, 그들은 언제 밀려들어 피로 얼룩지고 부패한 살점이 낀 이빨을 들이댈지 모를 썩은 육신의 물결을 떠올리며 공포에 떨어야 했다. 그들은 어서 울타리가 완성되기만을 빌고, 손꼽아 기다렸다고 한다.

울타리가 완성되자 거기에도 전류를 흘려보냈다. 이어 상당한 인원의 기술자와 인부 들이 헬기를 타고 새로운 울타리 안쪽으로 들어갔다. 그들은 울타리와 돌격대의 보호 아래 구조물을 건설하기 시작했다. 그들 역시 처음에는 몹시 두려워했지만, 곧 여느 공사 현장과 다를 바 없다는 태도로 작업에 전념하기 시작했다. 울타리 밖의 병사들은 거기에 무엇이 들어설지를 새로이 주요한 관심사로 삼았다.

3년 가까운 시간이 지나고 건물의 완공을 눈앞에 두었을 때, 막상 우리는 별반 놀라지 않았다. 앙상한 철골 뼈대가 세워지고, 콘크리트 근육이 채워지고, 유리 피부가 입혀지는 모든 과정을 지켜보는 동안, 그것의 터무니없이 웅장한 규모와 기이한 외양에 벌써 충분히 놀라고 또 놀랐기 때문이다.

그것은 피라미드 모양의 거대한 건축물이었다.

부지 자체가 워낙 넓기도 했지만, 그것의 규모는 신시가지 내 즐비한 어느 고층 건물보다 돋보일 만큼 엄청난 것이었다. 동서남북 사방을 면한 반사 유리로 된 외벽은 모두 건물 중앙의 꼭짓점을 향해 완만히 기운 경사면의 형태를 띠었는데, 그럼에도 주변 고층 건물보다 높이 솟아 있었으니 그 규모는 말할 필요도 없었다. 외울타리의 네 망루 어디에서도 햇빛을 받아 황금빛으로 번쩍이는 그 기묘한 건물을 똑똑히 볼 수 있을 정도였다.

멀리 보이는 그것의 꼭대기에는 의미심장한 상징물처럼 실제로 돌아가는, 수레바퀴 같기도 하고 톱니바퀴 같기도 하며, 혹은 태양 같기도 한 모양의 구조물이 돋아 있었다. 그것은 밤이면 피같이 붉은 빛깔의 불빛을 머금고 천천히 회전함으로써, 어둠 속에 존재할 자신의 위엄 있는 본체와 잠들지 않는 절대자의 불멸성을 환기시켰다.

그러한 피라미드의 전반적인 인상은 건물이라기보다 차라리 거대하고 냉정한 기계에 가까웠다. 자신의 운행에 운명을 비롯해 세상 모든 것을 끼워 맞추려 드는, 거대한 톱니바퀴와 같은 교만한 기계. 시체들마저도 한데 모여 그 기이한 건물의 위용에 넋을 잃은 채 멍하니 그것을 올려다보곤 했다. 살아 있는 사람이 압도적인 풍광을 보고서 숨을 멈추듯, 그들도 그 순간만은 불쾌한 신음을 흘리지 않는 듯했다.

얼마 후 요인 경호 임무가 주어졌다. 요인이라는 누군가가 그곳으로 들어간다는 이야기였다. 의전의 성격이 강했으므로 장교 위주로 요원 몇이 뽑혔다. 그중에 나도 있었다. 우리는 군용 헬기 몇 대에 나눠 탔다. 이번에도 상부는 우리에게 별다른 설명 없이 그저 그들을 'VIP'라고만 칭했다. 경호 임무를 맡게 된 군인들은 아직 그 건물의 용도도 모르는 상태였다. 자연히 그들 사이에서 VIP의 정체에 대한 의견이 분분했으나 대개는 근거도 없는 막연한 것들이었다.

그런데 그중 하나가 내 관심을 끌었다. 나와 같은 헬기에 탄 어느 소위의 주장이었다. 그는 자기 맞은편에 앉은 동료와 이야기를 나누고 있었다. 그는 사령부 건물에서 당직 근무를 서다가 듣게 된 이야기이므로 사실 면에서는 틀림이 없을 것이라고 자신했다. 그의 말에 따르면, VIP는 'HT메딕스'라는 중견 의료 제약 회사의 수장이라는 것이었다. 그 회사가 어떻게 수도에 가해진 폭격으로부터 살아남을 수 있었느냐는 질문에, 그는 그 역시 우연히 들은 것으로, 본래 수도 근교에 세워진 기업이고 본사가 본사라는 명칭이 무색할 만큼 외진 곳에 있었던 덕분에 피폭을 면할 수 있었다고 했다. 또 수도 재건과 함께 주요 시설의 대부분을 수도로 이전하면서 본사는 명목상으로만 존재했을 뿐 사실상 폐쇄 상태에 가깝게 유지되었기에 역병의 광풍 또한 가까스로 비켜 갈 수가 있었던 것 같다고 했다. 다만 수도가 파괴되는 통에 창업주이자 소유주였던 회장과 그의 장남이 실종되면서 회사가 공중분해되는 듯싶었는데, 그에 앞선 혼란 중에 실종된 것으로 알려졌던 차남이 갑자기 나타나 경영권을 승계하고 회사의 재건을 위해 노력하고 있다는 것이었다. 그는 회장 생전에는 경영과 무관했던 인물임에도 기대 이상의 탁월한 지도력을 발휘해 본사와 함께 위험을 피한 물류 창고에 남아 있던 다량의 의약품과 의료 기기를 적시에 정부와 의료 기관에 납품함으로써 쓰러져가던 회사를 단번에 회생시켰다는 것이다. 그런 만큼 그와 정부 사이에 밀접한 관계가 형성됐을 것이 분명하므로, 그가 그곳에 가는 것도 우리가 알지 못하는 모종의 의도가 있기 때문이 아니겠느냐는 것이 그의 주장의 요지였다.

그 이야기에 나는 충격을 받았다. 그의 주장 때문이 아니었다. 내가 알기로 'HT메딕스' 창업주의 차남이란, 바로 내가 사랑했던 여인의 남편이기 때문이었다. 그런데 그는 더욱 묘한 말을 했다. 들리는 소문에 의하면, 차남이라는 자가 눈앞에 나타나기 전까지 그의 존재를 아는 사람이 전혀 없었다는 것이다. 적어도 생존자들 중에는 없었다고 했다.

뒤늦게 요원 하나가 헬기에 탔다. 그는 한때 청소대원이었던 이로, 내게 전리품에 대해 설교한 자였다. 그는 나를 보고는 짐짓 친한 척을 하면서 말했다.

"그거 알아요? 우리 헬기에 타는 건 한 명뿐이랍니다."

"중요 인물인가 보군요. 아는 게 있습니까?"

나는 옆의 사람들 이야기를 못 들은 척하고 물었다.

"자세한 건 몰라요. 지금 듣고 오는 길인데, 그치가 저 흉물스러운 집의 주인이라는군요."

우리 쪽으로 시선이 모아지는 것이 느껴졌다.

"그 사람이 저 건물의 소유주라는 겁니까?"

"아뇨, 그게 아닙니다. 저런 걸 지을 수 있는 사람이 있겠어요? 저건 정부 건물이랍니다. 암만 정부라도 요즘 같은 때 저런 걸 지으려니 똥줄이 빠질 뻔했다죠. 도대체 무슨 생각인지……. 아무튼 저걸 그 사람이 임대했대요. 영구 임대랍니다."

"임대라고요?"

"그렇다는군요. 우리는 저 고약한 취향을 가진 사람이 저곳으로 이주하는 걸 도우러 가는 겁니다. 걱정 마요. 짐까지 나르게 하진 않겠죠. 우리는 VIP를 태워다 주고 잠깐 호위만 하면 되는 겁니다."

그때 한 남자가 헬기에 올라탔다. 우리가 기다리던 사람인 듯했다. 그를 보고 나는, 아니 우리는 깜짝 놀랐다. 그의 모습이 예상했던 것과 전혀 달랐기 때문이다.

그는 내 또래로 보였다. 아무리 많아봤자 이십 대 후반밖에 되지 않은 것 같았다. 검은 양복을 입은 그는 키가 크고 날씬했으며, 알이 큰 검정색 선글라스에 거의 반이 가려질 만큼 얼굴이 작았는데, 드러난 선이 가늘었다. 선글라스 아래 가려진 커다란 흉터의 일부가 눈에 띄었다. 그 흉터만 아니었다면, 그는 아마 잘생긴 배우 같은 외모를 하고 있었으리라.

그가 호기심 어린 시선을 비집고 군인들 사이, 내 맞은편 자리에 앉았다. 곧이어 헬기가 이륙을 시작했다.

나와 마주앉아 당당히 고개를 쳐들고 있는 그의 시선이 어쩐지 나를 향해 있는 것처럼 느껴졌다. 하지만 짙은 선글라스에 가려진 눈이 실제로 어디를 보고 있는지는 알 수 없었다. 돌연 그를 향한 묘한 분노와 질투의 적의가 이는 것을 느꼈다. 그가 바로 내가 숭배하던 그녀를 차지한 남자였으므로. 문득 그녀의 생사가 궁금해졌다. 이주라면 그녀도 함께 왔어야 하는 게 아닐까? 그녀는 죽은 걸까? 아니면…… 실종된 걸까?

그에게 물을까 말까 고민하던 찰나, 그의 옆자리에 앉은 사내의 모습이 시야에 들어왔다. 그는 특유의 탐욕스러운 얼굴로 흘깃거리며, 긴 흉터가 있는 남자의 옆얼굴을 유심히 들여다보고 있었다.

우리는 아무 말 없는 어색한 분위기 속에서 신시가지의 중심부를 향해 날아갔다. 나는 거대한 울타리가 발밑으로 지나가는 것을 내려다보았다. 고개를 드니, 남자는 여전히 나를 보고 있었다. 그저 시선을 둘 곳이 없는 것인지도 모른다고 생각했다. 청소대원이었던 이가 빌딩 사이 곳곳에서 남루한 짐승처럼 몰려다니는 시체들을 가리키며 말했다.

"저기 봐. 저기다 폭탄이라도 하나 떨어뜨렸으면 좋겠는데. 정말 장관일 거야."

아무도 대꾸하지 않았다. 그가 다시 입을 열었다. 이번에는 남자를 향해서였다.

"저기, 뭐 하나 물어봐도 됩니까?"

불안을 느낀 다른 이가 제지하려 했지만 그는 막무가내였다. 그러나 질문은 우려했던 것이 아니었다.

"혹시, 군에 있지는…… 않으셨겠죠?"

짧은 침묵이 흘렀다. 남자는 천천히 그에게로 고개를 돌리더니, 애매한 동작으로 고개를 끄덕였다. 그러고는 내 쪽으로 고개를 되돌렸다.

"그렇군요. 무슨 일인지는 묻지 않겠습니다. 어차피 대답 안 해줄 게 뻔하고……. 그냥 혹시나 해서 물어본 겁니다. 오해 마십시오."

남자는 다시 고개를 돌려 그의 어깨에 붙은 마크를 보는 것 같았다. 청소대원이었던 남자는 자기 부대 마크 위에다 그때는 사라진 축역대의 마크를 함께 붙이고 다녔다. 남자가 미소를 지으며 말했다.

"당신과 같은 부대에 있었지요."

그 말에 청소대였던 남자는 놀란 얼굴을 했다. 그러나 한편으로는 예상했다는 듯한 묘한 반응 또한 비끼는 것 같아 나는 의아했다. 물론 나도 놀라기는 마찬가지였지만, 내가 놀란 이유는 그 때문이 아니었다. 남자의 미소에, 과하게 자신만만하고 사람을 깔보는 것 같기도 한 그 묘하게 매력적인 미소에 일순 내가 아는 누군가의 얼굴이 겹쳐졌기 때문이었다. 하지만 그것이 누구인지는 도무지 알 수 없었다. 우리는 다시 말이 없어졌다.

울타리 하나를 더 지나 피라미드의 상공에 이르렀다. 조종사는 우리에게 잘 보라는 듯이 건물 주위로 헬기를 천천히 선회시켰다. 나는 창 너머로 시선을 던져 아래의 풍경을 보았다. 당연하게도 거대한 피라미드가 제일 먼저 눈에 들어왔다.

위에서 본 그것은 잘 다듬은 파리모(玻璃母)처럼 밋밋한 장방형으로, 멀리서 보던 때와는 또 다른 초현실적인 분위기를 풍겼다. 차가운 거울 벽 위로 기이하게 일그러진 풍광이 어른거렸다. 주위를 도는 우리를 따라 모서리마다 걸린 빛이 차례로 부서지며 눈부신 섬광으로 화했다. 피라미드는 금방이라도 깨어질 듯 섬세하고 위태로워 보였다.

유리 상자처럼 섬약해 보이는 그것의 주위를 무시무시한 강철 울타리가 다각의 별 모양으로 에워싸고 있었다. 잿빛의 콘크리트 땅이 울타리 밖으로 이어지다 별안간 싸늘한 빌딩들이 오래된 나무같이 비죽비죽 솟아올라 음울한 숲을 이루었다. 건물 사이에 난 그늘진 도로와 거리 위로 몇몇 시체가 뻣뻣한 몸을 이끌고서 그들만의 숭고한 목적을 찾아 끝없이 헤매는 듯한 모습이 보였다. 위에서 내려다본 그들은, 마치 그 거리의 미욱하고 하찮은 부속품, 혹은 이물처럼 보였다.

이윽고 헬기가 하강을 시작하자, 그들의 모습은 유리와 콘크리트로 된 기둥에 가려 더 이상 보이지 않게 되었다.

호위라고는 해도 울타리가 있는 이상, 그가 헬기에서 내려 피라미드 안으로 들어가자 우리가 더 할 일은 없었다. 하나같이 검은 양복으로 맞춰 입은 다른 VIP들도 그처럼 소형 헬기로 갈아타고 피라미드의 개방된 외벽 안으로 들어갔다. 헬기는 한 대밖에 없고 그들은 십수 명에 달했으므로, 그 과정이 몇 차례나 반복되었다. 나는 떠오르는 헬기를 좇던 시선을 옮겨 피라미드의 꼭대기를 바라보았다. 금속 재질의 구조물이 반사하는 강렬한 햇빛에 순간적으로 눈이 멀었다. 시커먼 그림자가 눈앞을 가렸다.

그들이 모두 안으로 들어가는 것을 우리는 끝까지 지켜보았다. 그리고 복귀 명령을 확인한 후 그곳을 떠났다. 석양이 질 무렵이었다. 한 무리의 헬기들이 컨테이너를 매단 채, 어둠의 자락을 끌어올리는 중인 피라미드를 향해 줄지어 날아가는 것이 보였다. 멀어져가며 작아지던 그것들은 이내 검붉은 해에 삼켜졌고, 도로 점점이 까만 그림자로 내뱉어졌다.

나는 숙소에 돌아와 불을 끄고 자리에 눕고서야 그 미소에서 누구를 보았는지 알게 되었다.

G였다. G의 얼굴, G의 미소.

하지만 그가 G일 리 없었다. 그는 그녀의 남편이라고 했다. 그녀가 G를 버리고 택한 것이 바로 그자가 아니었던가? G에게는 그런 흉터 또한 없었다. 그렇지만 선글라스 아래 드러난 그 미소는 분명 G의 것이었다. 그렇다면 둘이 동일인물이란 말인가? 터무니없다.

나는 아닐 것이라고 생각하면서도, 자꾸만 품게 되는 의심에 좀체 잠을 이루지 못했다. 심지어 내 의지와 상관없이 떠오르는 비열하고 터무니없는 상상으로 깊은 분노와 배신의 감정에 휩싸이기까지 했다. 절대 그럴 리 없음을 알면서도.

자리에서 일어나 불을 켜고 깊숙이 보관해두었던 상자를 꺼냈다. 상자 안에는 시계의 조립과 수리를 위한 공구와 부품 들, 그리고 내가 만든 시계 몇 개가 아무렇게나 흩어져 있었다. 나는 누구에게도 보이지 않은 나의 실패작들을 하나씩 꺼내서 보았다. 그것들은 모두 같은 모양이었다.

상자 안에는 작은 상자가 하나 더 들어 있었다. 거기에 그가 만든 시계가 들어 있었다. 내가 만든 시계는 모두 그것의 모조품이었고, 하나같이 형편없었다. 나는 시계 거리를 떠나기 전까지 줄곧 그의 시계를 재현하려고 애썼다. 그의 시계와 완전히 같은 것을 만들어냄으로써 시계 제작자로서의 내 가치를 증명하고 싶었던 것이다. 그러나 나는 끝내 성공하지 못했다. 그의 시계를 열어놓고서 거의 베끼다시피 만들었음에도, 내가 만든 것은 장인이 만들었던 시계들처럼 작동조차 제대로 되지 않는 실패작들뿐이었다.

오래고 끈질긴 도전 끝에 결국 작동이 되는 시계를 만들기는 했다. 하지만 그뿐이었다. 그것은 그의 시계에 비할 수준이 결코 못 되었다. 나는 완성된 내 시계가 작동하는 것을 보며, 진즉에 알고 있었던 사실을 비로소 확인했다. 내 재능은 그의 발끝에도 미치지 못한다는 사실을. 이후로 나는 그것들을 모조리 상자에 담아 보이지 않는 곳에 깊숙이 넣어두고서 이따금 시계를 만들고픈 유혹이 일 때마다 꺼내 열어보았다.

다분히 자학적이라 할 만한 그 행동에 괴로움이 없었던 것은 아니다. 그의 시계를 볼 때마다 휩싸이는 절대적인 경외감과 패배감, 그리고 그 아래서 느닷없이 떠올라 내 목을 조르는 질투와 시기, 심장을 태울 듯이 격한 분노의 감정이 아직도 내 안에 분명히 존재했다. 그렇기에 더더욱, 그의 시계를 소중히 보관해왔다는 사실이 스스로 생각하기에도 놀라운 것이었다.

지금 나는 이렇게 생각한다. 그 잔인했던 시절에도 내게 존재했을지 모를 일말의 양심이 그것을 내버리지 못하도록, 그리고 그것을 지니고 봄으로써 언제까지고 과거의 잘못을 참회하도록 내게 무거운 속죄의 의무를 지웠던 것은 아니었을까 하고.

나는 그의 시계를 꺼내 들여다보았다. 그것은 언제 보아도 아름다웠다. 어쩌면 고통인지도 모를 아릿함이 전해 오는 절박하기까지 한 아름다움. 나는 그 시계를 이루는 부품의 선 하나하나가 가진 정교함과 우아함이 혹 그녀를 향한 그의 극진하고, 그렇기에 더욱 괴로웠을 사랑에서 기인하지는 않았을까 생각하곤 했다. 그것은 그가 그녀에게 바치는 진심이자, 사랑의 증표였으리라.

하지만 한편으로 그것이 너무나 기괴한 것이기도 했음을 부정할 수 없다. 그녀를 향한 그의 원초적이고 추악한 욕구 또한 반영되었기 때문일까? 아니다, 그 반대일지도 모른다. 그는 자신의 깊은 곳에서 포말처럼 끓어오르는 저열한 욕망을 그렇게 스스로 조롱하려 했던 것인지도 모른다.

내 시계는 어느 쪽의 아름다움을 지니는 데도 실패하고 말았다. 내 것은 보잘것없고 하찮기만 할 뿐이었다.

시계를 보며 잠시 옛 기억에 사로잡혔던 나는 그것을 도로 집어

넣었다. 그러나 상자는 언제라도 가져갈 수 있도록 밖에 꺼내놓았다. 왜인지는 모른다. 나는 그를 본 이후부터, 언젠가 G를 꼭 다시 만나게 되리라는 예감을 품게 되었다. 그때가 되면 그 시계를 그에게 돌려주고 모든 것을 잊고 싶었다. 내 청춘의 전부이자 절대 극복할 수 없을 패배의 기억과 비열한 복수의 죄의식에 휩싸인 과거로부터, 나는 자유롭고 싶었다.

8

그를 다시 만난 것은 수년이 지나서였다.

세상을 휩쓸던 전염병의 세가 놀라우리만치 잠잠해지기는 했으나 여전히 공포에 질린 사람들의 삼엄하고 잔인한 위생 관리가 펼쳐지는 가운데, 국가 전반에 걸쳐 당시 역량으로 가능한 선에서 기초적인 복구가 상당 부분 진행됐을 때였다. 그동안 울타리 안쪽에도 많은 변화가 있었다. 우선 피라미드 주위에 쳐져 있던 내울타리가 제거되었다. 당연히 우리로서는 이해할 수 없는 결정이었지만, 그간 시체들에게도 큰 변화가 있었던 까닭에 그렇게 우려스러운 일로 받아들이는 이가 많지 않았던 것도 사실이다. 비록 시체들은 여전히 시체였으나, 그 시체들이 언제부터인가 살아 있는 사람들처럼 행동하기 시작한 것이다. 적어도 전처럼 하나의 욕구에 의해서만 움직이는 것으로는 보이지 않았다. 고개를 기울인 채 발을 끌며 신음과 진물을 흘리고 다니는 것은 아직도 마찬가지였지만, 전보다 눈동자의 초점이 분명해지고 타액도 덜 흘렸으며 심지어 초보적인 수준의 의사소통까지 가능해진 것 같았다. 더 이상 서로를 물어뜯는 광경도 목격할 수 없었다. 그들은 얌전해졌다. 그리고 정찰대로부터의 보고에 따르면 그들은 전과 같이 유령처럼 거리를 배회하지도 않았다. 군과 정보 당국은 그들 중 대다수가 건물의 내부에 은신하고 있을 것으로 추정했다.

그런 그들의 극적인 행태 변화는 실상 안심보다 불안을 더 크게 일으켰다. 믿기지 않는 사실들이 하나씩 확인될 때마다 병사들은 당혹스러워했다. 아니, 두려워했다. 그간 파악하여 익숙하다 생각했던 습성이 점차 낯선 것으로 변해간다는 사실을 깨닫자 동요하기 시작한 것이다. 그로부터 얼마 뒤 피라미드 주변 건물에 하나둘 불이 들어오기 시작했을 때는 거의 집단 공황 상태에 빠질 지경이었다. 전력이 정부에 의해 피라미드에만 공급된다는 사실을 알고 있었기 때문이다. 피라미드의 전력이 일시적으로 끊어지는 듯한 현상이 목격되고 나서 며칠 후의 일이었다.

그들이 지능과 사고 능력을 되찾는 중일지도 모른다는 데 생각이 미치자 극심한 불쾌감이 엄습했다. 그 불쾌함은 단순히 똑똑해져가는 그들에 대한 막연한 공포에서 연유한 것이기도 했고, 그보다 훨씬 복잡하고 끔찍한 방향으로 상황이 전개될지도 모른다는 불길한 징조에의 두려움에서 비롯된 것이기도 했다. 그 끔찍한 상황에 대해서는 우리 모두 같은 것을 생각하고 우려하고 있었음이 틀림없다. 하지만 감히 그것을 입에 올리려는 자는 없었다. 입에 올렸다가는 그 일이 실제로 일어나기라도 하는 양. 다만 우리는 피부 깊숙이 스며드는 불안감에 몸서리칠 뿐이었다.

과거 일선 청소대로 활약했던 이들은 당장 그곳에 폭탄을 퍼부어야 한다며 열변을 토했다. 그러나 상부에서는 어떠한 특별 지시도 내려오지 않았다. 증폭되는 의문과 불안 속에서, 사병은 물론이고 장교들마저 혼란에 빠져 우왕좌왕했다. 그제야 새로운 지시 사항이 떨어졌다. 신시가지 내부의 상황에는 일절 개의치 말고 평소처럼 울타리의 경계에만 전념하라는 내용이었다. 급박하게 돌아가는 것이 마땅한 상황에 내려진 이 지나칠 만큼 일상적인 지시가 도리어 우리의 의심을 명백한 것으로 만들었다. 그 안에서 심상치 않은 무슨 일이 벌어지고 있었다.

피라미드로의 이주가 있고 반년쯤 지난 후부터 구호 단체의 하얀 꾸러미 보급이 끊겼다. 그리고 얼마 후, 피라미드로부터 시체들에게 꾸러미가 보급되는 듯한 장면이 망루의 감시병들에게 목격되기 시작했다. 그때쯤에는 이미, 조만간 어떤 형태로든 그 땅에 급격한 변화의 풍랑이 닥치리라는 것을 다들 짐작하고는 있었다. 하지만 대관절 그것이 무엇일지, 또 무엇에 의한, 무엇을 위한 변화일지는 알지 못했다. 허락되지 않은 건물에 전력이 공급되고 있다는 사실이 확인된 그 시점에조차 그것이 궁극적으로 무엇을 말하는지, 우리는 이면에 숨은 진실을 깨닫지 못하고 있었던 것이다.

정부와 군이 무언가를 꾸미고 있다는 것만은 분명했다. 그 지옥의 유예지에서 그들의 허락이나 묵인 없이 가능한 일은 없을 터였다. 나는 상부가 'VIP'로 지칭했던 그 남자의 무리가 신경 쓰였다. 그들은 저 기이한 건물 안에 몇 년이나 틀어박혀서 대체 무얼 하고 있는 것일까? 나는 망루 위의 충실한 파수병으로서 그동안 피라미드를 쭉 지켜보았고, 때로는 하루 종일 그것만 바라보기도 했다. 그러나 아무리 보아도 유리 벽면에 비친 풍광만이 부질없이 변할 뿐, 그것이 내게 드러내 보이는 것은 그 무엇도 없었다.

어느 날 나는 군 생활을 그만두기로 결심했다. 매 순간 심화되는 두려움 때문에 그런 결심을 했는지도 모른다. 하나 실은 환멸 때문이었다고 생각한다. 언제부터인가 나는 그 괴악한 모양의 거대 구조물을 지켜보는 일에 까닭 모를 환멸을 느끼고 있었다. 정체 모를 역겨움에 시달렸다. 비정상적이고 기형적인 무언가에 대한 오랜 거부감이 느닷없이, 뒤늦게 감각을 뒤흔들어 불쾌한 어지러움과 욕지기를 유발하는 것이었다.

나도 모르는 새 은밀히 생겨났던 감각의 이상은 시간이 지날수록 증세를 더해갔고, 어느덧 심각한 지경에 이르렀다. 한번은 망루 위에서 현기증을 일으켜 아래로 떨어질 뻔한 적도 있었다. 그날 이후로 밤마다 시체들의 땅으로 추락하는 내 모습을 보았다. 그들은 나를 내버려두었다. 시체들마저도 흉측한 몰골로 뒤척이는 내 몸의 살을 뜯으려 하지 않았다. 나는 피 섞인 구토를 할 뿐이었다. 내 안의 모든 것을 쏟아내려는 것처럼.

반복되는 악몽에서 깨어나면 지독히 현실적인 불쾌감이 다시금 나를 덮쳐 왔다. 참을 수 없는 대기에 짓눌려 나는 하루하루를 보내고 있었다. 과거의 내가 그랬듯이, 끔찍한 현실로부터 또다시 도망치고 싶어졌다. 나는 보직 변경 신청을 할까 생각했다. 그러다 기어이 전역을 신청했다.

상부는 난색을 표했다. 그들은 울타리 내부의 상황에 대해 줄곧 아무 문제도 없다고 말해왔지만, 병사들의 추측대로 그렇지가 않왔던 모양이다. 곧 전역이 불가하다는 판정과 함께 신청이 반려되었다. 나는 정신 이상 증세와 그에 따른 복무 곤란을 호소했다. 내 주장을 뒷받침하는 군의관의 진료 소견 또한 첨부했다. 군의관은 내 증상을 기분장애로 진단했다. 그러나 상부로부터 재심이 진행 중이라는 답변만이 돌아왔을 뿐 그들은 내게 아무런 조치도 취해 주지 않았고, 또 그럴 생각도 없어 보였다.

그러던 어느 날 특수방위사령부로부터 호출이 왔다. 나와 면담을 하고 싶다는 것이었다. 나는 수집하듯 하나하나 준비해온 지긋지긋한 서류를 챙겨 들고 사령부로 향했다.

내가 들어간 방은 몹시 어두웠고, 담배 연기로 가득했다. 음험한 무언가가 그곳에 잔뜩 몸을 웅크린 채 도사리고 있는 것 같았다. 나는 하얀 연기로 얼룩진 더러운 어둠 가운데 군복을 입은 남자 둘과 양복을 입은 남자 둘이 서 있는 것을 보았다. 거수경례를 하려는데 그들이 어깨를 눌러 나를 억지로 의자에 앉혔다. 그곳에서 나만이 앉아 있었다. 군복을 입은 사람의 계급장을 확인하고 싶었지만 그럴 수가 없었다. 그들은 취조할 때처럼 밝은 전등 빛을 내게로 향해 내 시신경을 무력하게 만들었다.

"이자인가?"

밝은 빛 속에서 누군가가 말했다.

"그렇습니다. 이자가 그자입니다."

다른 사람이 말했다.

"대위, 몸은 좀 어떤가?"

또 다른 남자가 말했다.

나는 대답 대신 서류 봉투를 내밀었다. 종이 부스럭거리는 소리가 났다. 종이는 빠르게 넘겨졌다. 그러다 이내 빈 통 속으로 추락하여 담기는 소리가 났다. 쓰레기통 같았다.

"대위, 아직도 전역하고 싶은가?"

조금 전의 목소리 중 하나가 말했다.

"한 번도 휴가를 쓰지 않았더군. 여자한테는 관심이 없나 보지?"

새로운 목소리가 말했다.

"최근에 바깥을 본 적은 있는가? 외박 기록이 없는데."

먼저의 목소리가 말했다.

"이 친구 그러면서 여기를 지옥으로 생각하나 본데."

그 말에 누군가가 웃었다.

"대위, 밖에서 무슨 일이 벌어지고 있는지 아나?"

"다들 미쳐 있지. 거기야말로 지옥이야."

"먹고살기도 힘들걸. 금세 여기가 그리워질 거야."

"맞아. 냄새만 좀 참으면 되지."

또 누군가가 웃었다. 이제는 누가 누구인지 알 수 없었다. 하나의 목소리가 말하는 것 같기도 하고 전부 다른 목소리가 말하는 것 같기도 했다.

"자네의 전역을 허락하지. 단, 아직은 보류야. 조건이 있거든."

나는 그것이 무엇이냐고 물었다.

"자네에게 마지막 임무가 주어질 거야. 그걸 무사히 마치고 오면 내보내주지. 어려운 임무는 아니야. 사실 임무라고 하기도 뭣하지만."

"그냥 관광이라고 생각하게. 아마…… 자네 병의 원인이 그거렸지? 그렇게 쓴 걸 본 것 같은데. 어쩌면 자네 병이 말끔히 나을지도 모르지."

나를 뺀 모두가 웃었다.

"대위, 우리는 자네를 신뢰하고 있네."

누군가가 말했다.

과연 그것은 뜻밖의 임무였다. 그들은 나더러 피라미드로 가라고 했다. 이주 시에 피라미드로 보급됐던 필수 물자가 고갈되어 조만간 추가 보급이 이루어질 예정인데, 그때 동행하라는 것이었다. 호위가 아닌 동행. 단지 동행하기만 하면 된다고 했다. 그리고 그곳에 남아 며칠간 묵으면서 보고 들은 것을 보고하라고 했다. 그들은 그 이상은 말해주지 않았다. 내 의사를 묻지도 않았다.

나는 받아들일 수밖에 없었다.

예정된 일자가 되자, 부대 내 헬기 이착륙장으로 커다란 컨테이너를 실은 트럭들이 몰려들었다. 피라미드로 갈 물자였다. 내가 지니고 간 것은 옷가지와 세면도구가 든 가방, 그리고 G의 시계뿐이었다. 나는 그가 G일지도 모른다는 의혹을 끝내 떨치지 못했다.

컨테이너를 매단 헬기들이 하나둘 날아올랐다. 대열의 맨 마지막에 내가 탈 헬기가 있었다. 나를 태우기로 한 것은 군용 헬기가 아닌 소형 민간 헬기였다. 나는 영문을 몰라 어리둥절했지만, 곧 몇 년 전 그 남자의 무리가 피라미드로 들어가던 때가 떠올랐다. 아마 그렇게 작은 헬기만이 피라미드 내부로 들어갈 수 있는 듯했다. 헬기의 조종사 또한 다른 헬기와 달리 군인이 아닌 것 같았다. 그는 검정색 바지에 흰색 와이셔츠 차림이었고, 얼굴에는 검은 선글라스를 끼고 있었다. 우리는 악수를 했다. 다한증이라도 있는지 그의 손바닥은 몹시 끈적거렸다.

우리가 헬기들 가운데 마지막으로 날아오른 것은 막 정오가 지났을 때였다. 우리는 앞서 이륙한 헬기를 따라 고도를 높였다. 지독한 악취가 비산해 있다고는 상상도 할 수 없을 만큼 청명한 하늘이 캐노피 너머에 펼쳐졌다. 그것이 내게는 오히려 비현실적으로 느껴졌다. 그 파란 하늘 아래 펼쳐진 식은 도시도, 불결한 대기를 헤치며 날아가는 헬기들의 뒷모습도 내게는 모두 낯선 신기루같이 보일 따름이었다. 우리는 죽음의 악취에 취한 새 떼처럼 비틀대며 날아갔다.

피라미드 후면의 개방된 곳으로, 앞서 출발한 헬기들이 컨테이너를 내리는 것이 보였다. 공중에서 짐을 내린 헬기들은 곧바로 기지를 향해 기수를 돌렸다. 그들은 공중에 머물러 하역을 지켜보던 우리를 그대로 지나쳐 날아갔다.

헬기가 모두 떠나고, 우리는 하강하여 열린 벽 안으로 접근했다. 네모난 구멍으로 컨테이너를 실은 차량의 뒷모습이 언뜻 보였다가 사라졌다. 차가 사라진 맞은편에 서 있던 두 사람의 정수리가 보였다. 그들은 우리를 올려다보고는 뒤로 물러났다. 우리가 아래로 내려갈수록 그들의 옷자락이 더욱 세차게 휘날렸다. 바닥에 가 닿은 헬기가 끈 달린 인형처럼 흔들거렸다. 흔들리는 시야에 두 남자의 온전한 모습이 들어왔다. 그들은 칠흑 같은 선글라스를 쓰고, 흰 가운을 입었으며, 물품 체크를 위해서인지 손에는 차트를 들고 있었다. 내가 내리자마자 헬기는 다시 떠올랐다. 조종사는 내게 인사도 하지 않았다. 두 남자의 시선이 하늘로 떠올라 사라지는 그의 모습을 끝까지 좇는 것 같았다. 헬기가 모습을 감추고 거센 바람이 진정되자 끔찍한 악취가 후각을 덮쳐 왔다. 개방된 부분으로 외부의 오염된 공기가 유입된 탓인 듯했다. 울타리 밖의 부대에서도 악취 때문에 골머리를 앓는 마당에 하물며 그 한가운데 선 그곳이야 오죽하겠냐는 생각이 들었다. 이윽고 천장이기도 한 유리벽이 내려와 서서히, 완전히 닫혔다. 그로써 피라미드는 다시금 완전해졌다.

그곳은 착륙장 겸 하역장이자 임시 창고로 쓰이는 것 같았다. 컨테이너와 그것을 실어 나르기 위한 대형 차량, 생필품이 든 상자와 식료품 상자, 그리고 각종 기계 따위가 건조하고 광활한 공간에 별다른 규칙도 없이 마구잡이로 늘어서 있었다. 곳곳에 보이는 기계는 나로서는 무엇인지 짐작도 못 할 모양새를 갖춘 것들이 대부분이었으며, 크기도 천차만별이었다. 여기저기 헬기 착륙 표식이 눈에 띄는 것으로 보아, 오늘 같은 일이 있는 경우 개방될 벽의 위치를 임의로 지정함으로써 필요에 따라 공간을 활용할 수 있게끔 되어 있는 것 같았다. 그렇지만 그곳에는 빈 공간이 훨씬 많았다. 아마도 외벽을 따라 이어져 있을 그 층 전체가 그렇게 이용되는 듯싶었다.

두 남자는 나를 멀뚱히 보기만 할 뿐 가까이 오지도, 말을 건네지도 않았다. 그들은 누군가를 기다리는 것처럼 보였다. 한쪽 벽에 난 커다란 문이 열리며 냉기가 휘몰아쳐 들어오는 바람에 순간 몸이 움츠러들었다. 물건을 실은 차량 한 대가 그쪽으로 가다가 멈춰 서더니 두 남자 중 하나를 태우고는 밖으로 빠져나갔다. 문은 이내 도로 닫혔으나 냉기는 그대로 남아 있었다. 다른 남자도 컨테이너가 모여 있는 쪽으로 가 사라졌다.

나는 얼빠진 사람처럼 멍하니 서 있었다. 그때 어디선가 또각또각 구두 굽 소리가 났다. 빈 공간과 냉기로 인해 소리는 기묘한 그림자같이 섬뜩하게 울려 퍼졌다. 검은 양복을 입은 남자가 내 쪽으로 걸어오는 것이 보였다.

한참 후에야 그는 내 앞에 이르렀고, 나와 마주선 채 한동안 그대로 있었다. 그러다 손을 내밀었다.

"어서 오십시오. 특수질병연구센터에 오신 걸 환영합니다."

그의 얼굴에도 짙은 선글라스가 씌워져 있었다.

9

우리는 온통 새하얗기만 하고 아무런 장식도 없는 좁은 복도를 지나갔다. 걷는 내내 남자는 말이 없었다. 환기 시스템이 제대로 작동하지 않는지 아직도 냄새가 났다. 몸을 움츠리게 만드는 냉기 또한 여전했다.

얼마쯤 가다 보니 직각으로 꺾어지는 지점이 나왔다. 지금까지 지나온 길이만큼의 복도가 거기서부터 다시 뻗어 있었다. 그러다 직각으로 또 꺾어졌다. 이것이 몇 차례나 반복되었다. 복도의 끝은 모두 한 방향으로만 꺾어져 있었다. 내가 정말 앞으로 나아가고 있는 것인지, 행여 제자리를 맴돌고 있는 것은 아닌지 의심이 들 정도로 복도는 길었고, 계속 같았다. 길은 끝없이 이어질 것만 같았다. 남자는 여전히 말이 없었다. 구두 굽 소리가 좁고 긴 공간을 타고 냉기처럼 휘돌았다. 꿈속을 헤매는 것 같은 몽롱한 기분이 들었다. 나는 초조해지기 시작했다.

그러다 얼마 뒤, 나는 인식하지 못할 만큼 미세한 정도로 바닥이 경사져 있으며, 직선을 이루는 길이 또한 점차 짧아지고 있음을 깨달았다. 우리는 위로 올라가고 있었던 것이다.

한참을 더 가자 드디어 복도의 막다른 곳이 보였다. 그곳에는 우리가 복도로 나올 때 지나온 것과 같은 모양의 작은 문이 나 있었다. 남자가 문을 열어주었다. 그 너머로 밝고 넓은 공간이 나왔다.

방의 바닥은 아무 무늬 없는 정사각형이었다. 한가운데 업무용으로 보이는 책상과 의자가 놓여 있고, 그 앞쪽으로 탁자와 소파가 놓여 있었다. 그 외에는 어떤 가구도, 어떤 장식도 없는 방이었다. 한낮의 강렬한 햇빛을 바닥에 쏟아붓는 유리벽은 위로 갈수록 폭이 점점 좁아져 바닥보다 좁은 사각형 천장에 이르러 있었다. 그 모양으로 보건대, 그곳은 피라미드의 최상층인 듯했다.

안으로 들어가자마자 문을 닫았음에도, 희미하고 역겨운 악취가 그곳에서도 느껴졌다. 그 냄새는 내가 그제껏 지긋지긋하게 맡아온 것과 비슷하면서도 달랐다. 그것은 밖의 시체들이 풍기는 산패의 처절한 악취라기보다는, 막 부패하기 시작한 고기의 달큼하고 시큼한 냄새에 가까운 기이한 것이었다. 나는 외려 그 냄새에 더 심한 거부감을 느꼈다. 그것은 자연스럽지가 못했다.

"어떻습니까?"

남자가 물었다.

"멋지군요."

내 말에 그가 웃었다. 기묘한 웃음이었다.

"냄새 말입니다."

그는 악취에 대해 말하고 있었다.

"견디기 힘드시죠? 건물에 탈취 설비가 돼 있기는 합니다만……. 말씀하시면 원하시는 만큼 조정해드리겠습니다."

"아닙니다. 밖에서 지긋지긋하게 맡아온 거니까요. 어쨌든 고맙습니다."

그는 조금 놀라는 기색이었다.

"추우신가요?"

"아뇨, 괜찮습니다."

"다행이군요. 그럼 마실 거라도 좀 드릴까요?"

나는 그의 태도에 무언가 석연찮은 구석이 있음을 느꼈다.

"배려는 감사합니다만, 저는 군인입니다. 명령을 받고 온 것이니 무슨 거래처 손님처럼 그렇게 신경 쓰지 않으셔도 됩니다."

"거래처라……."

그의 얼굴에 희미한 미소가 스치는 것이 보였다.

"그래도 손님은 손님이죠. 그러면 여기서 잠깐 기다려주시겠습니까?"

그렇게 말하고 그는 들어왔던 문으로 나가버렸다.

나는 소파에 앉아 그의 말대로, 무엇을 기다리는지도 모르면서 무작정 기다리기 시작했다.

사위가 죽은 듯이 고요하고 쓸쓸했다. 사람의 기척은 전혀 없었다. 아무도 그곳에 오지 않을 것 같았다. 그곳은 모든 소리가 죽어버린 공간 같았다. 적막 속에서 지속되는 서늘함에 등이 떨려왔다. 주홍빛 햇살에 물들어 점점이 무늬가 박힌 바닥은 헬기에서 본 하늘처럼 비현실적으로 보였다. 탁자 위에는 유리로 된 피라미드 모형이 놓여 있었다. 그것을 투과한 빛이 일그러진 채 늘어져 있었다. 마치 더러운 허물 같았다.

별안간 엄청난 규모의 기계가 돌아가는 듯한 굉음이 터져 나와 끝없이 이어질 것만 같던 정적을 깨뜨렸다. 기계 소리는 가까운 곳에서 들려오는 것 같기도 하고 먼 곳에서 들려오는 것 같기도 했다. 천장에 난 환기구로 냉기가 연기처럼 쏟아져 내렸다. 급작스러운 변화에 어찌된 일인가 싶어 안절부절못하는데, 시작하던 때만치나 급작스레 기계 소리가 멈추더니 이어 냉기도 그쳤다.

방 안은 이가 딱딱 부딪칠 정도로 추워져 있었다. 온도 제어 시스템에 문제가 생긴 것이 아닌가 싶었다. 외투 없이 정복 차림이었던 나는 추위를 조금이라도 이겨보고자 일어나 움직이기로 했다. 볕이 드는 벽 쪽으로 갔다. 유리벽의 바로 안쪽에 서서 바깥의 풍경을 보았다. 신시가지의 전경이 망루에서 보듯 번히 내다보였다.

유리 너머 눈부시게 파란 하늘 아래로, 차가운 기둥들이 늘어선 척박한 대지가 펼쳐져 있었다. 그러다 어느새 몰려왔는지 구름이 곧 태양을 가렸고, 엷고 널따란 어둠이 그 땅에 드리워졌다. 그 장막 같은 어둠 아래, 이제는 기이함으로 채색된 버려진 묘비의 숲이 외부의 세계를 향해 끝없이 뻗쳐 있는 것이 보였다. 만들어진 모습 그대로 죽음으로써 자연의 일부로 굳어버린 웅장한 얼음의 도시, 인간이 토해낸 거대한 이물질들이. 낮게 날아오른 새들이 회색

빛 그림자로 수놓으며 빌딩 사이를 가로질렀다.

얼마 후 해를 가리던 구름이 지나가자, 도시는 축복을 받듯 빛으로 가득 채워졌다. 하지만 텅 비어버린 모습이 똑똑히 드러난 그것은, 마치 죽음이 조롱하는 것처럼 흉물스럽고 음울한 존재와 다름없었다. 문득 나는 유리 위에 떠오른 얼굴을 보았다. 얽히고 부서진 채 비친 얼굴이 도시에 도사린 죽음과 겹쳐져 기묘하게 보였다. 나는 내가 정말로 그 죽음을 두려워하는 것인지, 아니면 경이로워하는 것인지 알 수 없었다.

다시 기계 돌아가는 소리가 나고 냉기가 쏟아질 즈음, 문이 열렸다. 내가 들어온 문이 아닌 맞은편에 난 문이었다. 남자가 들어서고 문은 금방 닫혔다. 그가 악취를 몰고 온 양 썩는 냄새가 순간 강해졌다가 흩어졌다. 나를 향해 걸어오는 남자의 무표정한 얼굴에 뱀처럼 기다란 모양의 잔혹한 흉터가 나 있었다. 그는 선글라스를 쓰고 있지 않았다. 그 얼굴에 미소가 깃드는 것이 보였다.

나는 내 의심이 틀리지 않았음을 알았다. 그는 내가 아는 그가 맞았다. 그는 G였다.

"어서 와."

그는 내게 악수를 청하고 포옹까지 했다. 얼떨떨하여 그를 껴안는 순간, 나는 그의 몸에 밴 시체의 냄새를 느꼈다.

우리는 소파에 앉아 한동안 아무 말도 하지 않았다. 도무지 무슨 말을 해야 할지 몰랐다. 그도 아마 마찬가지였을 것이다.

"내 얼굴이 많이 변했을 테지."

그가 먼저 입을 열었다. 그는 내가 자기를 알아보지 못했을 것이라고 생각하는 듯싶었다. 나는 뭐라고 할까 잠깐 고민하다가 가방을 열어 상자를 꺼냈다. 그는 그 상자를 기억하지 못하는 것 같았다. 상자를 열어 시계를 보여주었다. 그제야 그는 놀라는 눈치였다.

"이걸…… 가지고 있었나?"

"그래, 쭉 보관해왔지. 그때 널 보고 주려고 가져온 거야."

"나를 알아봤다고?"

나는 내심 그가 감격하리라 기대했다. 그 또한 나와 마찬가지로 시계에 대한 열정을 잃지 않았으리라 생각했기 때문이다. 하지만 그가 보인 반응은 예상을 벗어난 것이었다. 그는 마치 그것이 자신의 작품이 아닌 것처럼 행동했다. 더구나 그는 과거에의 미련 따위는 없어 보였고, 심지어 과거를 완전히 망각해버린 듯했다. 그만큼 그는 무심해 보였던 것이다.

그러나 곧, 그것은 무너졌다.

"이게 아직도 작동하다니 놀랍군."

갑자기 침울해진 얼굴로 그는 시계를 만지작거렸다.

"장인이 돌아가셨다는 소식은 들었어. 너한테는 정말 미안해. 나만 도망쳐 나와서……."

그의 말이 너무도 뜻밖이었기에 나는 그 의미를 금방 이해하지 못했다. 그런 내 표정을 그도 읽은 것 같았다. 그는 이제는 다 지난일이라며 내게 모두 털어놓고 싶다고 했다.

"……나는 도망치고 싶었어. 그래, 도망치고 싶었지. 장인에게 인정받고 말겠다는 일념으로 시계를 만들기 시작했지만, 얼마 안 가 그게 내게 족쇄를 채우더군. 나는 매일매일 급변하는 감정 속에서 작업을 해나가야 했어. 누구보다도 뛰어난 최고의 작품을 만들겠다는 집념과 자신감에 충만해 있다가도 어느 순간에는 내가 형편없는 추물이나 쓰레기에 지나지 않는 걸 만들고 있다는 회의에 시달리곤 했지. 나는 무엇이 진실인지 몰라 괴로웠어. 그날의 작업에 만족하여 상자에 고이 넣어두었다가도 다음 날이면 어김없이 자괴감에 빠져 그걸 무참히 부숴버리고픈 충동에 빠졌던 거야. 하지만 그럴 수 없었어. 도저히 그럴 수 없었지. 다음 날이면 그것에서 다시 어떤 만족감을 느끼게 될지 몰랐으니까. 나는 점점 내가 의심스러워졌어. 내 재능이 의심스러워졌지. 무척 고통스러웠어.

이런 내 고통을 알아준 유일한 사람이 바로 그녀였어. 그래, 그녀뿐이었어……. 너도 알고 있었겠지. 시계 거리의 모두가 나를 좋아하고 부러워하는 듯했지만, 실은 시기와 증오를 애써 포장했을 뿐이라는 것을. 그들은 나를 인정한 게 아니야. 다만 열패감에 빠져 사악한 상상이 꿈틀대는 내면을 오래도록 감추고 있었을 뿐이지. 모두가 은연중에 나의 추락을 바랐어. 그들의 꿈은 자기들의 비상이 아니라 나의 추락이었어. 그들은 나를 짓밟고 싶어 했고, 추락해서 뭉개진 내게 동정과 경멸의 눈빛을 던질 순간이 오기만을 간절히 바랐던 거야. 내게는 오직 그녀뿐이었어. 하지만 나는……. 맞아, 나는 몹쓸 짓을 하고 말았어. 내 추하고 지독한 자기혐오가…… 결국에는 그녀에 대한 혐오로 옮아가고 말았지!"

그의 얼굴에 아까의 미소는 씻은 듯이 사라지고 없었고, 대신에 어둠이 들어차 있었다. 흉터가 역겨운 벌레처럼 꿈틀거렸다.

"이제는 괜찮을 줄 알았는데 그렇지가 않군. 너는 모를 거야. 끝까지 알지 못하겠지. 그 일을 다시 떠올리고, 입 밖에 내는 것이 내게 있어서는 저주나 마찬가지라는 것을!

그래, 나는 그녀를 망가뜨렸어. 그녀를 처참히 망가뜨렸어! 언제나 내 곁에서, 어머니처럼 나를 감싸주려던 그녀를 말이야!"

그는 괴로운 듯 고개를 떨어뜨렸다.

한참 후에 그는 다시 고개를 쳐들더니 손으로 머리를 쓸어 넘기고는 내 얼굴이 아닌, 내 뒤의 벽을 보면서 말했다.

"나는 추악한 짐승이나 다름없었어. 맞아, 짐승이었지! 그녀는 나로 인해 끔찍하게 망가지고 말았어! 결국 그녀도 나를 혐오하게 되었지. 나처럼 말이야. 당연했어. 나조차 내가 벌레같이 여겨질 정도였으니까. 나는 그녀를 사랑할 자격이 없었어……."

그는 시계를 내려다보았다.

"나는 도망치고 싶었어. 나 자신이 너무 부끄럽고 역겨워서 참을 수가 없었지. 당장이라도 그곳을 떠나고 싶었어. 그곳에서의 모든 기억으로부터, 나로부터 도망치고 싶었단 말이야. 그런데 이게……이 지긋지긋한 시계가 나를 그곳에 붙들어 매더군. 나는 도망치기 위해 이걸 완성해야만 했어. 오로지 거기서 벗어나기 위해서……."

나는 충격에 할 말을 잃었다. 분노도 일지 않았다. 다만 무지하고 어리석었던 나 자신이 부끄러웠다. 질투에 눈이 먼 나는 유치한 감상에 빠져 스스로를 가련한 비운의 주인공으로 여겼을 뿐, 그들 간에 일어난 일에 대해서는 감지조차 못 했던 것이다.

그렇지만 납득할 수 없는 부분이 있었다. 바로 내가 그를 '르 루아'로부터, 그리고 그녀로부터 멀리 쫓기 위해 모략한 장본인이었으니 말이다. 한데 그는 당시의 나라는 존재가 자신의 비극에는 아무런 의미도 없고, 아무런 영향도 미치지 못한 것처럼 말하고 있었다. 그런 그의 태도에 나는 그 파국이 전부 내 책임은 아니었다는 너절한 안도감을 느낀 것이 사실이다. 그러나 한편으로는 그제껏 나를 짓눌러 발버둥 치게 만들었던 죄의식이 단지 내 착각에 지나지 않았다는 사실에 반발하여 그것을 인정하고 싶지 않았던 것 같다. 나는 다소 충동적으로, 수치와 두려움을 무릅쓰고서, 당시 내가 저질렀던 비열하기 그지없는 행위를 그에게 낱낱이 고하기 시작했다.

물론 그것은 명백히 아무런 의미도, 가치도 없는 고백이었으며, 그저 만용에 가까운 자존심과 다름없었다. 아마도 내게는 그때까지도 그를 향한 적개심에 가까운 경쟁의식이 남아 있었던 듯하다. 그렇기에 그렇게까지 해서라도 그에게 일말의 패배감을 안겨주고 싶었던 것이다.

잠자코 내 이야기를 들은 그는 말없이 시계만 보다가 불쑥 자리에서 일어나 벽으로 갔다. 그는 유리 너머의 풍경을 바라보는 것 같았다. 아니, 어쩌면 유리에 비친 내 모습을 보고 있었는지도 모른다. 혹은 나처럼 자신의 얼굴을 보고 있었는지도 모른다.

"알고 있었어."

그가 말했다.

"알고…… 있었다고?"

"그래, 전부 알고 있었지."

일순 공포에 가까운 감정이 심장을 파고들었다.

"그래서 네게 더 미안했던 거야."

그가 뒤돌아섰다. 얼굴이 고통으로 심하게 일그러져 있었다.

"나는 널 이용한 거야. 그곳에서 도망치기 위해서……."

나는 아무 대꾸도 할 수 없었다. 아마 그의 말을 제대로 이해조차 못 했던 것 같다. 나는 그저 멍하니 그의 얼굴을 쳐다보다가 탁자 위에 놓인 시계를 보았다.

"그녀에게 용서를 빌었어. 염치없었지. 그런 짓을 하고도 용서해달라고 했으니 말이야. 그녀는 날 죽이고 싶다고 하더군. 나는 제발 그렇게 해달라고 했어. 하지만 그녀는 그러지 않았어. 나는 떠나겠다고 했지. 나를 용서하든 용서하지 않든 나는 그곳에 있을 자격이 없다고. 물론 그건 핑계에 불과했어. 나는 그곳을 벗어나고 싶었으니까. 그런데 그녀가 매달리더군. 당혹스러웠어. 그래, 솔직히 말해 기쁘기도 했지. 나는 여전히 그녀를 사랑하고 있었으니까. 하지만 그녀는 달랐어. 그녀는 더 이상 날 사랑하지 않았어. 내가 그녀를 사랑하듯이, 그녀는 나를 증오하고 있었던 거야. 미치도록…….

그녀가 내게 남아달라고 부탁한 건 그녀의 아버지 때문이었어. 장인 때문이었지. 장인은 오로지 시계에만 전 생애를 바친 이였잖은가? 그녀는 자기 아버지가 일찌감치 나를 점찍어두고 후사를 계획해왔다고 말했어. 그런 내가 떠나면 쇠약해진 아버지는 그대로 무너져버릴 거라고, 제발 떠나지 말아달라고 내게 애원하더군. 순간 역겨움을 느꼈어. 내 안의 어떤 더러운 것이 단번에 치밀어 오르는 것 같았지. 나는 아직도 자기를 사랑하는데, 그렇기 때문에 떠나려 하는데, 정작 그녀는 내게 그런 짓을 당하고 나를 그토록 미워하면서도 자신의 유일한 혈육을 위해 내게 남아달라는 굴욕적인 부탁을 하는 거야.

심한 거부감이 들더군. 어째서인지는 나도 몰라. 그렇지만 이것만은 분명했어. 그녀는 내가 사랑해온 그녀가 아니었어. 그녀는 몹시 추하게만 보였어……. 내 죄가 더욱 무거운 것으로 느껴지더군. 내 더러운 육욕이 그녀를 무참히 망치고 일그러뜨렸다는 생각이 들었지. 당장 거기서 도망치고 싶은 마음이 간절했지만 어쩔 수가 없었어. 나는 그녀에게 속죄할 의무가 있었으니까.

하지만 이후의 나날은 지옥에서의 삶 그 자체였어! 그녀는 더 이상 내 순수한 사랑의 대상이 아니었어. 내 추악한 욕망의 대상으로 전락해버리고 말았지. 그녀를 향한 내 욕구는 날로 강해져갔어. 그녀를 범하던 순간의 장면이 떠올라 나를 끔찍이 괴롭히면서도, 동시에 그녀의 육체에 대한 사악한 열망을 지독히도 불태우게 하더군. 그녀는 계속되는 죄악의 유혹처럼 보였어. 마치 내게 악마가 깃든 것 같았어……. 이젠 그녀가 영영 내 것이 될 수 없으리라는 생각이 매일같이 나를 욕정의 구렁 더 깊숙한 곳으로 밀어 넣었지. 그녀와 마주칠 때마다, 심장이 새까맣게 타드는 순수한 애정과 더러운 정욕과 무거운 죄의식이 한데 뒤엉켜서 역겹게 끓어올랐어. 나는 정말이지 미쳐버릴 것만 같았어. 그런 나를 그녀는 증오했어. 내 구애와 갈망과 속죄가 뒤섞인 눈빛에 그녀는 더러운 벌레라도 보는 양 경멸의 눈빛으로 답하더군. 내 욕망은 점차 뒤틀려 결국에는 뜨거운 절망으로, 그리고 차가운 분노로 바뀌어갔지. 나는 그런 나 자신이 두려웠어. 그녀를 다시 차지하기 위해, 내가 무슨 짓을 저지를지 몰랐으니까!"

그는 말을 멈추고 가만히 서 있었다. 내 시선은 여전히 시계를 향한 채였다. 나는 그의 얼굴을 보기가 두려웠고, 이어질 그의 말을 듣기가 두려웠다. 나는 고개를 들지 않았다.

"그래서 널 이용한 거야. 맞아, 네가 그녀를 사랑한다는 사실은 진작부터 알고 있었어. 그런 널 보며 나는 동정심을 느꼈지. 아니, 동정심이라기보다는 차라리 동질감에 가까웠을 거야. 너 또한 절대 가질 수 없는 것을 탐하고 있었으니까……. 한 가지 착상이 떠오르더군. 네게는 아마 교만으로밖에 비치지 않을 생각일 테지. 나는…… 네가 후계자가 되게 만들 생각이었어."

그는 다시 몸을 돌려 유리벽을 향했다. 나는 그의 뒷모습을 바라보았다. 뒤돌아선 그는 몹시 차가워 보였으며, 잔인해 보였다.

"장인이 날 미워하게 되면 너를 후계자로 택할 거라 생각했지. 오만하기 짝이 없는 계획이었어. 이미 내가 장인보다 뛰어난 실력을 갖고 있다는 확신을 전제로 하고 있었으니까 말이야. 내 재능에 대해 스스로 의심을 품고 있던 때였음에도 말이지.

묘하더군. 그렇지 않아? 이 계획이 성공한다면…… 결국 내가 장인보다 뛰어나다는 걸 입증하는 셈이 되는 거니까. 모든 게 어긋난 채로 들어맞는 것 같았어. 모순투성이였지. 비참할 정도로 모든 것이 우스웠어. 나는 시계를 만들면서 일부러 그 사실을 네게 흘리기 시작했어. 그리고 내 능력에 대한 의심으로 걷잡을 수 없이 혼란이 깊어지는 가운데, 마침내 그걸 완성했지. ……그 시계는 네가 만든 거나 다름없어."

가슴을 도려내는 듯한 고통이 밀려왔다. 지독한 허탈감과 무력감이 나를 에워쌌다. 내 앞에 놓인 시계가 더럽고 형편없는 실패작으로 느껴지기 시작했다. 그것은 내 다른 실패작들과 하등 차이가 없어 보였다. 그리고 그것들은 그의 시계를 흉내 내려는 것이었다.

부서지고 문드러지지 않기 위해 '르 루아'를 뛰쳐나왔건만, 나는 그 시계를 모방하려 한 시점에 이미 무너진 채였다. 망가진 것은 그가 아닌 나였다. 나는 처음부터 소모품이고 대용품이었다. 보잘것없는 부품에 지나지 않았다. 완벽하게 설계되고 조립된 기계의 하찮은 부품. 신시가지에 딸린 그들처럼……

"왜 내게 이런 얘기를 하는 거지? 그냥 모르는 척 넘어가면 안 되었나? 잔인하군. 너무 잔인해. 그래…… 알겠어. 이제 다 알겠어. 나를 여기로 불러들인 것도 너겠지. 너는 나를 끝까지 수치스럽게 만들 셈인 거야……"

그는 천천히 몸을 돌렸다. 역광을 받아 드리워진 그림자가 흉터를 어둠 속에 가라앉혔다. 다른 쪽의 얼굴이 비현실적으로 밝아진 빛 가운데 떠올랐다. 드러난 외모의 유려함이 야속했다. 나는 비참함을 느꼈다.

"결국은……"

그가 무겁게 입을 열었다. 그림자에 가려 표정은 보이지 않았다.

"너도 나를 증오하겠지. 어차피 나는 그런 운명이니까……. 언젠가는 네게 진실을 털어놓을 기회가 올 거라고 생각했어. 다시 만날 수만 있다면 말이야. 너를 처음 봤을 때는 경황이 없었어. 우리 둘다 너무 많이 변해 있었지. 그래, 너무 많이 변해 있었어……. 어쩌면 이게 우리의 진짜 모습인지도 몰라. 모든 게 다 내 탓이라는 사실을 부정할 생각은 없어. 네가 날 어떻게 생각하든 괜찮아. 아마 용서할 수 없겠지. 그래도 괜찮아. 하지만 이것만은 알아줬으면 해. 네게 진실을 말해주고 싶었다는 걸. 그래야만 한다는 걸 나는 알았으니까. 죽기 전에 반드시……."

침묵이 흘렀다. 유리 너머에서 타오르던 해는 차츰 식어 보이지 않는 어둠 아래로 가라앉았다. 파랗던 하늘에는 감파랗고 서늘한 기운이 섞여들기 시작했고, 유리 모형에 걸린 허물 같은 그림자는 녹아서 깨어지듯 희미하게 흩어지고 있었다. 나는 끔찍하고 잔혹한 생각이 드는 것을 떨쳐내려 애쓰면서 말했다.

"어째서 그녀의 남편 행세를 하는 거지?"

그는 대답하지 않았다.

"그녀는…… 죽었나?"

아주 천천히, 그가 고개를 끄덕였다. 그 순간 다시 기계 도는 굉음이 시작되고 천장에서 냉기가 뿜어졌다. 요란한 소음 너머에서 그의 목소리가 들려왔다. 변질된 음성은 기이하고 잔인한 읊조림처럼 들렸다.

"……리는 모두 죄…… 나는…… 속죄…… 싶었……."

굉음은 길게 이어졌다. 소리가 그치자 그가 내 쪽으로 걸어왔다. 얼굴에는 거짓말처럼 미소가 떠올라 있었다. 돌연 나는 피로와 메스꺼움을 느꼈다.

"네게 꼭 보여주고 싶은 게 있어."

"그럴 기분이 아니야. 조금 쉬고 싶군."

그의 얼굴이 무섭게 돌변했다.

"아니, 너는 꼭 봐야 해!"

그는 나를 억지로 승강기 쪽으로 이끌었다. 나는 언뜻 목격한 광기가 일으킨 공포에 붙들려 무력하게 끌려갔다. 그는 버튼을 누르며 조용히 덧붙였다.

"내 진짜 작품을 말이야……."

"여기 엘리베이터는 각기 특정 구역과 구역만을 제한적으로 연결하게 돼 있어. 그 외에는 연결되지 않았어."

그의 목소리가 차가운 금속 벽을 타고 울렸다. 그와 나는 좁고 하얀 승강기 안에 서 있었다. 우리는 아래로 내려가고 있었다.

문이 열리고 내가 지나온 것과 같은 모양의, 직각으로 틀린 나선형의 복도가 나왔다. 우리는 복도를 따라 말없이 걸었다. 나는 흘긋 그의 옆얼굴을 보았다. 조금 전에 나타났던 광기의 흔적은 찾을 수 없었다.

"네가 있는 곳이 피라미드의 최상층인가?"

내가 물었다.

"피라미드? 밖에서는 이걸 그렇게 부르나 보지?"

그는 한참 후에 이렇게 되물었다. 질문에는 답하지 않았다.

"화물은 어떻게 운반하지?"

"화물용 직통 승강기가 따로 있어."

"그럼 굳이 저런 엘리베이터를 만든 이유는 뭐야?"

"화물용은 생체 반응이 감지되면 한 방향으로만 작동하게 돼 있어. 내려가기는 하지만 올라가지는 않아."

"……시체들 때문에?"

그는 이번에도 대답하지 않았다. 그는 묵묵히 걷다가 불쑥 말했다.

"전부 돌아보려면 시간이 꽤 걸릴 거야."

나는 대꾸하지 않았다. 그가 나를 돌아보았다.

"그들이 원하는 게 그거 아닌가?"

"뭐든지 다 알고 있는 것처럼 말하는군."

"방을 준비해뒀으니 그들이 원하는 만큼 충분히 보고 가도록 해. 원하면 헬기를 불러주지. 그래도 보안이니 뭐니 해서 닷새는 걸릴 거야."

우리는 다시 말없이 걸었다. 안쪽으로 들어갈수록 냄새와 냉기가 심해지는 것 같았다.

"옷을 두껍게 입어야 할 거야."

복도 끝에 검은 양복을 입고 검은 선글라스를 쓴 남자가 서 있었다. 그가 문을 열어주었다. 악취를 덮을 만큼 강렬한 약품 냄새가 쏟아져 나왔다. 나는 열린 문 안으로 몇 발짝 들어서다 우뚝 멈춰 섰다.

그곳은 어떤 연구실 내지는 실험실 같았다. 층 전체가 모종의 연구와 실험을 위한 목적으로 쓰이는 듯 광대한 공간에 각종 기계와 기구 등 실험용 설비가 그득했다. 그것들 사이로 하얗고 커다란 튜브처럼 생긴 양압복을 입은 사람들이 분주히 돌아다니는 것이 보였다. 그곳은 문 안쪽에 난 또 다른 복도에 둘러싸여 있었는데, 그 사이에 투명한 유리벽이 가로놓여 있었다. 나는 그 복도에 서서 유리벽 너머의 연구실을 한참이나 바라보았다.

"대단하지 않아?"

G는 적이 흥분해 있는 듯했다. 나는 아연했다.

"대체 여기서 뭘 하는 거지?"

"시계 따위와는 비교도 할 수 없는 걸 만들지."

우리는 노란색 양압복을 입고 소독실을 거쳐 어떤 방으로 들어갔다. 그곳은 모니터와 제어반으로 가득했다. 모니터들은 저마다 연구원이 실험을 하거나 기계를 다루는 장면을 비추고 있었다. 방의 한쪽 벽은 유리로 되어 있어 육안으로 직접 연구실 전체를 조망할 수 있었다. 양압복 내 소형 스피커를 타고 거칠게 변조된 그의 목소리가 흘러나왔다.

"우리는 역사를 만들고 있어. 이제 거의 다 됐지. 그래, 거의 다 됐어. 거의 다……"

그러나 목소리에서는 어딘가 불안하고 초조한 기색이 느껴졌다. 불안감을 느낀 나는 도대체 그곳에서 무얼 만드는 것이냐고 재차 물었다. 그러자 그가 말했다.

"이제 너도 어느 정도는 예상하겠지. 맞아, 우리는 약을 만들고 있어. 치료제를……"

그는 더 이상은 말해주지 않았다. 그저 조만간 다 알게 될 것이라고만 했다.

나는 그의 얼굴을 보려고 했다. 얼굴은 네모난 창 안에 깊숙이 감춰져 보이지 않았다.

바로 아래층에 직원용 숙소가 있었다. G는 그곳에 묵지 않는다고, 따로 묵는 장소가 있다고 했다. 나를 방까지 안내해준 양복 입은 남자의 말에 따르면 그랬다. 내 방은 가장 안쪽에 있는 방들 가운데 하나였다. 그곳은 복도 맞은편보다 방이 적은 데다 거의가 비어 있었다.

밖으로 나가지 않고도 거의 모든 생리 현상을 해결할 수 있게끔 각종 시설이 갖춰진 다목적의 널찍하고 깔끔한 방이었다. 그렇지만 철저히 실용적인 목적으로 꾸며진 만큼 건조하게 느껴지기도 했다. 유리벽이 없었다면 외부로부터 격리된 듯한 갑갑한 인상을 받았을 것이다.

나는 무심결에 유리벽으로 가 밖을 내다보았다. 노을에 핏빛으로 물든 거리의 모습이 보였다. 한동안 가만히 그것을 바라보았다. 얼마쯤 지나 남자가 벽을 두드려 내 주의를 끌었다. 나는 그가 줄곧 지켜보고 있었음을 깨닫고는 멋쩍어졌다. 그는 신경 쓰지 않는 것 같았다. 그는 자기가 수행해야 할 일 외에는 관심도 없다는 듯 조용히 문 옆의 벽을 열어 내게 보여주었다. 움푹 들어간 곳에 조작반이 붙어 있었다.

"이걸로 방의 편의 시설을 조정할 수 있습니다. 온도를 조절하실 수도 있고요. 그래도 중앙 시스템에서 유지시키는 온도가 있어서 아마 추우실 겁니다. 옷장 안에 방한복이 비치돼 있으니 그걸 입으십시오."

그의 말에 의하면 건물의 난방 시스템이 고장 난 게 아니고 일부러 그렇게 낮은 온도를 유지한다는 것이었다. 그 이유를 묻자, 그는 연구의 특성상 어쩔 수 없다고만 말했다. 그는 그 건물 자체가, 연구뿐 아니라 대량 생산 설비까지 갖춘 하나의 완벽한 시스템이라고 설명했다. 나는 그의 말을 들으며, 그 건물로 옮겨진 다량의 컨테이너와 창고에서 본 거대한 기계들을 생각했다.

남자는 편히 쉬라며 문을 닫았다. 문은 문설주나 인방 따위가 없이 벽에 완전히 들어맞게끔 돼 있었다. 문이 닫히면서 방은 완전히 폐쇄되었으나 그럼에도 여전히 냄새가 났다. 몸의 활동이 그쳐서인지 갑자기 추위가 밀어닥쳤다. 사늘한 냉기가 방 안에 감돌았다. 남자는 벽의 조작반으로 방의 온도를 조절할 수 있고 탈취도 가능하다고 했지만, 나는 그것을 건드리지 않았다. 나는 벽 안에 감춰지게 만들어진 옷장을 밖으로 뽑아내 여러 벌의 똑같은 방한복 중 하나를 꺼내 입고 얼어붙은 침대에 몸을 눕혔다. 숨을 내쉴 때마다 안개 같은 입김이 공중으로 솟아올라 흩어졌다.

그곳에 들어가고 나서, 밖에서 그곳의 기이한 외형만을 보며 의구심을 느끼던 때보다 오히려 더 깊은 의문에 휩싸이는 것 같았다. 대체 여기서 무얼 하고 있는 것일까. G는 치료제를 만든다고 했다. 그것이 혹시 시체가 되는 병의 치료제를 말하는 거라면…… 과연 그것이 가능한 걸까? 그는 한때 재능 있는 시계공이었고, 유능한 군인이었다. 하지만 의학이나 신약 개발과는 전혀 무관한 이였다. 그런 그가 이제껏 그 누구도 만들어내지 못한, 이 무시무시한 질병의 치료제를 만드는 것이 과연 가능한 일일까? 나는 믿을 수 없었다.

나는 내가 그곳에서 무얼 해야 하는지조차 알지 못했다. 정부와 군의 의도가 무엇인지도 몰랐다. 그들은 왜 나를 이곳으로 들여보낸 것일까? 나는 무얼 보고, 무얼 보고해야 하는 걸까? G는 어떻게 내가 이곳에 올 줄 알고, 또 무얼 할지도 알고 있었던 걸까? 그가 나를 이곳으로 불러들인 것일까? 모든 것이 혼란스러웠다. 그날 겪은 모든 일이 현실이 아닌 것 같았다. 어쩌면 이것은 정말로 꿈이 아닐까……

요란한 소리에 눈을 뜨니, 네모나고 하얀, 낯선 천장이 보였다. 그새 잠이 든 것 같았다. 인터폰은 벨소리 대신 짧은 경보음과 빨간 경보광을 교대로 발하고 있었다. 몸을 일으키자 으스스 한기가 밀려들었다.

목소리가 식사를 가져왔다고 했다. 얼굴은 보이지 않았다. 문에 달린 잠금장치를 세 개나 풀고서야 문을 열 수 있었다. 쟁반을 들고 온 이는 여자 옷 차림이었다. 나는 그 목소리가 여자의 것이라고는 생각지 못했었다. 여자는 상복을 입은 양 온통 검은 옷 차림이었고, 얼굴에도 검은 베일이 드리워져 있었다. 내가 뭐라고 하기도 전에 여자는 재빨리 쟁반을 바닥에 내려놓고는 물러나 기묘한 걸음으로 복도를 따라 걸어갔다. 그 뒷모습이 병든 그림자 같았다. 나는 그녀의 모습이 사라질 때까지 지켜보다가, 들어와 문을 닫고 식탁 겸용의 탁자 위에 쟁반을 내려놓았다.

음식은 건조 가공 식품을 조리한 것이었다. 따뜻하게 먹어야 하는 일부 음식은 방 안의 조리 기구를 이용해 조리할 수 있도록 한 회 분량의 작은 통조림 형태로 나왔다. 하루 동안에 너무 많은 일을 겪은 데다 계속되는 악취가 비위를 상하게 만든 탓에 영 입맛이 없었다. 그럼에도 나는 억지로, 오기로 음식을 먹어치웠다. 아직 내가 완전히 패배하지 않았다는 것을, 온전하다는 것을 그에게 보여주고 싶어서 그랬던 것 같기도 하다. 하지만 식사를 마치고 나니 그런 생각이 몹시 부질없고 유치한 것으로 느껴졌다. 나 자신이 너무도 한심하여 부끄러웠다.

나는 유리벽으로 가 밖을 내다보았다. 이미 해는 완전히 져버렸고, 점점 더 짙어지는 어스름이 거리에 깔려 무거운 침울함을 자아내고 있었다. 느닷없이 묘한 느낌이 들었다. 벽 한 면이 온통 유리로 된 격리 병실 같은 방에 있자니, 그 시체들의 땅 위 공중에 위태로이 매달려 밤을 보내는 것 같은 기분이 들었기 때문이다. 오래도록 꿔왔던 악몽이 기억났다. 시체들의 대지로 끝없이 추락하는 악몽. 나는 그 거역할 수 없는 죽음의 고장에서, 비로소 죽음이 나를 외면하지 않으리라는 것을 알았다. 나는 죽음과 대면하고 있었다. 새삼 그것이 두려워졌다.

고요한 도시에 완연한 어둠이 내렸다. 몇몇 건물의 유리창에 껌뻑껌뻑 차례로 불이 들어오는 것이 보였다. 어둠이 일깨운 박동에 누렇고 흉측한 복안(複眼)의 눈꺼풀을 드는 굶주린 괴물들처럼. 그렇게 불쑥 솟아올라 냉기로 불타는 가느다란 기둥들로 거리는 재생되었다. 그곳은 흡사 살아 있는 사람들이 사는 도시처럼 보였다. 죽어 있던 거죽들이 미지의 생명을 부여받고서 깨어나는 밤……

그때였다. 검은 종이처럼 깔린 짙은 어둠 속에서 움직이는 무언가가 눈에 띄었다. 절뚝이는 작은 그림자. 순간 목뒤로 소름이 흘렀다. 그것은 하나가 아니었다. 어둠 속으로 기어 나온 작고 불결한 벌레같이 스멀거리며 그것들은 건물 사이사이에서 쏟아져 나와 도로 위로 수없이 모여들고 있었다. 피라미드는 순식간에 그것들에 둘러싸였다. 하나의 불결하고 기다란 덩이처럼, 그것들은 거대한 똬리를 틀어 건물을 에워싸고 있었다.

잠시 후, 무언가가 그림자 위로 들려지는 것이 보였다. 물결치는 그림자들 위로, 달빛을 반사해 얼음처럼 하얗게 빛나는 고치들이 출렁이며 춤을 추었다. 이윽고 그것들은 제각기 흩어지기 시작했다. 그림자는 소리 없는 군단처럼 몇 개의 무리로 갈려 조용히 뒤를 따랐다. 그리고 건물 사이로, 완전히 사라져버렸다. 마치 섬뜩한 환영이었던 것처럼.

긴장이 풀린 나는 그대로 바닥에 주저앉았다. 어둡고 덩그런 거리에 불길한 제의의 중얼거림이 잔향같이 남아 떠도는 것 같았다. G가 한 말이 떠올랐다.

"우리는 그들과 거래하고 있어……."

나는 욕지기를 느꼈고, 먹은 것을 모조리 토했다. 쏟아진 희멀건 위액에서 시큼한 악취가 피어올랐다.

망연히 바라본 벽 너머 빌딩 사이로 몇 개의 그림자가 남아 서성이는 것이 보였다. 그들은 나를 보는 것 같았다. 무슨 신기한 짐승이라도 보듯이. 그러다 이내 어둠에 녹아들었다. 나는 눈을 들어 그들이 사라진 건물을 보았다. 밝혀진 창으로 불길한 그림자가 어른거렸다.

침대에 누워 나는 그림자 같은 뒷모습을 가진 여인을 생각했다. 그리고 깨달았다. 그들이 그곳으로 올 때, 여자는 없었다는 사실을.

그날은 도저히 잠을 이룰 수 없었다.

10

이튿날, G의 안내를 받아 연구실 아래로 몇 층이나 이어진 생산시설을 둘러보았다. 어마어마한 규모의 시설이었다. 피라미드 구조의 특성상 전날 본 위층보다 훨씬 넓은 공간에 거대한 기계들이 가득 들어차 굉음을 쏟아내며 쉴 새 없이 돌아가고 있었다. 기계의 냉각을 위해서인지 거센 냉기가 천장으로부터 쉭쉭 끊임없이 뿜어져 나왔다. 기계마다 작업복을 뒤집어쓴 이가 서너 명씩 붙어 있었다.

"이 사람들이 들어오는 걸 난 보지 못했어."

정말로 나는 보지 못했다.

G는 가만히 나를 보다가 고개를 되돌려 유리 너머를 응시했다. 그리고 말했다.

"이곳에 있는 건 최신식의 설비뿐이야. 믿을 수 있겠어? 밖은 온통 폐허뿐인데 말이지. 저것들을 다루기 위해서는 최소한의 조정만 하면 돼. 저들은 그걸 위해 고용된 자들이지."

그러고는 나직이 웃었다.

"너는 망루 위에서 여기를 굽어보며 모든 걸 지켜보고, 모든 걸 알고 있다고 생각했겠지. 하지만 그렇지 않아. 너도 그들도 이곳에 대해서는 아무것도 몰라."

나는 천장에 깔린 기계와 호스로 연결된 튜브 같은 작업복을 입고 기기를 조작하는 그들을 바라보았다. 철저히 프로그램된 대로만 움직이는 양 소모적인 움직임이 일절 없는 그 동작은, 그들 앞에서 돌아가는 기계의 움직임보다 더 기계적이고 활기가 없어 보였다.

공정의 마지막에 해당되는 기계로부터 작은 은색 판이 후드득 떨어져 아래에 놓인 커다란 철제 상자에 담기고 있었다. 두 명의 작업원이 아무 감상도 느끼지 못하는 것처럼 아무 움직임 없이 그것을 바라보다가, 이윽고 느릿느릿 상자를 밀며 어딘가로 향했다. 무게가 버거운 듯 작은 바퀴가 끼익끼익 소리를 내며 울어댔다.

별안간 전날의 허망감이 다시 찾아드는 것을 느꼈다. 나는 화가 치밀었다.

"이것 때문에 정부나 군이나 그렇게 요란했던 건가? 겨우 이것 때문에 그 난리를 피우면서 이 요란한 건물을 지어 올리고?"

"그럴 만한 가치가 있으니까."

그는 시선을 돌리지 않고 대꾸했다.

"가치라고? 이걸 지키려고 얼마나 많은 군인들이 죽었는지 알아? 가치 있다고? 네가 치료제를 만드는 게? 웃기지 마. 나는 알아. 그게 새빨간 거짓이라는 걸 안다고!"

그제야 그는 나를 돌아보았지만, 얼굴에는 어떠한 감정도 떠올라 있지 않았다. 얼핏 희미한 혐오가 그 얼굴에 비끼는 것이 보였다. 돌연 구토감이 일었다. 나는 허리를 숙여 헛구역질을 했다. 그러다 고개를 들자, 나를 향해 있던 두 남자의 무심한 시선이 벽 너머로 천천히 옮겨졌다.

"……무슨 속셈이지? 거래는 또 뭐고? 영문을 모르겠군. 네 말대로 저 폐허를 봐. 왜 이런 게 여기 있어야 하는 거지? 이 우스꽝스러운 게 다 뭐야? 너는 이 모든 게 다 거짓말 같다는 생각이 든 적 없어? 대체 네가 무슨 치료제를 만든다고? 시체들의 치료약? 그딴 허풍을 늘어놓으면 내가 놀라기라도 할 줄 알았나? 무슨 수로 그들을 속인 거지? 난 널 알아. 넌 그녀의 남편도 아니고, 세상을 구할 사람은 더더욱 아니지. 넌 그저…… 실패한 시계공일 뿐이야!"

나는 마지막 말을 내뱉은 것을 후회했다. 나 자신에게 하는 말 같았기 때문이다. 그의 얼굴이 전날 본 것처럼 일그러졌다. 검은 양복을 입은 남자는 우리를 외면했다. G는 그런 그를 한 번 돌아보고는 승강기로 걸어가며 말했다.

"올라가서 얘기하지."

"우선 네가 알아야 할 게 있어. 아니, 너도 이미 알고 있을 테지."

차갑게 식은 집무실 탁자에 앉아, 부서진 투광(透光)을 늘어뜨린 유리 조각에 시선을 못 박은 채 그가 말했다.

"그게 뭐지?"

"애초에 내게는 이 건물을 지을 만한 능력이 없었어."

"임대를 말하는 거야? 그게 네가 말한 거래인가?"

"그들이 몰살되기 직전이었지."

"시체들 말이로군."

"너도 그 일을 떠맡은 이들 중 하나였지."

나는 대꾸하지 않았다.

"정부는 두려워하고 있었어. 그대로 끝나는 걸 말이야. 이 사태가 머잖아 되풀이되는 건 아닐까 두려워했지. 그렇게 되면 그때야말로 나라가 완전히 붕괴되고 말 테니까. 정부는 여전히 두려워하고 있어. 다른 나라들도 마찬가지지. 국외로부터 소식이 완전히 끊긴 탓에 확실히 알려진 건 없지만 말이야. 그대로 무너져 시체들의 땅으로 전락한 나라도 있을 테고, 우리처럼 운 좋게 병세가 약해진 나라도 있을 테지. 어쩌면 처음부터 비교적 영향이 덜한 나라도 있을지 모르고.

하지만 죽음과 혼란을 눈앞에 두고 있다는 점은 같아. 먼저 죽느냐 나중에 죽느냐의 차이일 뿐이지. 그래서 살아남은 국가들은 철저한 통제 속에 침묵을 지키고 있는 거야. 지옥으로 변한 다른 나라들의 갈구를 못 들은 체하고서 말이야. 그럴 여유도 없을뿐더러, 외부로부터의 바이러스 유입을 극도로 두려워하고 있으니까. 그들은 죽기 싫어서 죽은 체하고 있는 셈이야. 우리 모두가 그랬던 것처럼 말이야. 국제연합마저 현재의 상황을 외면하고 있어. 사실 연합이 그대로 유지되고 있는지도 의문이지. 몸체인 강대국들이 살아남았는지조차 의문이고. 아마 정부는 어느 정도 알고 있겠지만……

바이러스의 정체 규명은 물론이고 백신이나 치료제의 개발이 이루어지지 않는 이상 시체를 소각하는 것 외에 다른 대응책은 없어 보였어. 분명한 것은 하나도 없었지. 그렇지만 틀림없다고 짐작되는 것은 하나 있었어. 행여 살아남았을지 모를, 침묵을 지키고 있을지 모를 다른 국가들이 바이러스를 연구하고 있으리라는 사실 말이야. 그것에 진척이 있든 없든 말이지. 그러다 결국에는 누군가가 성공할 테고……. 그러면 어떻게 되겠어? 그래, 당연한 결말로 맺음이 될 거야. 병이 퇴치되어 정세가 안정되면 자연히 서열이 뒤바뀔 테지. 카드 패를 섞듯 완전히 재배열되는 거야. 그게 누가 되든 간에, 반드시 그것을 무기로 삼을 테니까. 그리고 만약에 우리가 그것에 성공한다면…… 아직도 괴병에 신음하는 다른 나라들 위에 우리가 서게 되겠지. 정부는 그렇게 되기를 간절히 원했어. 여느 나라들과 마찬가지로 말이야.

하지만 불가능했어. 그들에게는 그럴 능력이 없었지. 더구나 수도까지 시체들로 뒤덮인 마당에 그런 국가적 야망이 일차적인 생존의 욕구를 비집고 올라올 틈은 없었어. 그들은 시체들을 끔찍이도 두려워했고, 당시에는 그저 눈앞에서 시체들을 완전히 없애버리기만을 바랄 뿐이었어. 적어도 눈에 보이는 시체들만이라도 완벽히 몰살함으로써 안심하고 싶었던 거야. 그리고 마침내 그 순간이 다가왔지. 수도가 불로 뒤덮이던 그날……."

"그런데 정부가 갑자기 생각을 바꿨다는 건가?"

그는 모형에 가 있던 시선을 들어 나를 보았다.

"그래, 맞아."

"어째서?"

"내가 그들에게 제안했으니까."

나는 가만히 그의 얼굴을 쳐다보았다.

"물론 넌 이해하지 못하겠지. 하지만 난 증명할 수 있었어. 그리고 그들은 나를 믿었지."

나는 뭐라 말하고 싶은 것을 꾹 참았다.

"그들은 내 요구에 망설였어. 당시의 정부로서는 힘에 부친 규모의 프로젝트였을 거야. 잘만 된다면야 절호의 기회를 거머쥐게 될 게 틀림없었지만, 출혈을 무릅쓰고 지원했다가 실패하기라도 하면 엄청난 타격을 입고 말 테니까. 위정자로서의 생명이 걸렸다 할 수 있는 상황에서 그런 후폭풍의 위험을 감히 무시할 수가 없었던 거지.

　그들은 안전한 길을 선택하기로 한 듯했어. 내 요구를 모두 들어
줄 수는 없다고 하더군. 그래서 그들과 거래를 하기로 한 거야. 우
리가 요구하는 시설과 그 운영에 필요한 최소한의 지원만 해준다면
그 외에는 우리가 알아서 하겠다고 말이야. 아마 당시의 정부는 그
마저도 힘겨운 상태였을 거야. 그래도 그 정도라면 감내할 수 있다
고 생각한 모양이었어. 아무 시도도 않은 채 가만히 뒷짐 지고 지
켜볼 수만도 없는 상황이었으니까. 결국 그들은 내 제안을 받아들
였어. 우리의 요구대로 이걸 지어주었지. 복구가 한창인 민간에 쓰
일 것들을 줄여가면서까지 말이야. 아마 너도 다른 이들도 다르게
생각할 테지만…… 그 외에는 일절 어떠한 지원도 없었어. 시체의
연구 단계부터는 오로지 내 몫이었지. 그들의 투자에 나는 약속한
결과물을 내놓기만 하면 되는 거야."

　"그 결과물이 치료제라는 거군."

　그는 피곤한지 나른한 얼굴을 했다.

　"이해가 안 가는데. 대체 네가 무슨 수로 그럴 수 있단 말이지?
무슨 자격으로?"

　"나는 그럴 자격이 충분해."

　그는 잠시 내 시선을 맞받다가, 손으로 머리를 쓸어 넘기고서 말
했다.

　"그들에게 물렸으니까."

　그는 셔츠의 단추를 풀어 자신의 어깨를 보여주었다. 나는 헉 숨
을 삼켰다. 어깨에 시커멓게 썩어들다 그대로 얼어붙은 것 같은 섬

뜩한 모양의 이빨 자국이 나 있었다. 그것은 괴사해 너덜너덜해진 상처와 상처 사이를 비닐 튜브 같은 것으로 꿰매어 얼기설기 이어 붙이고 고정시켜놓은, 소름끼치는 모양을 하고 있었다.

"축역대에 있을 때 물렸지."

"복귀 시에 검신을 했을 텐데."

"시체들의 피로 상처를 감추고 겨우 둘러댔어."

한동안 말을 이을 수 없었다.

"무슨 생각 하는지 알아. 상처에다 그들의 피를 바르다니 정신 나 간 짓이라고 생각하겠지. 하지만 그러지 않았다면 즉시 소각됐을 거야."

그는 셔츠를 끌어 올리고 단추를 잠갔다.

"온갖 핑계를 대며 필사적으로 상처를 숨겨왔지만 매일이 고통 스럽더군. 매일 밤 잠드는 게 두려웠어. 잠에서 깨어났을 때 시체가 되어 있는 건 아닐까, 나도 모르는 새 혐오스러운 본능에 지배돼 옆 에서 자는 동료의 살을 탐하게 되는 건 아닐까 하고 말이야. 너는 그 고통을 모를 거야. 아니, 아무도 알지 못하겠지. 그것에 시달리 던 이들 모두 시체가 되었을 테니까."

"무슨 수로 '변패'를 피했지?"

"그건 나도 몰라."

"모른다고?"

"처음에는 그저 병의 진행이 늦는다고만 생각했어. 병세에는 개 인차가 있는 것 같았으니까. 내가 직접 목격한 바도 있고. 남부 지 방의 도시로 작전을 나갔을 때 본 적이 있어. 아이와 엄마였지. 그 아이는 시체의 모습을 하고 있었어. 아주 작은 아이였지. 아직 병이 그리 진행되지 않은 듯 보이는 엄마는 온몸이 뜯긴 상처에다 피투성이더군. 상처마다 뼈가 보일 지경이었어. 그녀는 정신도 아직 온전한 상태인 듯했어. 자신의 살을 게걸스레 물어뜯는 아이를 품에 안은 채 그녀는 울부짖었지. 자기를 먼저 죽여달라고. 아이가 죽는 모습을 보고 싶지 않다고. 나는 그녀의 머리에다 총구를 대고 방아쇠를 당겼어. 머리는 산산조각이 났고, 아이는 피로 뒤덮였지. 그 모습이 마치 부서진 성상(聖像) 같았어…….

우리는 아이에게 총탄을 퍼부었어. 시체가 된 아이의 비명을 들은 적 있어? 아마 없을 테지. 너는 이미 형체조차 알 수 없게 된 그들의 살과 뼈를 불태웠을 뿐이니까. 아이의 비명은 살아 있는 아이의 비명과 똑같았어. 아직 어떠한 고통도 감내해보지 못한 지극히 짧은 생의 주인이 내는, 순전한 고통의 절규였지."

"그만해. 내가 듣고 싶은 건 그런 게 아니야."

"……그렇겠지. 그래, 나는 병의 진행이 늦는 게 아니었어. 나는 결국 변하지 않았지. 상처의 괴사가 무언가에 저지된 것같이 갑자기 멈춰버리더군. 며칠간 열이 좀 있기는 했지만 딱히 이상 징후라 할 것도 없었어. 나는 멀쩡했어. 이유는 몰라. 내게 특수한 항체가 생겼는지도 모른다고만 생각했지. 단순히 캐리어일지도 몰랐지만……."

불현듯 무언가 떠오른 것처럼 그는 허공을 응시하며 말이 없었다. 그러다 잠시 뒤 그는 정신을 차리고 말을 잇기 시작했다. 그러나 여전히 그 생각으로부터 완전히 벗어나지는 못한 것 같았다.

"이걸 그들에게 보여줬지. 그리고 제안했어. 나 자신을 연구 대상으로 삼겠다고 말이야."

"정부가 그걸 받아들였단 말인가?"

"그들 입장에서는 손해 볼 게 없었겠지. 비용 외에는 말이야. 밑져야 본전이라고 생각했을걸. 물론 그들이 가진 기대라는 게 그 정도로 미약한 가능성에만 기댄 수준은 아니었을 거야. 내 상처를 보고 일말의 확신 같은 걸 가졌을지도 모르는 일이지. 그 정도로 내 케이스는 유례가 없는 것이었으니까."

"무얼 위해서지?"

"뭐라고?"

내가 무언가를 건드린 것처럼 그는 깜짝 놀라 되물었다.

"무얼 위해서 자청하고 나선 거냐고. 네 허황된 말을 다 믿으라는 거야? 꼭 우발적으로 이 일을 시작한 것처럼 얘기하는군. 하지만 난 알아. 넌 이 일에 나서기 훨씬 전부터 그녀의 남편 행세를 하고 있었어."

그는 입을 악다물었다. 홀쭉한 볼에 힘줄이 곤두서는 게 보였다.

"내가 틀렸나? 솔직히 네가 이런 일에 나섰다는 것 자체가 의문스럽군. 속죄라고? 신이라도 되고 싶은 건가? 운명적으로 선택된 네가 인류를 위해 발 벗고 나섰다고 얘기하고 싶은 거야? 아니, 그렇지 않아. 네가 말했듯이 차라리 너는 도망치기를 원하는 부류지, 안 그래? 무슨 속셈이지? 치료제인가 뭔가가 진짜로 있기는 한 거야? 이렇게 해서라도 권력에 빌붙고 싶은 건가? 그래, 그래서 넌 그녀의 남편 행세를 한 거로군. 군인의 신분이었다면 단지 그들의 연구를 위한 제물이 되는 데 불과했을 테니까. 너는 네 손으로 야망을 이루고 싶었던 거야. 그래서 너는 네……."

"아니야!"

그는 내 말을 거칠게 끊으며 부정했다.

"아냐, 그런 게 아니야!"

그의 두 눈에서 또다시 광기와 착란이 엿보였다. 그런 그를 나는 조용히 지켜보았다. 그는 두 손을 모으고 생각에 잠겼다가 이윽고 한결 차분해진 어조로 말했다.

"밖에서는 그들에 대해 얼마나 알고 있지?"

"그들? 시체들 말인가?"

그는 고개를 끄덕였다.

"네가…… 아니, 정부가 이 건물을 지은 후로 그들의 행동 패턴에 변화가 생겼다는 정도만 알고 있지. 우리가 아는 건 그 정도야. 구체적으로 아는 건 없어."

그는 자리에서 일어나 전날처럼 유리벽으로 갔다. 그리고 가만히 서 있었다. 그는 한참이나 말이 없었다.

나도 일어나 벽 앞으로 다가섰다. 유리 너머로, 또 다른 유리로 뒤덮인 건물들이 늘어서 있는 것이 보였다. 그것들은 거울처럼 서로를 비추어 끝없이 계속되는 작은 상을 자신의 내부에 새겨 넣고 있었다. 모든 것이 멈춰 있는 채로 서로를 빨아들여 끝없는 미로로 빠져들듯이.

고개를 돌려 G를 보니 그는 밖을 보고 있지 않았다. 그는 자기가 만든 시계를 들여다보고 있었다. 그는 시계를 도로 주머니에 집어

넣었다.

"그들이 어떻게 살아가는지 너는 모를 거야."

"그들이 살아간다……."

그때 나는 무언가를 알 것 같았다. 불 켜진 건물들.

"설마 네가 저곳에……."

그는 말없이 거리를 바라보았다. 그러다 나직이 말했다.

"약은 이미 개발됐어."

"치료제를…… 개발했다고?"

"엄밀히 말해 아직 치료제라 할 수는 없어. 하지만 약은 진짜야."

나는 담배 연기 자욱한 방에 있던 남자들을 떠올렸다. 그리고 그
들이 원하던 것도.

"자세히 말해봐."

그는 고개를 돌려 내 얼굴을 쳐다보았다. 내가 외면하자, 그는 다
시 밖으로 시선을 던지고는 말하기 시작했다.

"너도 바이러스에 대해서는 들었겠지. 여러 가지 치명적인 바이
러스가 결합된 것이 시체 바이러스라는 얘기 말이야. 하지만 실상
은 그렇지가 않아. 그렇게 간단한 문제가 아니지. 처음에는 정말로
내 몸에 항체가 생긴 줄로만 알았어. 초기의 연구도 그런 방향으로
진행됐고. 거리에서 시체 몇을 데려다 실험을 했지. 맞아, 그걸 위해
서 이걸 여기에 지어야 했던 거야. 샘플 채취가 용이하도록 말이지.
그런데 결과는 우리의 예상을 벗어난 것이었어. 네 말대로 내 몸에
항체 따위는 없었어. 우리는 처음부터 잘못 생각하고 있었던 거야.
문제는 그 바이러스가 아니었어. 그런 바이러스가 존재하는 건 사

실이지만, 그건 그냥 미끼였어."

"미끼라고?"

"내 몸은 항체는커녕 바이러스와 아무 관련도 없었어. 게다가 우리가 발견한 바이러스는 두 종류였지. 아주 미묘한 차이였지만, 둘은 분명 달랐어. 당국은 그런 사실을 모르고 있을 거야. 우리처럼 연구하지 못했을 테고, 앞으로도 그러지 못할 테니까. 우리는 의심하기 시작했어. 어쩌면 시체가 되는 병을 일으키는 게 두 바이러스 중 하나뿐인 건 아닐까 하고 말이야. 그렇다면 그들이 끝내 답을 구하지 못한 것도 당연한 일일 테지.

우리는 이 형제 바이러스를 분류해 편의상 처음 것을 '에그(egg)'라 부르고, 나중 것을 '피시(fish)'라고 불렀어. 에그가 기존에 시체 바이러스로 알려진 것이었지. 우리는 나중 것이 의심스러웠어. 사실상 에그는 우리 몸에 심각한 변화를 일으키거나 영향을 미치는 것 같지 않았으니까. 에그에 감염된 이는 보균자에 불과할 뿐이야. 시체에 대한 다양한 임상 실험 없이 단순히 바이러스를 배양해 관찰하는 과정에서 에그만이 목격되었기에 병의 원인처럼 보였던 것뿐이지. 문제는 두 바이러스 간의 형질 변환이 어떻게 이루어지는가가 쉽사리 규명되지 않는다는 점이었어. 두 바이러스는 비슷했고 분명 관련이 있어 보였지만, 완전히 다른 것이기도 했으니까. 그 간극을 메우는 데는 아주 오랜 시간이 걸렸어. '박테리오파지'라고 들어봤나?"

나는 그런 이름의 세균을 잡아먹는 바이러스가 있다는 이야기를, 아직 시체가 되는 병의 실체나 방책에 대한 불확실하지만 열띤 의견이 오가던 때에 얼핏 들은 적이 있는 것 같다고 말했다.

"정확히는 세균을 숙주로 삼는 바이러스지. 그중 T4라 불리는 독성 박테리오파지가 그런 일을 하는 것으로 알려져 있고. 계대배양을 통한 오랜 연구 끝에 우리가 발견한 게 바로 그거였어. 우연이었지. 아니, 어쩌면 우연이 아니었을지도 몰라. 그때 발견하지 못했다면 우리는 아직도 같은 지점만 헤매고 있었을 게 분명해.

그런데 우리가 발견한 박테리오파지는 기존의 것과는 전혀 다른 것이었어. 그건 세균을 공격하는 바이러스가 아니었으니까. 자신과 같은 바이러스를 먹이로 삼았지. 바로 에그를 말이야…… 이 변종 독성 파지가 어떻게 생겨나는지는 여전히 의문이야. 아마 스스로 생겨나는 것 같아. 에그가 우리 몸에 들어오면 그중 일부가 세포에 침투해 자신을 복제하는 대신 일종의 돌연변이라 할 수 있는 파괴적 성향의 바이러스, V4를 만들어내는 거지. 이 V4가 바로 에그와 피시의 연결고리였어. V4는 자신의 어미라 할 수 있는 에그에 침투하더군. 그러곤 자기 DNA를 거기다 주입하는 거였어."

"에그가 피시가 되는 거군."

"그래, 맞아. 그렇게 변이를 일으켜서 피시가 된 바이러스는 우리 유전자에 침투해 자신을 복제하며 기하급수적으로 늘어가지. 순식간에 우리 몸을 점령하는 거야."

"그러면 우리는 시체가 되는 거고……"

"V4와 피시의 존재를 확인함으로써 어째서 시체 바이러스가 인간 이외의 동물에게는 아무런 영향도 미치지 못하는지, 종간장벽만으로는 설명할 수 없었던 이유가 비로소 설명이 되더군. 에그나

V4, 피시…… 이 일련의 감염과 변이와 증식의 과정은 부러 인간에 꼭 맞춘 것처럼, 오직 인간의 내부에서만 일어나게끔 돼 있었던 거야. 사람 이외에는 관심도 없고 관련도 없다는 듯이. 마치 처음부터 그렇게 만들어진 양, 인간을 벌하기 위해서 만들어진 양 말이야…….

사실 여기까지 밝혀낸 것만 해도 괄목할 만한 업적이라 할 수 있었지. 하지만 그것만으로는 부족했어. 문을 꽁꽁 걸어 닫은 채 침묵하는 다른 생존한 나라들이 과연 이런 비밀 하나 아직 밝혀내지 못한 걸까? 아니, 그렇지는 않을 거야. 우리는 그들의 상황에 대해 아는 게 아무것도 없어. 다만, 그들이 아직까지도 잠자코 있는 걸 보면 치료제를 개발하는 단계까지는 도달하지 못한 게 분명해. 어쩌면 아직 갈피도 잡지 못했는지 모르지. 우리의 성과는 분명 고무적인 것이었어. 그렇지만 정부가 내게 원하는 게 겨우 그 정도는 아니었을 테지. 우리는 반드시 치료제를 개발해야만 했어."

"그들이 기한을 정한 건가?"

그 말에 G의 얼굴이 어두워졌다.

"네 말이 맞는다면…… 네 몸은 어찌 된 영문이지?"

그는 새삼 처음으로 그에 대해 고민하는 것처럼 얼마간 골똘히 생각에 잠겼다가 말했다.

"우리도 그게 의문이었어. 아까 말했듯이 내게 항체 같은 건 없었어. 열쇠는 내 유전자에 있었지. 피시는 레트로바이러스처럼 역전사로 자신을 복제하는 바이러스야. 세포 내에서 자신의 RNA를 전사해 DNA를 복제해내지. 그런데 내 유전자가 이 과정에 강력한 제

동을 걸더군. 역전사효소가 DNA를 만들어낼 때 가짜 염기를 주입하는 거였어. 그렇게 하기로 되어 있었다는 듯이 말이야. 그렇게 만들어진 비정상적인 DNA는 바이러스로서의 제 기능을 못 하게 돼. 그러면 변패가 멈추는 거고."

"그렇다면……."

"초기에 고안한 치료법은 단순한 것이었어. 내 골수에서 추출한 줄기세포를 배양해 실험체에 직접 주사하는 방식이었지. 하지만 실험은 실패였어. 실패의 연속이었지. 변패를 일시적으로 지연시키는 데는 어느 정도 효과가 있었지만, 그뿐이었어. 우리는 연구를 계속했어. 필사적이었지. 진전이 있기는 하더군. 지연 효과가 날로 강화되었으니까. 그렇지만 그 상태로는 지연제일 뿐 결코 치료제라 할 수 없었어. 그들을 원래대로, 살아 있는 인간의 상태로 돌릴 수는 없었으니까. 완벽한 치료제의 개발은 여전히 난항이야. 아마 영원히 불가능할지도 모르지. 엄밀한 의미로 이걸 치료제라 할 수 없다고 한 것도 그 때문이야."

"그렇다 해도 대단하군. 적어도 병의 진행은 막을 수 있다는 얘기잖아?"

그의 말이 사실이라면 그야말로 놀라운 일일 터였다. 이 지긋지긋한 불안의 세계를 종결시킬 약이라니. 한데, 그렇다면 대관절 무엇이 문제라는 말인가? 또 치료제의 개발에 성공했다는 사실을 숨기는 것은 어째서일까? 뒤이은 그의 말은 충격적인 것이었다.

"그뿐만이 아니야. 우리는 실험 대상에게서 놀라운 변화를 목격했어."

거리에 늘어선 황폐한 건물들을 보며 그가 말했다.

"지연이 길어질수록 그들이 점차 사고 능력을 되찾아가더군. 비록 유아적인 수준에 불과했지만 그들은 분명 살아 있는 사람들처럼 생각하기 시작했어."

"그들이 생각을 할 줄 안다고?"

문득 공장에서 일하던 자들이 뇌리에 떠올랐다. 그들의 온몸을 가린 복장과 부자연스러운 움직임. 건물에 가득한 썩은 내. 그리고 불이 밝혀진 거리……

나는 다시 비위가 뒤집히는 것을 느꼈다. 그는 내 쪽으로 비스듬히 몸을 틀고 유리 너머 세계와 내 얼굴을 번갈아 보면서 말을 이었다.

"정부가 원하는 결과물은 아니겠지. 그들이 원하는 건 완벽한 치료제와 백신이지 저 불쾌한 존재들이 생각을 하고 말을 하는 게 아니야. 결코 아닐 테지……. 그들이 모르느냐고? 알면 당장에 여기를 없애려 들겠지. 우리는 그들이 원하는 치료제를 개발하기 전까지 모든 사실을 함구하기로 했어. 어차피 이 성과가 치료제의 개발로 이어지는 건 시간문제라고 생각했으니까. 지금 생각하면 순진할 정도로 막연한 기대에 불과했지만 말이야.

우리는 이곳의 모두를 실험 대상으로 삼기로 했어. 임상 시험을 위해서는 더 많은 표본이 필요했으니까. 약을 대량 생산해 거리의 모두에게 복용시켰지. 그러기 위해서 경구용의 작은 알약 형태로 치료제를 가공했어. 네가 공장에서 본 그 약 말이야. 하지만 그것 자체가 진짜 약은 아니야. 약이 든 주사기일 뿐. 그것을 음식물과 함께 복용하면 위벽에다 갈고리를 걸어 혈관을 통해 약물을 주입하게 만들었지. 그들에게 투약하려면 그 방법밖에 없었거든. 우리는 숨죽인 채 경과를 지켜봤어. 그리고 일어난 변화는…… 정말이지 놀라웠어. 그들이…… 삶을 시작한 거야!"

자신이 이룬 성과에 대한 자부심으로 흥분한 듯 그는 열을 띠었다. 그러나 이내 뒤따른 무언가가 그것을 급격히 냉각하고 무겁게 짓눌러 급기야 어두운 수면 아래 깊숙한 곳으로 가라앉혀버리는 것 같았다. 그는 사뭇 무거운 얼굴이 되어, 다시 벽을 향한 채로 말했다.

"그들의 변화 과정은 인류의 진화 과정과 닮아 있었지. 서로를 공격해 잡아먹던 짐승의 처참한 삶에서 벗어나 도구를 사용하고, 의사소통을 하고, 사회를 이룬 살아 있는 인간의 삶을 흉내 내기 시작한 거야. 얼마 안 가 그들은 자기들만의 문명을 이룩하기 시작했어. 저 버려진 문명의 터전을 비로소 그들이 새로운 주인으로서 차지하는 순간이었지.

게다가 우리가 전혀 생각지 못한 일까지 벌어지고 있었어. 우리뿐 아니라 그 누구도 감히 예상치 못한 일일 거야. 시체들…… 아니 그들의 수가 늘어갔던 거야……."

나는 그 말을 이해할 수 없었다. 내가 알기로 그곳에는 시체들외에는 없었다. 그는 행여 우리가 미처 파악하지 못한 생존자가 있었다고 말하고 싶었던 것일까? 아니, 그럴 리 없었다.

"살아 있는 사람은 없었어. 혹 끝까지 숨어 있던 사람이 몇 있었는지는 모르겠지만……."

그는 고개를 저었다.

"내 말은 그런 뜻이 아니야."

"그러면?"

"그들이 아이를 낳고 있어."

나는 그가 농담을 한다고 생각했다. 도무지 믿을 수 없는 말이었으니까. 썩어 문드러진 그들에게 생식이 가능하다니. 무심코 나는 물었다.

"그들이 시체를 낳는다는 거야?"

그는 입을 굳게 다문 채 열지 않았다. 극심한 고통이 떠올라 내부로부터 그를 서서히 잠식해나가는 듯했다. 그것이 그의 표정에 배어나 얼굴을 어두운 빛으로 물들이고 있었다. 그제야 나는 그의 말이 진실임을 알았다.

"그들이 저들을 본다면 어떨까……. 전처럼 거리낌 없이 죽이고 불태울 수 있을까……."

"그렇다면 보지 않으려 하겠지."

나를 돌아보는 그의 모습이 유리에 비쳐 보였다.

"그러겠지……. 불쾌하게 생각할 게 뻔해. 그리고 그들이 정말로 알게 된다면……. 그래도 우리는 돕고 싶었어. 이제 막 다시 시작된 그들의 삶을, 그들의 문명을 지켜보고, 그것을 일으키는 걸 돕고 싶었어. 그들은 더 이상 우리의 적도 아니고, 암적인 존재도 아니야. 우리는 그들을 도와야 해. 그래…… 그래야만 해……."

나는 마른 뼈다귀들이 박힌 황무지 같은 거리를 바라보았다. 그리고 죽은 자들이 이어가는 삶의 흔적들을 찾으려고 애썼다. 그러나 그곳은 전보다 더 스산하게만 느껴질 뿐이었고, 여전히 죽어 있는 듯이 보일 따름이었다. 나는 유리에 비친 그를 보았다. 그는 바깥의 무언가를 응시하고 있었다. 그는 무엇을 찾는 것일까. 자신이 찾아준 삶을 사는 죽어 있는 이들을 보며 그는 무슨 생각을 하는 것일까…….

나는 줄곧 궁금했으나 두려워서 하지 못했던 질문을 꺼냈다.

"고치 안에 들어 있는 게 뭐지?"

얼굴을 일그러뜨린 채 그는 말이 없었다. 그의 무언은, 결코 내 막연한 짐작을 부정하는 것이 아니었다. 이윽고 그가 무겁게 입을 열었다.

"그것만은 어쩔 수가 없었어. 아마 그들 존재의 본질적인 문제인지도 모르지. 변패는 막을 수 있었지만…… 식욕만은 어쩔 수가 없더군."

섬뜩한 상상에 불과하던 것이 무서운 현실로 다가오는 순간이었다. 혐오스러운 진실.

"그게…… 그게 네가 말한 속죄란 말인가?"

그의 얼굴이 더욱 고통스럽게 변해갔다. 그는 유리벽에 손을 얹고 경련을 일으키듯 허리를 꿈틀대며 몸을 굽혔다. 거칠게 쇄도하여 일거에 그를 차지하려 드는 모종의 파괴적인 감정을 그는 안간힘을 써가며 억누르려는 것처럼 보였다.

"……니야 ……내 것이 ……아니…… 거야……."

그는 금방이라도 무너질 것 같았다.

"사람을 불러야겠어."

그렇게 말하고 밖으로 뛰어나가려는 순간, G가 내 팔을 잡았다. 몸이 굽고 뒤틀린 그가 광기와 고통과 슬픔이 뒤섞인 눈으로 나를 보고 있었다.

"모두 보여주지. 네게 모두 보여주겠어. 모두……."

우리는 승강기에 올랐고, 내려서 복도를 지났다. 그리고 또 승강기를 탔고, 다시 내려 복도를 지났다. 그렇게 우리는 수직으로, 그리고 빙글빙글 회전하면서 아래를 향해 끝도 없이 내려갔다. 목적지는 피라미드의 지상 최하층이거나 아니면 그보다 더 아래인 것 같았다.

마지막 복도 끝에 굳게 닫힌 커다란 문이 보였다.

그곳에서 느껴지는 악취는 피라미드에 들어온 이래 제일 심한 것이었다. 호흡기를 타고 온몸으로 스며드는 불결한 기운에 숨조차 제대로 쉴 수 없었다. 극심한 육체적 불쾌감과 문 너머에서 비어져나오는 둔탁한 고통의 소리가 일깨운 막연한 두려움이 뒤엉켜 정신을 혼란스럽게 만들었다. 나는 주춤대며 문 앞으로 나아갔다. G와 양복 입은 남자는 굳은 얼굴을 한 채 말없이 성큼성큼 문으로 향했다. 그러나 뒤처진 나를 간간이 뒤돌아보는 남자의 걸음에는 우려의 머뭇거림이 존재하는 듯했다.

그들을 따라 문으로 다가갈수록 마음속에서 불길함과 불편함이 점점 짙어졌고, 극도로 두려워졌다. 차라리 도망치고 싶은 생각이 들었다. 하지만 도망칠 곳은 없었고, 도망칠 수도 없었다.

닫혀 있는 거대한 문 앞에 다다르자 비릿한 쇠 냄새와 축축한 열기에 뒤섞인 강렬한 악취가 훅 풍겼다. 그 냄새는 건강한 생물들에게 근원적인 혐오감을 불러일으키는, 그야말로 죽어가는 것들이 풍기는 부패의 냄새 그 자체였다. 문 너머에서 흘러나오는 열기에 가로막혀 안으로 파고들지 못한 냉기가 그대로 결빙되어 서릿발로 틈새에 엉겨 있었다.

잠금장치가 풀리고 둔중한 소리와 함께 문이 열렸다. 짧은 복도 끝을 같은 모양의 문이 가로막고 있었다. 그 너머로 또 하나의 문이 있었다. 문을 하나씩 통과할 때마다 냄새와 열기가 더욱 강해졌다. 육체와 정신 모두를 휘감는 끈끈한 불쾌감이 만든 질척한 흐름에 휩쓸려 제대로 걷기가 힘들었다. 비틀대는 나를 양복 입은 남자가 부축해주었다. G는 여전히 차갑게 굳은 얼굴로, 이제 곧 나타날 무언가를 직시하려는 듯 철문 너머 전방만을 뚫어져라 주시하고 있었다. 흉터가 다시금 꿈틀대며 그의 얼굴을 잔인하고 무시무시한 무언가로 탈바꿈시켰다.

마지막 문이 열렸다. 그리고 그곳의 모든 것이 시야에 들어왔다.

나는 쓰러졌고, 구토했으며, 비명을 질렀다.

온통 붉었다. 커다란 기둥과 톱니바퀴. 비명과 신음. 그리고 악취.

거대한 공사 현장과도 같고 무너진 폐허로부터 시작된 공간과도 같은 그곳은 끔찍한 열기와 더러운 공기로 가득했다. 끈적끈적하고 후텁지근한, 불쾌한 대기. 끝없이 쏟아지다 무력하게 흩어지는 냉기. 길고 아득하게 이어지는 무시무시한 굉음. 신음하듯 돌아가는 톱니바퀴와 기둥. 거대한 기계의 운행. 끊임없이 이어지는 통곡에 가까운 비명. 꼬물대며 움직이는 벌레 같은 존재들. 벌레에 불과한 존재들. 살아 있는지 죽어 있는지 모를 주검들. 검은 빛을 띤 피의 웅덩이. 그것으로 얼룩진 하얀 고치…….

고치 안에 든 것은 그녀였다.

지옥의 집행소와 같은 그 가공할 고통과 광란이 뒤끓는 절망의 공간에서, 오직 그녀만이 얼어붙은 듯 창백하며 아름다운 얼굴로 하얀 껍질에 뒤덮여갔다. 그리고 마침내 검은 존재들에게 들리어, 지저분한 죽음과 추악한 욕구에 에워싸인 채 어둠 속 깊숙한 곳으로 사라져갔다.

나는 그녀를 구할 수 없었다. 구할 수가 없었다. 나는 숨을 쉴 수 없었다. 소리를 지르다가 울었다. 미친 듯이 울부짖으며 발버둥을 쳤다.

차갑고 부드러운 무언가가 얼굴에 닿았다.

"괜찮은가?"

익숙하고도 낯선 목소리였다. 나를 내려다보는 G의 희미한 모습이 보였다. 뒤이어 내 방의 낯선 천장도 눈에 들어왔다.

"건강이 좋지 않다는 얘기는 들었지만……."

말소리가 파편처럼 흩어졌다. 꿈인지 현실인지 분간이 가지 않았다. 꿈도 현실도 하나같이 끔찍하고 비참하다고 생각했다. 꿈과 현실 그 어느 것도 위안이 되지 못한다면 그것이야말로 지옥이 아닐까. 나는 둘 모두를 믿고 싶지 않았다.

간신히 몸을 일으켜 침대에 걸터앉았다. 속이 뒤집어지는 것 같왔다. 토하면 조금 나을 것 같았지만 배 속에 든 것이 없었다. 시큼하고 역한 느낌이 목과 코를 타고 올라왔다. 머리가 아찔하고 눈물이 솟았다.

"그냥 누워서 쉬어."

그가 말했다.

"말하지 않아도 돼. 네가 어떻게 생각할지 알고 있으니까."

그는 나를 한동안 내려다보았다. 유리벽 안으로 떨어지는 하얀 달빛이 그의 몸 한쪽 윤곽을 어슴푸레 비추었다. 그는 움직임이 없었다.

"식사를 안 했나 보더군. 입맛이 없더라도 먹는 게 좋아."

그는 어스름한 형체를 이끌어 벽의 맞은편, 문이 있는 곳으로 향했다. 달빛이 차츰 거두어지고 어둠이 드리워져 그의 몸을 다리부터 차례로 검게 휘감았다.

"내일 모두 모여 점심 식사를 하기로 했어. 너도 오도록 해."

열린 문으로 들어와 단단한 삼각형을 이룬 노란 빛 속에서 그의 모습이 드러났다. 하지만 내 쪽에서 보이는 그의 모습은 빛을 등지고 있어 여전히 검었다. 갑자기 빛의 세모가 작아지기 시작했다. 그것이 없어지기 전에 나는 말했다.

"너는 그들을 이용하고 있을 뿐이야."

빛이 작아지기를 그쳤다.

"뭐라고?"

"그들을 위해서가 아니야. 너를 위해서지."

방 안으로 길게 늘어진 그림자가 꼼짝도 하지 않았다.

"넌 미쳤어. 완전히 미쳤다고! 네가 만든 모든 게 미쳐 있어!"

"그들을 위해서야."

"정말로 그렇게 생각하나?"

"내가 아니었다면 벌써 모조리 죽고 없겠지."

"차라리 죽는 게 나았을 거야."

"네가 보기에는 그렇겠지."

"왜지? 왜 그렇게 해야만 했던 거지?"

한참 후에야 세모진 빛에서 떨리는 목소리가 들려왔다.

"나는 속죄하고 있는 거야……."

"대체 무엇을? 누구에게?"

대답이 없었다.

"그녀도 네가 이용했겠지. 저들과 마찬가지로."

문 옆에 몸을 기댄 검은 형체가 구부러지는 것이 보였다. 늘어진 그림자가 기묘하게 뒤틀리고 있었다. 신음 같은 말소리가 흘러나왔다.

"난 그녀를 이용하지 않았어. 그럴 생각 따위는 없었어. 나는…… 그녀를 사랑해."

"그녀를 어떻게 했지? 네가 죽였나?"

"……너는 그녀를 사랑하지 못해."

"나도 그녀를 사랑했어!"

"아니! 넌 그럴 수 없어!"

그는 흐느끼는 것 같았다. 몸을 기괴하게 비틀며 제 영혼 깊숙이 자리한 비통의 앙금을 쥐어짜내듯이. 그러다 얼마 뒤에 허리를 펴더니, 돌연 다른 사람이라도 된 양 그가 냉담한 어조로 말했다.

"너는 그러지 못해. 절대로."

문이 쾅 소리를 내며 닫히고 어둠이 채워졌다. 유리벽이 부르르 길게 떨리다 서서히 떨림이 그쳐갔다. 문 너머에서 또각또각 구둣발 소리가 나타났다가 곧 사라졌다. 그리고 다시 나타났다. 소리는 멀어져갔다. 그것은 불규칙했고, 끊어졌다가 이어지기를 반복했다. 마치 비틀대며 걷는 것처럼.

나는 어둠 속에 그대로 앉아 있었다. 모든 것이 고요 속에 가라앉기를 기다렸다. 문득 침대 발치의 희끄무레한 무언가가 눈에 들어왔다. 식사가 담긴 쟁반 같았다. 왈칵 욕지기가 일었다. 벽으로 뛰어가 조작반의 뚜껑을 열고 냉방과 탈취를 최고로 올렸다. 그러고는 개수대로 가 구역질을 했다. 아무것도 나오는 것이 없었다.

물을 틀어 입을 헹구고는 방한복을 몇 벌이나 껴입고서 침대에 누웠다. 네모나고 밋밋한 천장이 어둠을 꿰뚫고 들어온 달빛에 희푸르게 물들어 있었다. 지하에서 보았던 장면이 자꾸만 떠올라 몸이 떨렸다. 불을 켜고 싶었지만 두려워서 그러지 못했다. 밖에서 그들이 나를 지켜보고 있을 것만 같았다. 자신들의 피로써 어둠과 두려움이 지워질 그 순간을 기다리고 있을 것만 같았다. 그곳에서 살아 있는 사람은 나뿐이고, 흉측한 눈을 뜬 밖의 저 거대한 괴물들처럼 그것들이 나를 지켜보고 있을 것 같다는 생각이 거듭 들었다.

나는 유리벽 쪽으로 가지 않았다.

11

사흘째 되는 날, 나는 직원용 공동 식당의 커다란 식탁에 앉아 있었다. 식탁에는 나와 G, 검은 양복의 남자, 그리고 그 남자와 똑같이 검은 양복을 입고 검정 선글라스를 낀 남자 스무 명 정도가 둘러앉아 있었다. G는 그들이 그곳에서 일하는 직원들이라고 했다. 하지만 정확히 어떤 일을 하는지는 말해주지 않았다. 나도 더 묻지 않았다. 나는 그와 대화를 나누고 싶은 생각이 없었다. 그저 그들이 G가 치료제의 개발을 위해 데려온 연구원들일 것이라고만 짐작했다.

방에서 먹던 것과 크게 다를 것 없는 음식들이 식탁 위에 차려졌고, 식사가 시작됐다. 그들에게도 딱히 맛있는 식사는 아닌 듯했다. 어쨌든 그들은 열심히 먹었다. 대화는 거의 없었다. 음식물을 씹고, 삼키고, 들이켜는 소리가 텅 비고 서늘한 공간을 메워갈 뿐이었다. 때때로 시답잖은 이야기나 농담이 오가기도 했으나 얼마 안 가 뚝 끊기고 침묵이 이어지기 일쑤였다. 어쩐지 그들이 조심하는 것 같다는 인상을 받았다. 정말로 할 말이 없었던 것뿐인지도 모르지만. 그러다 한 명이 실수로 그릇을 엎어 내용물이 전부 쏟아졌다. 하나 그들은 아무 말도 하지 않고 그것을 그냥 내버려두었다.

"전역하면 뭘 할 생각이지?"

G가 물었다.

"생각해본 적 없는데."

나는 억지로 대답했다.

"우리와 함께 일하는 건 어때?"

나는 말없이, 아무 생각도 하지 않으려고 애쓰면서 숟가락을 입으로 가져갔다. 그러다 내가 내는 소리 외에 다른 모든 소리가 그쳤음을 알게 되었다. 고개를 드니, 그들 모두가 나를 보고 있었다.

"그냥 해보는 소리겠지."

"진심이야."

그가 웃었다. 나는 그 웃음이 역겨웠다.

"여기 있는 친구들 중에도 군 출신이 몇 있어."

좌중을 둘러보았다. 그들도 나를 보는 듯했다. 그러나 선글라스에 가린 시선이 어디를 향해 있는지 알 수 없었다.

"생각해볼게."

내가 대답하자, 그들은 누가 먼저랄 것도 없이 다시 숟가락을 놀려 음식을 먹기 시작했다. 나는 뭔지 모를 불쾌감을 느끼고 숟가락을 내려놓았다.

"음식이 입에 맞지 않나 보군."

G가 알 만하다는 양 말했다.

"그래도 먹다 보면 익숙해질 거야."

"밖에서는 그렇지 않은 것 같던데."

모든 움직임이 정지되고 소리가 사그라졌다. 모두가 손을 멈춘 채 고개를 들어 내 쪽을 보았다. 자못 심각한 기운이 흘렀다.

"무슨 뜻이지?"

나는 대답하고 싶지 않았다. 그러자면 어제의 끔찍한 광경을 떠올리게 될 것 같아서였다. 하지만 그들은 내게 말하기를 종용하고 있었다. 나는 말을 꺼낸 것을 후회했다.

"밤에 그들을 봤어. 그걸 이고 가더군."

열기와 악취가 가득했던 지하 공간이 머릿속에 떠올랐다. 갑자기 심장이 두근거리고 숨이 가빠졌다. 나는 다른 생각으로 그 무시무시한 기억을 지우고자 노력했다. 그러나 그것이 오히려 내 안에서 일어나는 혼란을 부추긴 꼴이 되고 말았다. 금방이라도 발작이 일어날 것 같았다.

G는 숟가락을 내려놓고 입을 닦더니 나를 똑바로 노려보며 말했다. "그런데?"

나는 고개를 떨어뜨리고 두 손으로 머리를 감싸 쥐며 필사적으로 발작을 억눌렀다. 머리가 깨질 듯한 두통이 오고, 속이 울렁거렸다. 식은땀이 물처럼 흘러 탁자 위로 뚝뚝 떨어졌다. 시선을 한곳에 고정시킬 수가 없었다. 의식의 바깥에서 흐르는 정적이 나를 더욱 불쾌하게 만들었다. 그들은 여전히 내 말을 기다리는 것 같았다.

나는 간신히 숨을 고르고서 말을 이었다.

"……다른 이들이 있었어. 아니…… 다른 이들이 아니야. 시체들 같았어. ……그런데 그들은 달랐어……."

"뭐가 달랐지?"

"……그들은 고치에는…… 관심이 없는 것 같았어. 나를 보고 있었어. ……뭔가…… 다른 게 느껴졌어. 그게 뭔지는…… 나도 몰라."

양복 입은 남자가 약병을 가져다주었다. 나는 물도 없이 약을 입에 털어 넣고 삼켰다. 어느 정도 진정이 되자 그제야 G의 표정이 눈에 들어왔다. 그의 얼굴은 그때까지 본 적 없는 두려움과 분노로 가득 차 있었다. 경련을 일으키듯 기다란 흉터가 미세하게 떨렸다.

나는 그 얼굴이 예전에 그가 장인을 죽이겠다고 날뛰던 때의 얼굴과 비슷하다고 생각했다. 그는 그것이 거짓이었다고 했다.

"분노겠지……."

그 말에 나는 깜짝 놀랐다. 일순 그가 내 생각을 읽은 줄 알았기 때문이다.

"언제 그걸 봤지? 수가 많았나?"

하지만 정말로 몰라서 묻는 것 같지는 않았다. 다만 그는 나를 통해서, 인정하고 싶지 않은 무언가를 확인하려는 듯이 보였다.

"그저께였어. 어두워서 잘 보이지 않았어."

그들은 짙은 선글라스 아래 감춰져 표정을 알 수 없는 서로의 얼굴을 쳐다보았다.

"다 먹었으면 일어나지."

직원들 모두 일어나 밖으로 나갔다.

내가 G에게 물었다.

"무슨 일이지?"

그는 자기 앞에 놓인 접시를 한동안 바라보다가 말했다.

"내가 그랬지. 시체들에게도 삶이 있다고……."

"삶? 그걸 삶이라고 하는 건가?"

"신에게서 불을 받은 인간이 치러야 했던 대가가 역경과 고통이었다지."

"……넌 신이 아니야."

그가 일어나 문으로 향했다. 나는 그의 등 뒤에 대고 말했다.

"같이 일하자고? 지금 대답하지. 헬기를 불러줘. 여기서 나가야겠어. 당장."

그는 나를 한 번 돌아보고는 밖으로 나갔다.

냉기와 변패의 흐릿한 악취가 역한 음식 냄새에 섞여 떠도는 텅 빈 식당에 나는 홀로 남겨졌다. 모두가 떠나버린 식탁을 바라보았다. 먹다 남은 음식들이 접시 위에서 쓸쓸히 자리를 지키고 있고, 쏟아진 음식물이 알루미늄 탁자 한쪽에서 뚝뚝 떨어져 바닥을 더럽히고 있었다. 멀리서 기계 돌아가는 소리가 들려왔다. 몸이 움츠러들었다. 나는 양복 입은 남자가 놓아둔 작은 약병을 집어 들고 그곳을 나와 내 방으로 갔다.

딱히 챙길 만한 짐은 없었다. 간단한 옷가지 몇 벌과 세면도구가 전부였다. 나는 침대에 가만히 드러누워 시간을 보냈다. 약기운 때문인지 나도 모르게 잠에 들었다가 깨기를 반복했다. 그렇게 꿈과 현실의 모호한 경계를 얕은 의식 속에서 넘나드는 동안, 어느덧 해가 멀리 폐허로 짜인 지평선 너머로 가라앉았고, 검은 한기 같은 땅거미가 익숙한 저주처럼 도시에 내렸다.

베일을 드리운 여자가 저녁을 가져왔다. 나는 그녀를 그냥 돌려보냈다. 그녀를 보기가 두려웠다. 나는 검은 베일 아래 감춰져 있을 흉측한 얼굴을 상상하지 않으려고 애썼다.

누군가가 방문을 두드렸다. 문을 여니 양복 입은 남자가 서 있었다. 손에는 내가 돌려보낸 식사가 들려 있었다.

"여기다 놓겠습니다."

그는 쟁반을 탁자 위에 올려놓았다. 그리고 나를 물끄러미 쳐다보았다.

"불이 꺼져 있어서 주무시는 줄 알았습니다. 어두운 걸 좋아하시나 보군요."

그는 잠시 그대로 서 있었다.

"아니면…… 어제 일 때문입니까?"

나는 잠자코 앉아 있었다.

"그런다고 달라지는 건 없습니다."

"헬기를 불렀습니까?"

그는 대답 없이 나를 지나쳐 벽으로 갔다. 밖을 내다보는 것 같았다.

"어제도 그들을 봤습니까?"

"아뇨, 어제는……."

남자는 내 쪽으로 몸을 돌리더니 한참 뜸을 들이다가 말했다.

"여기 직원은…… 점심 때 본 사람들이 전부입니다."

"……공장에서 본 사람들을 말씀하시는 거라면 저도 대충은 알고 있습니다. 그런 것까지 봤는데 모를 리가 없죠."

그는 말이 없었다. 그에 관해서는 말하지 않겠다는 듯이.

"답답하지는 않습니까? 4년이나 이곳에……. 아, 여기서 일할 생각으로 물은 건 아닙니다."

"알고 있습니다. 그나저나 벌써 4년이나 됐군요. 밖이 어떻게 변해 있을지……."

"밖에 가족은 없습니까?"

"여기 직원들은 모두 지난 사태 때 가족을 잃은 사람들이죠. 그래서 이곳에 오겠다고 자원한 겁니다."

"……그렇군요."

나는 더 묻지 않기로 했다. 그는 방에서 나가지 않았다. 무언가 할 말이 있는 것 같았다. 얼마 동안 머뭇거리던 그가 입을 열었다.

"들으셨는지 모르겠습니다만…… G 씨는 군에 있었습니다. 축역 대였죠."

"그렇다더군요. 그 친구를 본 기억은 없지만요."

남자는 몸을 돌려 유리벽을 향했다. 밖은 더 어두워져 있었다. 금방 밤이 올 것 같았다. 그가 다시 몸을 돌리자, 밤의 어둠이 미리 찾아와 깃들기라도 한 양 그의 얼굴에 짙은 그림자가 드리워졌다.

"저는 그분의 부하였습니다."

"그러면……."

"그렇습니다. 저도 청소대에 있었죠."

그는 한동안 나를 빤히 바라보았다. 다 알고 있다고 말하는 것처럼.

"대위님도 알고 계시겠죠, 감염된 동료가 어떻게 처리되는지를. 전 제 손으로 직접 동료를 쏴 죽였습니다. 하지만 그분은……."

전에 들었던 이야기가 생각났다.

"그가 쏘지 않은 겁니까?"

"그렇습니다. 제가 쐈죠. 그분은 강제 퇴역 당했습니다."

싫은 기억이 떠올랐다.

"밤마다 동료를 쏴 죽이는 악몽에 시달렸습니다. 그가 죽던 순간의 광경이 끔찍하리만치 생생히 재생됐죠. 죽음의 몸짓을 하나하나 되새길 수 있을 정도로……. 총성이 한 발씩 울릴 때마다, 뻣뻣한 몸이 발작하듯 공중으로 튀어 올랐습니다. 그 모습이 꼭 저주의 몸짓처럼 보이더군요. 그가 생전에 보여준 사진 속 가족들의 얼굴이 떠올라 도저히 머릿속에서 지워지지가 않았습니다. 저는 10년 가까이 그런 악몽과 싸워왔습니다."

"……그를 원망했겠군요."

"물론입니다. 무거운 죄의 멍에를 오로지 내게만 뒤집어씌운 그를 증오했습니다. 악몽에서 깨어났을 때 그가 곁에 있었다면, 저는 아마 그를 죽였을지도 모릅니다. 하지만 그는 이미 군에 없었고, 저는 아직 군인이었습니다. 저는 그를 향한 분노를 그들에게로 돌렸습니다. 동료를 죽인 제 행동을 그렇게 정당화하려 했던 것인지도 모르지요. 저는 수많은 현장에 투입되었고, 수없이 많은 시체들을 잔인하게 죽였습니다. 심지어 살아 있는 사람을 죽여 불태우기까지 했습니다. 청소대가 없어진 후에도 돌격대원으로서 내울타리 공사 현장의 수비 임무를 맡았죠. 저는 항상 최전선에 있기를 자청했습니다. 그래야 더 많은 시체들을 죽일 수가 있었으니까요.

그러다 울타리 공사가 시작될 무렵 사령부에서 저를 호출하더군요. 그가 저를 찾는다는 것이었습니다. 순간 잊었던 증오가 다시 타올랐습니다. 저는 그를 죽이고 싶었습니다. 실제로 그런 생각을 품고서 그를 만났습니다. 그런데 그가 제게 무릎을 꿇더군요. 그는 미안하다고 했습니다. 우리 모두 그들에게, 죽어간 동료들에게 죄인이니 그 죗값을 치르자고 했습니다. 우리 손으로 직접 말입니다. 그러고는 죽은 제 동료이자 자기 부하의 이야기를 하면서 눈물을 흘렸습니다. 저는 그게 거짓이라고 생각했습니다. 그것이 거짓된 눈물이고, 거짓된 참회라고요. 하지만 전 그분의 제안을 받아들였습니다. 왜 그랬는지는 저도 잘 모르겠습니다. 아마…… 저는 목격하고 싶었던 건지도 모릅니다."

무얼 보고 싶었던 것이냐고 물었지만, 그는 말해주지 않았다.

"시체들에 대한 군의 공격이 중지된 상태인 데다, 그를 향한 복수의 열망도 일단은 꺾인 후라 분노가 길을 잃었는지도 모르죠. 당시 저는 아직 군 소속이었는데도 일은 아무런 문제 없이 순조롭게 진행됐습니다. 의구심이 들더군요. 도대체 이게 뭐기에 그분이 그렇게 거창한 말을 들먹이면서 눈물을 흘려야 했는지, 어째서 정부는 나라가 폐허가 된 와중에 그처럼 막대한 돈을 들여가며 이걸 만들고 지원까지 하는지, 또 그렇게 중요한 일을 일개 퇴역 군인에 불과한 그에게 맡긴 이유는 무엇인지…….

그런 의문을 품은 채로 저는 이곳에 왔고, 그제야 그분의 광기 어린 계획을 알게 됐습니다. 우리 모두 그가 미쳤다고 생각했습니다. 그럼에도 묵묵히 그 계획이 실현되는 것을 도왔죠. 어쩌면 우리도 함께 미쳐갔던 건지도 모르겠습니다. 하지만 막상 실제로 구현된 그것을 목격했을 때는 엄청난 충격을 받았습니다. 며칠간 식사도 하지 못하고 잠도 자지 못했죠. 목숨을 끊어버릴까 하는 생각마저 들 정도였습니다. 그제야 내 악몽의 모든 것이, 그 모든 것이 바로 이곳에 존재하게 되었음을 알게 됐으니까요……."

어느새 나타났는지, 그의 어둑한 어깨 너머 펼쳐진 검은 하늘에 달이 걸려 있었다. 그 노란 달이 뿌린 하얀 서리를 입은 형체가 가만히 나를 내려다보고 있었다.

"하지만 이곳에서 그들을 지켜보며 제 생각은 차츰 변했습니다. 그토록 혐오하던 존재들이 우리와 다를 바 없이 살아가는 것을 보면서, 아니 오히려 우리보다 더 인간적이랄 수 있을 그들의 삶을 보면서 심지어 죄책감을 느끼기까지 했죠. ……알고 계십니까, 대위님은? 우리가 아무런 죄의식 없이 그들을 죽일 수 있는 까닭을? 그들을 증오해서가 아닙니다. 그들을 두려워했기 때문입니다. 한때 우리와 같았으나 이제는 달라진 것들…… 알지 못하고 알고 싶지도 않은 존재들을 향한 두려움……. 바로 그것이 우리로 하여금 철저한 살육을 감행하게 만든 것입니다. 그 공포를 무자비한 폭력으로 씻어내고자 말입니다. 그리고 우리는…… 앞으로도 그럴 테지요……."

그의 목소리가 떨렸다.

"저는 비로소 막연한 두려움을 벗고 그들에게 인간으로서의 동질감과 동정심을 느끼게 되었습니다. 그런 감정의 변화를 겪은 것은 비단 저뿐만이 아니었습니다. 다른 직원들도 마찬가지였죠. 저나 그들이나 이 새롭고 낯선 감정에 심한 혼란을 느끼기는 매한가지였습니다. 죽은 자들은 그들에게서 사랑하는 가족을 앗아 가버린 증오의 대상이자, 그들이 연구하는 정복과 퇴치의 대상이었으니까요. 그러나 동시에 시체들은…… 그들의 가족과 같은 존재이기도 했습니다."

남자의 모습이 한층 어두워졌다. 구름이 달을 가린 것 같았다. 갑자기 찾아든 어둠에 말문이 막힌 듯 그는 말이 없었다. 그러다 나직한 소리로, 무겁게 말했다.

"우리에게는 결단이 필요했습니다."

별안간 불안감이 엄습해 나를 짓눌렀다. 그가 선글라스를 벗었다. 그의 맨 얼굴은 여전히 어둠에 싸여 있었다. 그러나 곧 달이 새까만 구멍 같은 밤 구름을 벗어나자, 냉기같이 서늘한 빛이 얼굴을 타고 흐르며 그 낯선 형체를 드러내 보였다.

밀려든 공포와 혐오로 나는 질식할 것 같았다. 그의 눈 주위는 썩고 갈라져 거뭇했으며, 한쪽 눈에는 눈알 대신 검은 허공이 들어차 있었다. 그 허공이 나를, 혹은 제 일부인 내 주위의 어둠을 무심히 바라보았다. 다른 쪽에 남은 허연 눈동자가 갈라진 검은 틈새에서 기이하고 불안스레 뒤룩거리며 내게로 시선을 고정시키고자 애쓰고 있었다.

달빛이 지나갔다. 어둠과 정적 속에서 그는 선글라스를 얼굴에 걸쳤다.

"……우리는 스스로를 실험 대상으로 만들었습니다. 마침 살아 있는 인간을 대상으로 신약의 임상 시험이 필요한 때였죠. 한 사람을 제외한 우리 모두가 그랬습니다. 하지만 우리 중 죽거나 밖의 사람들처럼 완전한 변패가 일어난 이는 아직 없습니다. 비록 이런 꼴이 되기는 했지만, 초기에 약을 복용한다면 병의 진행을 막을 수 있다는 걸 증명한 것이죠."

"왜 제게 이런 얘기를 하죠? 그가 허락한 겁니까?"

"그는 제게 거짓말을 했습니다."

아주 짧은 순간에 불과했지만, 나는 그의 목소리에 강렬한 분노가 묻어나는 것을 감지했다. 다시 침묵이 흘렀다. 달빛이 부딪혀 유리를 떨게 만든 양 벽이 우는 소리를 냈다.

"그는 저를 이용했습니다. 여기 직원들은 제약 회사의 연구원과 보안 요원 출신으로 모두 그가 데려온 자들입니다. 그런데 그들은 그를 믿지 않았습니다. 일종의 계약 관계에 불과한 것 같더군요. 그와 직원들은 자신들의 목적을 위해 서로를 이용했고…… 그는 저를 이용했습니다. 그는 같은 청소대 출신의 저를 필요로 했던 것 같습니다. 자기편이 필요했던 거죠. 비록 그것이 전시용에 불과할지라도 말입니다. 그리고 자신을 향한 제 증오 또한 그는 필요로 했습니다. 제게 잠재된 복수심을 그는 자신을 지키는 데 이용할 수 있으리라고 생각했던 것 같습니다. 다른 사람이 자신에게 의지하는 것을 원치 않기도 했을 테고요. 그는 철저히 혼자이고자 했습니다. 그래서 저를 이용한 겁니다. 그것을 깨달은 건 이곳에 오고 한참 뒤였습니다. 처음의 제 생각이 맞았던 겁니다. 그의 참회는 거짓이었습니다. 저는 그걸 알았습니다. 그리고 지금도 알고 있죠. 하지만 결국은, 알면서도 그의 손에 놀아난 셈입니다."

그제야 내게 왜 그런 이야기를 해주는지 알 것 같았다. 그것은 그 자신의 이야기였으나, 동시에 내 이야기이기도 했던 것이다.

"지금 내게 경고를 하는 겁니까?"

"저는 그저 제 얘기를 할 뿐입니다. 혹시 알고 계십니까, 약이 이미 완성되었다는 걸?"

"치료제 말입니까? ……완전한?"

"그렇습니다. '조가네스13(Zoganes-13)'이지요."

나는 모른다고 대답했다.

"아직 임상 시험은 하지 못했습니다. 하지 않았다고 하는 편이 맞을지도 모르겠군요. 시제품만 만들고 말았을 뿐입니다."

"약에 무슨 문제가 있는 겁니까?"

그는 고개를 가로저었다.

"배신자가 있습니다."

"정부의……?"

"그래요, 대위님과 같지요."

그는 나를 의심하는 것 같았다. 배신자의 정체를 아느냐는 물음에 그는 또다시 고개를 저었는데, 이내 의외의 말을 꺼냈다.

"대위님께서는 이곳의 모든 사람을 보지 않으셨습니까?"

"내가 배신자와 접촉했을 거라는 뜻입니까?"

"글쎄요, 그거야 알 수 없죠. 정부가 그를 통해 입수한 정보가 어떤 것인지는 우리도 알지 못합니다. 그들이 완성품에 대해 정말로 알고 있는지 어떤지도 모르겠습니다. 거짓 보고를 의심한 그들의 지시를 따르지 않고 우리가 연락을 끊어버리자, 그들은 보복으로 이곳으로 오는 전기를 끊어버렸습니다. 우리에게 뭔가 다른 꿍꿍이가 있다고 판단한 모양입니다.

그 판단은 맞았습니다. 더구나 자기들 도움 없이도 불을 밝히는 신시가지의 모습을 보고 불안해졌겠죠. 아직 시체들에 대한 공포의 기억이 생생할 테니 말입니다. 제가 꾸는 악몽처럼 말입니다……. 그들은 이 안에서 무슨 일이 벌어지고 있는지 몹시 궁금했을 겁니다. 두려웠을 테죠. 포섭 시도도 그즈음 시작된 것 같습니다. 어떻게 그것이 가능했는지는 모르겠습니다만……. 그리고 대위님이 이곳에 오셨죠. 우리가 요구하지도 않은 보급 물자와 함께 말입니다."

"그들이 이곳에서 어떤 일이 진행되는지 모르고 있을 수도 있다는 겁니까?"

"아주 모르지는 않을 겁니다. 정부나 군이 바보는 아니니까요. 그들은 매일같이 헬기를 띄워 이곳을 정찰하고, 매 순간 망루 위에서 이곳을 지켜보지 않습니까? 대위님은 지하의 광경을 목격했습니다. 이 건물이 굳이 이런 구조를 택해야 했던 이유도 이제는 아실 겁니다. 그분은 처음부터 정부를 속일 작정이었습니다. 건물은 설계 단계에서부터 이미 광대한 지하 도시로의 확장을 염두에 둔 것이죠. 그가 정말로 그게 가능하리라 생각했는지는 저도 잘 모르겠습니다. 어쨌든 군과 정부의 눈을 속일 수 있었던 것은 그 때문입니다.

물론 얼마 가지 않을 겁니다. 언제까지 그들을 속이고 피할 수 있겠습니까? 이곳에 가득한 시체들이 병의 진행이 그친 채 수가 늘고 있다는 걸 곧 그들도 알게 되겠죠. 그들은 처음부터 이곳에 과연 효용 가치가 있는지를 의심했을 게 뻔합니다. 그렇지만 약이 완성되었다는 사실을 알게 된다 해도…… 분명 그들은 이곳을 없애려 들 겁니다. 이 계획은 처음부터 불가능한 것이었습니다. 한낱 광인의 병적인 망상에 불과한 것이었죠. 그것이 실제로 잠시 동안 나타났을 뿐인 겁니다. 그리고 이제 곧 사라지겠지요. 얼마 안 가 이곳은 없어지고 말 겁니다. 허망한 신기루처럼 없어지고 말 겁니다……."

그는 유리벽을 향해 돌아섰다. 음울한 뒷모습이 G의 그것과 겹처졌다.

"그들이 보입니까?"

그가 고개를 가로저었다.

"아니요. 아직은."

그는 다시 뒤돌더니 내게로 한 발짝 다가왔다. 침대에 걸터앉아 있던 나는 나도 모르게 흠칫 뒤로 물러났다. 그런 나를 그의 검은 시선이 가만히 지켜보았다.

"혹시 대위님이 이곳에서 유일하게 살아 있는 인간이라고 생각해 보신 적은 없습니까?"

나는 대답하지 않았다. 그는 개의치 않는 것 같았다.

"그리고 대위님은 군인이시죠."

그 말에 나는 모욕감을 느꼈다.

"꼭 내가 인질이라는 말처럼 들리는군요. 군인인 나 하나 죽는다고 해서 그들이 눈 하나 깜짝할 것 같습니까?"

"그런 뜻이 아닙니다. 대위님이 오해하신 것 같군요."

"그럼 뭡니까?"

"대위님은 첩자도, 인질도 아닙니다. 차라리…… 빌미라는 말이 어울리겠군요."

"……군이 여기를 공격할 거란 말입니까?"

"좀 전에 말씀드리지 않았습니까? 이곳은 사라질 거라고."

그 방의, 얼굴을 볼 수 없었던 남자들이 진정 내게 원했던 것……. 그렇다. 아마 나는 그것을 벌써부터, 처음부터 어렴풋이 감지하고 있었는지 모른다. 한데 그럼에도 그 순간에야 비로소 지독한 자괴감에 사로잡히는 것이었다. 그들은 나를 이용하고 있었고, 나는 그런 그들을 위해 일하고자 했다. 과거에 G가 나를 이용했듯이. 그리고 이 남자가 알고도 그에게 이용당했듯이.

"G가 나를 여기에 부른 겁니까? 그는 왜 화를 자초한 겁니까? 어째서……."

남자는 아무 말 없이 벽으로 가 선글라스를 벗고 거리를 내려다보았다. 그리고 자기 일이 아니라는 듯 무심하게 말했다.

"그들에게도 지도자는 있습니다. 그저 짐승들처럼 보이지만 사실 짐승에게도 리더는 있는 법이죠. 하지만 어째서일까요? 왜 자기들에게 주어진 것을 포기하면서까지 저러는 걸까요? 아이들 때문에? 그들은 자기들에게 희망이 있다고 생각하는 걸까요? 대위님은 어떻게 생각하십니까?

글쎄요…… 그의 말이 맞는지도 모르죠. 단지 분노와 다름없는 건지도 모릅니다. 어쩌면 그들도, 우리처럼 두려워하기 시작한 것인지 모릅니다. ……시작됐군요."

그는 벽에 몸을 붙인 채 어둠 속 깊이 무언가를 응시했다. 이따금씩 밝아지는 달빛이 그의 등 뒤로 칼날같이 떨어져 그의 뒷모습을 인간의 것이 아닌, 기괴한 무언가로 보이게 만들었다. 차라리 어둠이 그를 온전하게 밝혀주는 것 같았다.

잠시 후, 그는 벽에서 떨어져 선글라스를 끼고는 나를 지나쳐 방을 가로질렀다. 그리고 문간에 서서 말했다.

"그는 예감하고 있는 겁니다. 모든 게 끝나간다는 것을……."

한동안 그는 우두커니 서 있었다.

"대위님은 그분을 믿습니까? 전 믿지 않습니다. 하지만 이제
는…… 이해합니다."

남자는 복도로 나가 빛을 등지고 섰다. 차가운 목소리가 방으로
흘러들었다.

"헬기는 오지 않을 겁니다."

안으로 늘어졌던 빛이 밖으로 딸려나가고, 얼음처럼 차고 무거운
어둠이 기다란 몸을 늘어뜨렸다. 문밖에서 규칙적인 발소리가 이어
지다 사그라졌다.

그가 남긴 죽음의 냄새가 어둠 속에 남아 휘도는 듯했다.

나는 몸을 일으켜 유리벽으로 갔다. 남자가 서 있던 자리에 서서
아래를 내려다보았다. 배급은 훨씬 전에 끝난 듯, 건물에서 흘러나
온 불빛으로 얼룩진 어두운 거리만이 그곳에 자리하고 있었다. 불
과 얼마 전까지도 그들의 무수한 발길에 무자비하게 유린됐을 도
로의 차선과 노면 표지가 고름 같은 누런 빛 속에서 쓸쓸한 표정을
짓고 있었다. 나는 오랫동안 그것을 바라보았다.

불길한 존재들은, 내가 시선을 거둘 때까지 결코 모습을 드러내
지 않았다.

12

내가 눈을 떴을 때는 아직 한밤중이었다. 누군가가 어깨를 흔들
어 나를 깨웠다. 어둠 속에 서 있는 검은 형체가 보였다. 그것이 내
게 작은 소리로, 속삭이듯 말했다.

"일어나십시오."

나는 그것이 그 남자의 목소리임을 알았다. 그러나 그때까지와는 사뭇 달랐다. 목소리는 침착하려 애쓰는 듯했으나, 그 너머에는 도저히 감출 수 없는 다급함과 두려움이 서려 있었다. 나는 그것을 인지하면서도, 약기운에서 금세 벗어나지 못해 잠을 완전히 떨치지 못한 채 얼떨떨해하며 물었다.

"무슨 일이죠? 지금 몇 시입니까?"

"일어나셔야 합니다. 어서요."

의식의 초점을 점차 또렷이 맞춰갈수록, 조금 전 그의 음성에서 감지했던 두려움이 착각이 아니라는 확신 또한 깊어져갔다. 무언가 긴박한 사태가 벌어지고 있음이 분명했다. 나는 그를 따라 황급히 방을 나섰다.

복도의 불은 모두 꺼져 있었다. 열린 방문을 통해 흘러드는 달빛만이 복도를 흐릿하게 비출 뿐이었다. 방은 모두 비어 있는 듯했다. 사위가 쥐 죽은 듯 조용했고, 들리는 것이라고는 오로지 두 사람의 불안한 발소리뿐이었다. 빈 복도에 가득한 적막과 공허를 타고 끈적한 불길함이 흘러 다니는 것 같았다. 문득 나는 덥다고 느꼈다. 두꺼운 방한복 아래 파묻힌 몸이 땀으로 흥건했다. 이마에서도 땀이 줄줄 흘렀다. 긴장한 탓이리라 생각하고는 걸으며 옷을 벗었다. 그런데 춥지가 않았다. 냉기가 그쳐 있었던 것이다.

쿵 울리는 소리가 나면서 건물이 흔들렸다. 불시의 큰 진동에 실제로 중심을 잃어서인지, 아니면 심리적 충격을 받아서인지 순간 몸이 기우뚱했다. 뒤이어 다시 쿵 소리가 나고 지진이라도 일어난 것처럼 복도가 부르르 떨렸다. 방 안쪽에서 유리벽이 요란스레 울부짖었다. 놀라서 주춤해 있는데 남자가 내 팔을 잡아끌었다. 우리는 달리다시피 복도를 나아갔다. 나선형의 좁은 복도로 들어서서 곧장 승강기로 향했다. 승강기는 작동하지 않는 듯 보였는데, 버튼을 누르자 문이 열리고 조명이 켜졌다. 남자는 최상층으로 가는 버튼을 눌렀다. '비상 전력 가동'이라고 쓰인 램프에 빨간 불이 들어와 있었다. 올라가는 도중에 또 한 번 건물이 흔들렸다. 조명이 몇 차례 힘없이 깜빡이다 간신히 안정을 되찾았다.

"대체 무슨 일입니까? 모두들 어디에 있는 거죠?"

"여기서 나가야 합니다."

그의 말과 동시에 승강기가 멈추더니, 문이 열렸다. G의 집무실이었다.

G는 그곳에 없었다. 어두운 바닥에 달빛이 물같이 번져 희읍스름했다. 탁자 주변에 널려 있는 깨진 유리 조각들이 반짝거리며 버려진 보석처럼 빛을 발했다. 냉기가 없음에도 그곳은 서늘하게 느껴졌다. 그러나 악취는 숨도 쉴 수 없을 만치 심해져 있었다.

"G는 어디에 있습니까?"

또다시 흔들림이 일었다. 커다란 마름모꼴 유리벽이 날카롭게 몸서리를 쳤다. 진동의 강도가 갈수록 세졌다. 어디선가 희미하게 섬뜩한 아우성이 터져 나오는 것 같았다. 나는 그 자리에 얼어붙어 귀를 기울였다. 아득한 소리는 멀리서 들려오는 것도 같고 가까이서 들려오는 것도 같았다. 소리는 유리의 떨림과 함께 멈추어 마치 바람소리였던 양 잠잠해졌다. 다시 고요가 찾아들었다. 몸은 공포로 굳어져 움직이지 않았다. 나는 간신히 발을 떼어 후들대는 걸음으로, 무언가의 부름에 이끌리듯 투명한 벽을 향해 걸어갔다. 그리고 밖을 내다보았다.

무저갱(無底坑) 같은 칠흑에 삼켜진 하늘에는 달도 별도 보이지 않았다. 거리의 건물 중 창에 불이 밝혀진 것은 하나도 없었다. 그야말로 완전한 어둠이, 한 번도 경험해보지 못한 순수한 어둠이 그곳에 펼쳐져 있었다. 피라미드는 흡사 암흑의 진공에 둘러싸여 홀로 존재하는 듯했다. 심해와 같이 끝도 모를 공허가 불러일으키는 감각이 나를 집어삼켰다.

이윽고 검은 연기 같은 구름의 지저분한 꼬리 너머로, 지치고 식어 금방이라도 떨어질 듯한 달이 위태한 얼굴을 내밀었다. 그리고 그것이 뿌린 파름한 빛을 은은히 반사하며, 마침내 거대한 거울 기둥들이 모습을 드러냈다. 죽은 자들의 마지막 생기마저 앗아 가버릴 듯이 차갑고 가혹해 보이는 그 모습을. 얼마 후, 내 눈에 그 거리의 무시무시한 광경이 들어왔다.

나는 아무 말도 못 한 채, 소리도 지르지 못한 채 그저 몸을 떨었다. 압도적인 무언가가 밀려들어 가슴을 새까맣게 메워갔다. 기어코 나는 무릎을 꿇고 말았다. 하지만 시선만은 그 광경에서 떼지 않았다. 아니, 떼지 못했다. 유리를 짚은 손 주위로 하얀 김이 엷게 퍼졌다가 사라졌다. 그제야 나는 탄식했다.

"세상에!"

그것은 밤의 어둠이 응축된 듯한 검은 무리였다. 검고 끈끈한 액체처럼 피라미드 주위를 둘러싼 거대한 덩어리. 그것이 건물의 하부를 벌써 완전히 뒤덮은 상태였고, 이제 좀먹듯이 건물을 잠식하여 서서히 상부를 향해 올라오는 중이었다.

놀랍게도 그들의 야만은 몹시 신중하고 침착한 모습으로 그 건물을, 그리고 우리를 파고들었다. 마치 하나의 의식에 지배되는 것으로 보일 만큼 주의 깊고 통제된 움직임이었다. 그러나 가공할 만치 거칠고 폭력적인 무언가가 그 이면에, 금방이라도 폭발할 듯 불안하게 내재되어 있음이 역력했다. 그것이 나를 더욱 두렵게 만들었는데, 무엇보다 그들의 철저한 침묵, 결코 분노라는 감정에 걸맞지 않은 그것이 되레 나를 공포의 밑바닥까지 빠뜨려 떨게끔 만들었다. 그들은 더 이상 내가 아는 죽은 존재들이 아니었다.

경사진 유리벽에 다닥다닥 달라붙은 그들이 새로운 층에 도달할 때마다 벽이 박살나며 건물이 크게 흔들렸다. 깨어진 유리로 액체가 흘러들듯 검은 덩어리에 순간적으로 공백이 생겨났다가, 다시 검게 채워지는 것이 보였다. 건물은 하부부터 차츰 암흑에 먹혀들고 있었다. 땅에서 솟아난 어둠의 얼굴이 턱을 벌려 건물을 으적으적 씹어 삼키는 것 같았다. 거대한 진동과 날카로운 소음은 시간이 지날수록 분명해져갔고, 그 진원지 또한 점점 가까워지고 있었다.

남자가 나를 붙들어 일으켜 세웠다.

"이쪽으로."

방 한쪽에 기둥처럼 솟은, 승강기가 있는 벽 뒤편에 문이 숨겨져 있었다. 희미한 냉기가 열린 문틈으로 흘러나오고 있었다. 나는 그에게 이끌려 안으로 들어갔다.

그곳은 매우 추웠으며, 역겨운 악취로 가득했다. 우리는 그 건물의 분위기에 도무지 어울리지 않는 좁고 낡은 나무 계단을 올랐다. 계단을 한 단 한 단 밟을 때마다 삐걱대는 소리가 울려 퍼졌다. 역시 나무로 된 난간은 곳곳에 흠집이 나 있었고, 오래된 목가구처럼 니스를 몇 겹이나 칠한 듯 표면이 거칠게 반짝이고 끈적거렸다. 나는 그 난간이며 계단이 어딘가 낯익다고 생각했는데, 한편으로는 그 모든 것이 으스스하고 불쾌하게 느껴졌다.

계단 끝에 이어진 공간은 피라미드의 진정한 최상층, 꼭짓점 부분인 듯싶었다. 그곳은 성에와 고드름으로 뒤덮여 있었다. 얼마 전부터 녹기 시작했는지 고드름 끝에서 물이 똑똑 떨어져 나무 바닥을 지저분하게 적시고 있었다. 나는 시선을 들어 서리가 눈처럼 떨어져 내리는 천장을 올려다보았다. 사각뿔 모양의 천장을 가득 메운, 냉기를 입김처럼 뿜어대는 정교한 기계들이 저마다 앙상한 뼈대를 드러낸 채 위압적으로 돌고 있었다. 크기와 모양이 다른 수많은 단일 기계들. 작고 큰 각종의 톱니바퀴와 그것을 잇는 굴대 들이 거대한 동물의 근육과 뼈대처럼 복잡하게 뒤얽혀 운행했고, 그 기계들 한가운데 뉘어진 채로 매달려 쉴 새 없이 도는 커다란 톱니바퀴가 있어 그것이 서리를 하얗게 흩뿌려댔다.

서로의 이를 맞물며 돌아가는 그것들 사이로, 일정 주기로 개폐되는 거대한 회전익의 모습이 보였다. 날개는 달빛을 끊었다가 잇기를 반복하며 무거운 몸짓으로, 금방이라도 멈출 듯이 힘겹게 회전하고 있었다.

긴박한 상황임에도 나는 멍한 눈으로, 전직 기술자의 감상으로 그 웅장하고 교묘한 작품에 빠져들어 감탄을 토했다. 한눈에 그것이 G의 작품임을 알 수 있었다. 오직 그 시계를 만든 그만이 그런 것을 만들 수 있을 터였다. 지하에서 본 그것과 마찬가지로.

하지만 정작 나를 전율하게 만든 것은 그런 기계 장치들이 아니라, 그 아래 펼쳐진 실내의 풍경이었다.

꽃무늬가 찍힌 분홍색 벽지를 바른 벽, 레이스가 달린 노란 커튼이 쳐진 창문, 잡지에서 오려낸 그림과 어린 시절의 사진을 끼워 넣은 크고 작은 나무 액자들, 귀여운 동물 모양의 인형이 튀어나와 시간을 알려주는 정교한 벽걸이 시계, 오래된 작은 책과 일기장이 가지런히 꽂혀 있는 낡은 책상, 네 개의 기둥마다 흰색 커튼을 길게 늘어뜨린 새하얀 침대……

나는 그 모든 것을 보고서 탄성을 터뜨렸는데, 그것은 감탄이라기보다 깊은 경멸을 내포한 두려움의 탄식에 가까운 것이었다. 그 공간은 한 인간의 지독한 집착이 만들어낸 무섭고 기분 나쁜 결과물 그 자체였다.

그것은 그녀의 방이었다. 그토록 빛나던 시절 그녀의 흔적을 완벽하게 재현해놓은, 그녀의 방이었다. 공방에 홀로 남겨져 있는 동안 셀 수 없이 드나들며 아직 세월이 완전히 앗아 가지 못하고 부주의하게 남겨놓았을지 모를 그녀의 체취와 흔적을 찾아내고자 애썼던 바로 그 공간. 벌써 오래전에 재로 화해 사라졌을 그곳의 모든 것을 어찌나 세세하게 되살려놓았던지, 그것을 보고 있는 동안 도제 시절의 과거로 되돌아간 느낌이 들 정도였다. 그렇지만 동시에, 냉기로 부옇게 흐려진 어둠과 지저분하게 흩날리는 서리, 기계 소음으로 가득한 그곳이 다시는 우리가 그 시절로 돌아갈 수 없음을 슬프리만치 명백하게 말해주는 것 같아 몹시 서글픈 느낌이 들었다. 그곳은 결코 돌이킬 수 없는 과거를 일그러진 욕망으로 그리려다 끝내 추악한 모습으로 변질시키고 만, 기괴하게 타락하고 퇴폐적인 장소처럼 보였다.

G는 우리를 등진 채 방 한가운데 놓인 침대 앞에 서 있었다. 기둥 아래 늘어진 커튼에 얼음꽃이 맺혀 있는 것이 보였다. 우리가 외부의 온기를 몰고 온 탓에 그것은 금세 녹아 흘러내렸다. 그 아래로 G의 어둡고 구부정한 뒷모습이 환영처럼 꼼짝도 않고 서 있었다. 내가 멀찍이 서서 그의 이름을 불렀으나, 그는 돌아보지 않았다. 잠시 뒤에 그가 내게 오라고 손짓했다. 나는 다가가 그의 곁에 섰다.

옆에서 본 그의 얼굴은 파리했으며, 머리는 흐트러져 있었다. 그는 침대를 보고 있지 않았다. 그가 보는 것은 침대 위에 놓인 또 다른 침대였다. 나무로 만든 작은 아기 침대. 그 조그마한 침대 안, 하얀 구름 문양이 수놓인 파란색 침구 위에 아기 옷과 젖병, 방울 달린 장난감이 들어 있었다. 그리고 검은 가방이 있었다. 그는 침대의 난간을 짚고 서서 그것들 위로 작은 얼음의 결정체가 하얗게 내려앉았다가 순식간에 녹아 스러지는 것을 보았다. 그는 체념한 듯 기묘한 웃음을 터뜨렸다.

"우리는 결국 실패했어. 나는 그들에게 삶을 찾아주려 했는데…… 그들은 나를 증오하는군."

그는 몸을 일으켜 나를 보았다. 얼굴은 절망으로 물들어 있었다.

"나는 저들에게 불안과 두려움을 선사한 셈이지. 내가 되찾아준 삶이란 게 결국은 그런 거였나 봐. 그들은 나를 두려워하는 만큼 증오하기 시작했어. 그들에게 난 신이나 왕이 아니라, 그들 자녀를 죽음으로 내몰 악마나 다름없었던 거야. 현재만을 살던 죽은 자들에게 미래를 부여한 결과가 이것인가 보군. 맞아, 내가 진 거야. 아니, 우리 모두가 실패한 거지. 그들의 반쪽짜리 이성이 스스로를 헛된 희망의 수렁에 빠뜨린 거라고!"

그때 침대 뒤에서 무언가가 움직인 것 같아 나는 흠칫 놀랐다. 그가 계속 말했다.

"이제 놈들이 이곳과 저들을 없애버리겠지. 한순간일 거야. 정말 내가 괜한 짓을 했나 봐. 차라리 짐승으로 죽는 편이 나았을 텐데. 그랬다면 오로지 고통 속에서만 죽을 수 있었을 텐데. 이제 그들은 절망 속에서 죽겠군!"

그는 침대 뒤 어둠을 바라보았다.

"네게 부탁이 있어. 그녀를 데려가줘."

그가 커튼을 젖혔다. 어둠 속에 서 있던 존재가 모습을 드러냈다.

심하게 부패한 육체였다. 나무껍질같이 말라비틀어진 피부 아래 검붉은 썩은 근육이 드러나 꿈틀대는 끔찍한 육체. 그 비쩍 마른 육체가, 줄에 매달린 인형처럼 느릿느릿 비척대며 우리에게 다가오기 시작했다. 얼마 남지 않은 두피 위로 돋아난 길고 푸석푸석한 짚단 같은 머리칼에 성기게 가려진 얼굴이, 침침하게 명멸하는 달빛 아래 드러나고 지워졌다가 다시 나타났다. 진물투성이의 얼굴은 거의 반이 허물어져 분홍빛으로 얼룩진 삭은 뼈가 노출돼 있었고, 눈알은 본래 박혀 있던 구멍으로부터 흘러내리다 그대로 굳어버린 것처럼 기묘하고 역겨운 모양을 하고 있었다. 그것은 금방이라도 녹아내리려는 인간의 형상을 무언가로 붙들어 매 간신히 유지되고 있는, 위태롭기 그지없는 존재처럼 보였다.

나는 그 역겨운 존재에게서 시선을 거두고 싶었지만 그럴 수가 없었다. 어딘가 기이한 느낌이 들었다. 정확히 무엇인지는 몰라도 어떤 힘, 아니 어떤 익숙하면서도 낯선 감정이 역한 불쾌감과 함께 내 시선을 그것에다 붙잡아두고 있었다. 불현듯 짙은 불안감이 마음을 감쌌다. 그녀의 방과 아기 침대……. 그 순간, 내 앞에 다다른 그것의 몸에 걸쳐진 옷이 껌뻑이는 달빛에 밝혀져 똑똑히 보였다. 보라색 꽃무늬의 하얀색 원피스…….

구토가 일었다. 나는 단번에 그 옷을 알아보았다. 벽에 걸린 사진들 가운데 그것과 똑같은 옷이 찍혀 있었던 것이다. 활짝 웃고 있는 그녀의 몸에 걸쳐진 그것……. 그러나 지금 불에 탄 나뭇가지처럼 비쩍 마른 몸에 걸쳐진 그것은 옷이 아닌 어떤 불순한 용도의 자루처럼 보였고, 몸의 뼈마디마다 흉하게 불거져 있었다.

역겨움이 두려움으로 변태했다. 내 앞에 서 있는 그것은 모종의 불온한 목적에 의해 방금 무덤에서 건져 올려져 예쁜 옷이 입혀지고 괴상하게 꾸며진 섬뜩한 존재처럼 보였다. 그리고 그 존재에서 이질적으로 도드라진 부분이 눈에 띄었다. 보라색 꽃문양의 얇고 하얀 껍질에 덮인 그녀의 복부가 불룩이 솟아 있었던 것이다.

나는 그 안에 들어 있을 불경한 무언가를 상상하고는 엎드려 토하기 시작했다.

"그녀는 기다려야 했어. 내가 약을 만들 때까지. 하지만 이젠 괜찮아……."

누군가가 그녀의 옷을 갈아입히는 것 같았다. 내가 고개를 들었을 때 그녀는 검은 옷을 입은 채였다. 얼굴에는 검은 베일이 드리워져 있었다. 내 방에 식사를 가져오던 여인과 같은 차림새였다.

"부탁이야. 그녀를 데려가줘. 배 속에 아이가 있어."

"……너는 어쩔 생각이지?"

"여기 남을 거야."

"죽으려는 건가?"

"난 떠날 수 없어. 저들에게 금단의 열매를 따 준 게 나니 그 책임도 내가 져야겠지. 그리고…… 저토록 나를 간절히 원하잖아?"

그는 가만히 허공을 올려다보았다. 그러다 내게로 고개를 돌리고는 싱긋 미소 지었다. 내가 청년 시절에 본, 그녀와 행복했던 시절의 미소였다.

다시 굉음이 나고 건물이 흔들렸다. 커다란 톱니바퀴 하나가 쿵소리를 내며 바닥에 떨어졌다. 바닥에 깔려 있던 냉기와 서리가 먼지처럼 일어 사방으로 흩날렸다. 그것이 내 얼굴을 차갑게 뒤덮고는 금방 녹아 사그라졌다. 천장의 기계들이 불안하게 삐걱댔다.

G가 우리를 계단 아래로 떠밀었다.

"어서 가! 시간이 없어!"

우리가 집무실로 나오자, 그가 문 안쪽에서 "이봐!" 하고 나를 불렀다.

"널 증오했어! 헬기에서도 너를 바로 알아보았지. 어떻게 잊을 수가 있겠어? 널 평생 미워할 생각이었어. 난 네게 복수하려고 했어.

하지만…… 이젠 아니야. 그래, 이젠 아니지. 이걸로 됐어……."

문이 닫히고 안에서 문 잠그는 소리가 났다. 양복 입은 남자가 몇 차례 문을 두드렸지만 응답이 없었다. 큰 진동과 함께 유리 깨지는 소리가 났다. 소리도 충격도 아까보다 훨씬 가까운 곳에서 전해져 온 것이었다. 얼이 나가 있던 나를 남자가 깨워 억지로 이끌었다.

"어서 가야 합니다!"

나는 그에게 끌려가듯 방을 가로질러 문으로 갔다. 그의 다른 팔에 들린 검은 가방을 보았다. 아기 침대 위에 놓여 있던 가방이었다.

"대체 어디로 간다는 겁니까? 그들이 여기를 완전히 둘러쌌는데요."

"하역장으로 갑니다. 화물 트럭이 있어요. 다들 거기 모여 있습니다."

나는 그녀를 안아 들고 복도를 따라 달렸다. 품에 안긴 그녀를 보았다. 그녀는 도저히 생명을 가진 인간으로 보이지 않았다. 심한 악취를 풍기며 썩어가는 시체에 불과할 뿐이었다. 그러나 그녀의 뱃가죽 아래로 느껴지는 꿈틀대는 새 생명의 기운이 그녀가 결코 죽어 있는 존재가 아님을, 그녀가 아직 살아 있음을 말해주었다. 도리어 그것이 내게는 무서운 사실로 느껴졌다.

우리는 복도를 따라 빙글빙글 돌며 아래로 내려갔다. 남자는 그들이 아직 하역장까지는 올라오지 못했을 것이라고 했다. 그의 설명에 의하면, 그들은 생체 반응을 감지하는 안전장치가 있는 승강기를 이용할 수 없을 테고 외벽에서 안쪽으로 숨겨져 있는 나선형 복도를 쉽게 찾아낼 수도 없을 것이므로, 당분간은 유리로 된 미끄러운 외벽을 타고 올라올 수밖에 없어 위로 올라올수록 속도가 느려지리라는 것이었다. 또 설령 그들이 복도로 통하는 문을 찾아낸다고 해도 복도는 두 사람이 나란히 걷기에도 버거울 만큼 좁게 만들어진 탓에 금방 올라오기는 힘들 것이라고 했다. 하지만 그도 건물이 점령당하는 것은 시간문제임을 인정했다. 더구나 하역장은 피라미드의 겨우 중간 높이에 위치해 있었다. 그래서 그가 나보다 더 조급해하며 나를 재촉하는 것이었다.

"트럭을 타면 어디로 가죠? 출구가 있는 겁니까?"

"화물용 승강기를 타고 아래로 내려갈 겁니다. 작동이 된다면요."

"움직이지 않으면 어떡합니까?"

그가 대답하기 전에 문이 나타났다. 문을 열자 드문드문 화물이 쌓인 넓은 공간이 나왔다. 전에 본 남자 직원들이 그곳에서 불안하게 서성이고 있었는데, 그중 두 남자의 손에는 총기가 들려 있었다. 그들 곁에 상복 같은 검은 옷 차림 일색의 여자 넷이 인형처럼 가만히 서 있었다. 그 뒤로 트레일러트럭 세 대가 서 있었다. 그중 한 대에는 컨테이너가 실려 있었다. 남자가 그 트럭을 가리켰다.

"이걸 타고 가십시오. 운전을 해주셔야겠습니다. 그리고 이걸……."

그가 내게 가방을 건넸다.

"치료제입니다. 이걸 지키셔야 합니다."

무슨 뜻인지 알 것 같았다. 정부가 그토록 원했던 것이자 내내 그 존재를 의심해왔던 것……. 남자가 내 팔을 잡고서 조용히 말했다.

"직원들도 아직 투약하지 않은 상태입니다. 상황이 좋지 않으면 폐기하십시오."

그러고는 덧붙였다.

"선택은 대위님이 하시는 겁니다."

덜컥 겁이 났다. 그들은 아직 약의 효능을 확인하지 못했다고 했다. 그들조차 완성품의 성능을 확신하지 못했던 것이다. 그리고 그들은 자신들의 운명을 모조리 내게 맡기려 하고 있었다. 너무도 무거운 짐이었다. 나는 그것을 감당할 자신이 없었다.

총을 든 남자가 다가와 내게는 권총을 주고, 양복 입은 남자에게는 소총을 건넸다. 나는 손에 든 권총을 잠시 내려다보다가 안전장치를 풀고 허리춤에 찔러 넣었다. 총을 든 남자들이 다른 직원과 여자 들을 컨테이너에 태웠다. 그리고 빗장을 걸어 문을 잠갔다. 한데 그들은 그녀만은 그곳에 태우지 않았다.

"아이가 있어서 뒤에는 못 태우겠죠. 어서 타십시오."

두 남자가 그녀를 앞에 태우고 안전벨트를 채웠다. 그러고는 내게 타라고 손짓했다. 양복 입은 남자도 옆에서 손짓했다. 나는 운전석에 올라탔다. 총을 든 두 남자 중 하나가 그녀 옆에 앉았다. 다른 하나는 운전석 쪽 문짝에 매달렸다. 양복 입은 남자가 끝까지 타지 않기에 내가 불렀다.

"저는 남겠습니다. 저들을 부탁합니다."

그의 목소리에서 단호한 의지가 느껴졌다. 그는 내게 어서 가라고 소리쳤다. 옆에 매달린 남자가 화물용 승강기로 가는 방향을 일러주었다. 나는 남겨진 남자를 돌아보았다. 그는 선글라스를 벗고 흉측한 눈을 들어 나를 보았다. 그가 천천히 고개를 끄덕였다. 바로 그때였다. 그의 뒤편 유리벽에 어른거리는 그림자가 보였다. 그림자는 스멀스멀 늘어나 삽시간에 유리를 뒤덮었다. 검은 하늘이 그것들에 의해 완전히 가려졌다. 드디어 그들이 그곳에까지 다다른 것이었다.

쿵 소리와 함께 벽이 요동치며 유리가 박살났다. 깨진 틈으로 휘몰아쳐 들어온 시체들의 소리가 금세 우리를 에워쌌다. 그들은 더 이상 단결된 침묵을 지키지 않았다. 그들은 짐승처럼 울부짖고 있었다. 아니, 울부짖음이라기보다 차라리 신음에 가까운 소리였다. 평소에 그들이 보이던 고통에 겨운 신음이 아님은 분명했다. 그것은 그들이 지키던 침묵과 같이 하나의 공통된 대상을 향한 지극한 분노와 갈구의 노랫소리, 혹은 처절한 울음소리였다.

거미줄 같은 균열이 사방으로 쩍쩍 퍼져 나가는 구멍을 통해 검은 무리가 흘러들어 바닥으로 뚝뚝 떨어졌다. 나는 몸이 뻣뻣해지는 것을 느끼며 황급히 시동을 걸었다. 그러다 옆에 앉은 그녀를 보았다. 그녀는 상체를 꼿꼿이 세운 채 차창 밖을 깊숙이 응시하고 있었다. 벌어진 입으로는 그들처럼 낮은 울부짖음을 흘리고 있었다. 나는 그녀의 탁한 눈동자에서, 얼어붙어 있던 광기와 야성의 욕구가 분노의 부름에 동해 단번에 깨워지고 용해되는 것을 보았다. 그녀는 내게로 몸을 던졌고, 내 어깨를 물어뜯었다. 나는 비명을 지르며 그녀를 떼어내기 위해 몸부림을 쳤다. 그녀 옆에 있던 남자가 간신히 그녀를 떼어놓았다. 너절한 천 조각처럼 뜯겨 나간 살점이 그녀의 입에 물려 있었다. 그녀가 그것을 우걱우걱 씹는 것을 보는 순간 어깨에서 피가 치솟았다. 고통이 독액처럼 전신으로 퍼져나갔다. 남자가 그녀의 입에 재갈을 물리고 팔을 손잡이에 묶는 동안 셔츠를 찢어 지혈하고 어깨를 동여맸다. 그 와중에도 깨진 구멍을 통해 계속해서 유입되는 시체들을 향해 두 남자가 총을 쏘며 접근을 막고 있었다. 하지만 정확히 머리를 노려 쏘지 않는 한 탄환이 살을 뚫고 근육에 박히는 일시적인 충격만으로 그들을 제압하기란 역부족이었다. 그녀 옆에 탄 남자도 어느새 문짝에 매달려 그들을 향해 총을 쏘고 있었다.

"빨리 가! 빨리!"

양복 입은 남자가 소리쳤다.

처음 이곳에 왔을 때 보았던 차량용 출입문이 난 쪽으로 차를 몰았다. 문에 거의 다다랐을 무렵 벽 여기저기서 유리가 깨지며 시체들이 와르르 쏟아져 들어왔다. 운전석 문짝에 매달려 있던 사내가 뛰어내려 총을 쏘면서 남자에게로 달려갔다. 조수석 쪽 남자는 잠시 그들 주위로 사격을 가하다가 좌석으로 들어와 앉았다. 부패한 것들의 물결로 창고가 가득 차는 광경이 백미러에 비쳐 보였다. 제발 잠겨 있지 않기를 빌며 차로 문을 들이받았다. 차가 문을 덜컹 밀며 통과해 널찍한 차량용 나선 복도로 들어섰다. 그 순간 거울에서 하역장의 모습이 사라지고 하얀 배경이 들어찼다. 문이 도로 닫힌 것이다. 얼마 후 몇 겹의 벽 너머에서 육중한 무언가에 의해 유리가 박살나는 소리가 들리더니, 한참 뒤에 아래쪽에서 수없이 겹쳐져 떨어지는 자그러운 소리들과 함께 쾅 하는 큰 소리가 들려왔다. 그리고 정적이 흘렀다. 이윽고 포말처럼 끓는 괴성이 다시금, 그러나 벽을 뚫고 들다 지친 양 아스라이 들려오기 시작했다.

나는 문이 닫히기 직전 거울을 통해 본 마지막 광경을 떠올렸다. 그것은 남자가 시체들에게 둘러싸인 채 트럭에 올라타는 모습이었다.

얼마간 트럭을 몰다 보니, 복도의 불이 깜빡이다 기어이 나가버리고 말았다. 나는 차의 전조등을 켜고 누렇게 물든 복도를 따라 달렸다. 승강기를 향해 액셀을 밟으면서도 건물의 비상 전력마저 완전히 끊긴 것이 아닌가 싶어 불안했다. 옆의 남자 또한 여전히 아무 말 없이 무표정한 얼굴이기는 했으나 어딘가 불안해하는 기색이었다. 나선형 복도에서 안쪽으로 곧게 뻗은 갈림길이 보였다. 남자는 그곳에 화물용 승강기가 있다고 했다. 승강기에 다다라 차를 세웠다. 남자가 내려서 버튼을 눌렀지만 반응이 없었다. 승강기는 움직이지 않았다. 남자는 욕설을 뱉으며 차에 올라탔다. 나는 트럭을 후진시켜 다시 복도로 진입했고, 아마도 아래로 뻗어 있을 길을 따라 다시 달리기 시작했다. 시체들의 불길한 웅얼거림 같은 신음 소리와 어둠을 더듬는 행위의 음밀한 기척이 위쪽으로부터 복도를 타고 울리며 어느새 우리를 쫓고 있었다.

나는 어떻게 해야 할지 몰랐다. 무작정 내달렸다. 중간에 몇 차례 더 갈림길이 나왔지만 세우지 않고 그대로 돌진했다. 아래로 내려갈수록 빙빙 도는 구간의 길이가 눈에 띄게 늘어나고, 공기가 점점 무거워졌다. 부서진 공간을 지배하는 시체들의 수가 불어나는지 그들이 발하는 불쾌한 기척의 농도 또한 짙어지고 있었다.

말없이 줄곧 정면만 응시하던 남자가 입을 열었다.

"많이 내려온 것 같군요."

나는 그가 몹시 초조해하는 것 같다는 인상을 받았다.

"이대로 내려가면 어디입니까?"

"아마 지하겠죠."

"젠장."

다음 갈림길에서 핸들을 꺾었다. 한쪽이 들려 차가 기우뚱했다가 쿵 내려앉았다. 승강기가 있는 곳을 통과해 길 끝에 난 문을 그대로 뚫고 지나갔다.

처음 전조등의 불빛을 받아 튀어나온 것은 네모나고 커다란 기계였다. 급히 방향을 꺾었다. 노란 빛 안에, 방의 다른 부분들이 연달아 나타났다. 각종 생산 설비가 그득한 너른 공간이었다. 눈앞에서 불쑥불쑥 튀어나오는 기계를 피해 미로를 헤매듯 차를 지그재그로 운전했다. 어둠 속에 숨어 있던 기계들이 서서히, 제 차가운 무기질의 표면을 어슴푸레 빛내며 불분명한 형상을 드러내기 시작했다. 기계 가운데 상당수는 부서져 있는 듯했다. 그것들 사이로 문득문득 검은 그림자가 몸을 일으키는 것이 보였다. 도중에 육중한 기계에 부딪혀 왼쪽 전조등이 부서졌다. 나는 개의치 않고 차를 계속 몰며 그것들을 열심히 피해 다녔다. 그러다 가벼운 충격을 느꼈고, 무언가가 바퀴 아래 깔려 우두둑 우그러지는 듯싶더니 차가 한 번 낮게 떠올랐다가 가라앉았다. 시체를 친 것 같았다. 두어 차례 더 그런 일이 있고, 기계와도 한 차례 더 충돌한 후에야 기계가 모인 곳을 간신히 벗어날 수 있었다.

유리벽 쪽으로 다가가자, 외눈박이 불빛이 늘어진 먼 곳에서 몸서리쳐지는 광경이 드러났다. 유리가 산산이 깨져 아무런 저항 없이 달빛을 통과시키는 벽이 보였는데, 그 널찍한 허공의 테두리에 어두운 형체로만 보이는 죽은 존재들이 다닥다닥 붙어 있었다. 그것들은 어떤 불결한 덩어리처럼, 종기의 집합체처럼 울퉁불퉁한 모양을 이루고 있었다. 간간이 그 일부가 마치 고름같이, 곪아 터진 누공(漏孔)으로부터 방울져 떨어지듯 아래로 뚝뚝 떨어졌고, 때때로 더 높은 곳에서 빠른 속도로 추락하여 허공을 지나치는 존재들도 눈에 띄었다. 그리고 그 아래, 회색 달빛에 물든 바닥을 다시 한번 노랗게 덧칠한 그곳에, 온몸이 찢겨 너덜너덜하고 추악한 몰골을 한 무리가 득실했다. 그들은 강렬한 불빛에 작아진 동공을 악의에 찬 짐승같이 빛내며 으르렁대고 있었다. 갑작스러운 우리의 등장에 그들 또한 놀란 듯이 보였다. 하지만 이내 그들은 맹렬히 몰려들기 시작했다.

나는 떨리는 손으로 차를 후진하며 옆의 남자에게 물었다.

"이 정도면 지상과 가까운 층이겠죠?"

그러자 그가 손잡이를 꽉 쥐며 말했다.

"꽤 가깝죠."

나는 절망적인 심정으로 기어를 바꾸고 액셀을 밟았다. 차가 그들을 향해, 텅 빈 벽을 향해 나아가기 시작했다. 차는 곧 속도가 붙어 무섭게 돌진했다. 제일 앞에 있는 시체의 얼굴이 불빛에 하얗게 지워질 즈음, 큰 충격과 함께 시체들의 벽이 허물어지더니 차창에 검붉은 피를 뿌리며 한순간에 사라졌다.

그리고 우리는 공중으로 날아올랐다.

피에 물들지 않은 차창 틈으로 밤이 몰아쳐 들어왔다. 지붕에서 시체 하나가 떨어져 거꾸로 늘어지며 그곳을 가렸다. 이어 차가 추락하기 시작하자, 시체는 위로 날아가 쿵쿵 소리를 내며 시야에서 사라졌다. 몸이 공중으로 붕 떠오르다 안전벨트에 저지되어 멈추었고, 한동안 그 상태가 지속되었다. 추락의 시간은 무척 길었으며, 내내 정적이 지배했다. 그대로 끝없이 떨어질 것만 같았다. 차가 앞으로 쏠리는 느낌이 들었다. 나는 차가 뒤집힐 것이라고 생각했다. 이제 다 끝났다고 생각했다. 그 순간, 꽝음과 함께 엄청난 충격이 차체를 뒤흔들었다. 푹신한 무언가가 아래서 짓눌려 우두둑 으깨지며 엄청난 피가 치솟아 차를 뒤덮었다. 사방에서 고통에 눌린 비명이 터져 나왔다. 차창을 덮은 피 때문에 무슨 일이 벌어졌는지 알 수 없었다. 뒤늦게 고통이 발끝부터 시작해 전신을 휘감았다. 하마터면 정신을 잃을 뻔했는데, 피 사이로 얼핏 드러난 광경이 나를 소스라치게 만들었다.

나는 간신히 매달려 있던 문짝을 발로 차서 떼어내고 밖으로 몸을 내밀었다. 트럭 아래로 으깨져 곤죽처럼 된, 형체만 겨우 알아볼 수 있게 된 시체들의 잔해가 널려 있었다. 그들이 쿠션 역할을 해준 것이었다. 그 외에도 주위에는 트럭과 함께 떨어진 것으로 보이는, 머리가 깨지고 팔다리가 부러져 피떡이 된 시체들이 잔뜩 있었다. 추락의 충격에 휘말린 듯 널브러져 있는 시체들의 모습도 보였다. 나는 트럭을 둘러싼 그 처참한 원의 바깥으로 무심코 시선을 던졌다. 그러고는 황급히 차 안으로 돌아와 다시 시동을 걸고자 안간힘을 썼다. 그곳, 피라미드 주위의 광막한 공간이 시체들의 악취나는 육체로 완전히, 단 한 치의 틈도 없이 완벽히 뒤덮여 있었던 것이다. 김빠지는 소리를 내며 엔진이 헛도는 동안, 남자가 나처럼 문짝을 떼버리고 문틀에 매달렸다. 그는 우리 쪽으로 몰려들기 시작한 시체들을 향해 저격총을 조준도 안 하고 마구 쏴댔다.

하지만 그들의 수가 너무 많았다. 압도적으로 많았다. 가까스로 시동이 걸렸을 무렵 결국 그는 격노한 시체들에 의해 차에서 끌어내려졌고, 그들에게 뒤덮였다. 그는 처절하게 비명을 올렸으나, 절규하는 얼굴마저 곧 그들의 육체에 묻혀 자취를 감추고 말았다.

그때 이미 트럭은 덜컹대며 앞으로 나아가고 있었다. 나는 액셀을 최대한 밟았다. 속도가 붙기 시작했다. 앞을 가로막은 시체들의 비쩍 마른 딱딱한 몸이 쿵쿵 소리와 함께 차창에 수없이 부딪혀 위로 날아가거나 아래로 빨려들었다. 비포장도로를 달리듯 차가 불규칙하게 위아래로 너울댔다. 잇달아 부딪는 그들의 몸이 오히려 차창의 피를 씻어주는 것 같았다. 때로는 제 피로 더 더럽히기도 했지만. 나는 그들의 벽에 가로막혀 차가 멈추지 않도록 되도록 시체들의 밀도가 높지 않은 곳으로 트럭을 몰았다. 그럼에도 그들은 계속해서 차에 들이받혔다. 간혹 차에 달라붙어 끈질기게 매달리는 시체도 있었으나 금방 차 아래로 빨려들기 일쑤였다. 쓰러진 동족을 덮치는 시체들의 모습이 거울에 비치었다.

얼마쯤 가자 멀리 앞쪽으로, 옆으로 쓰러진 트럭의 모습이 보였다. 차 주변에 시체들이 새까맣게 몰려 있었는데, 차체 앞쪽과 아래쪽에 시체들의 잔해가 피를 뚝뚝 흘리며 눌어붙어 있었다. 시체 몇이 운전석 쪽 깨진 창을 통해 무언가를 끌어내고 있었다. 어두워서 잘 보이지 않았지만, 축 늘어진 그것은 사람인 듯했다. 그들은 일제히 트럭에 기어올라 그것에게 달려들었다. 그들 사이로 피 같은 액체가 솟구쳤다. 나는 그 광경을 옆으로 지나쳐 보내고 곧장 앞으로, 칠흑의 속으로 쏜살같이 질주해 들어갔다. 어느 방향으로 가는지도 몰랐다. 일단 어느 방향으로든 가면 군대가 주둔해 있는 울타리에 다다를 것이라는 생각으로 차를 몰았다.

공터를 지나 빌딩숲 속으로 진입했다. 그곳에 이르자 시체들의 출현이 현저히 줄어들었다. 치료제의 지연 효과가 별 의미가 없을 정도로 심하게 변패가 진행된 듯 보이는 시체들만이 드문드문 서서 쏜살같이 지나는 차를 멍한 시선으로 좇을 뿐이었다. 이따금씩 뻣뻣한 몸을 부지런히 놀리며 트럭을 따라 달리는 이들도 보였지만 금세 멀어져 어둠 속에 묻히곤 했다. 아마 그들을 제외한 시체 대부분이 피라미드 쪽에 몰려 있는 것 같았다. 그러나 거울을 통해 보이는, 미등의 불빛이 녹아드는 어두운 지점을 따라 무언가가 무서운 기세로 우리를 뒤쫓고 있다는 느낌을 끊임없이 받았기에 나는 곳곳에서 빌딩들이 앞을 가로막음에도 불구하고 속도를 줄이지 않았다. 불빛이 닿는 곳마다 커다란 건물들이 불쑥불쑥 몸을 일으켰다. 아슬아슬한 순간이 잇따랐다.

겨우 지선 도로를 빠져나와 널따란 간선 도로에 들어서자, 멀리 반짝이는 불빛이 보였다. 나는 그것이 무엇인지 대번에 알아보았다. 망루였다. 네 개 중 어느 것인지는 알 수 없었으나 그것은 분명 군의 감시용 망루에서 발하는 불빛이었다. 그것을 보고서야 조금 안도가 됐다. 그런데 다행인지 불행인지, 덜컹대면서도 잘 달리던 차가 그제야 한계에 이른 듯 헐떡대기 시작했다. 급기야 앞바퀴 타이어 하나가 터져버렸다. 차가 불안하게 흔들리고 한쪽으로 쏠리며 무거운 몸을 질질 끌었다. 곧게 이어지던 차선이 굵게 떨리면서 완만한 곡선을 그리기 시작했다. 나는 핸들을 반대쪽으로 끝까지 꺾어 차를 안정시키려 노력했다. 그렇게 해서라도 갈 수 있는 데까지는 가고자 했다. 컨테이너에는 스무 명가량의 변패가 지연된 사람들이 타고 있었고, 심지어 그들 중 일부는 완전한 시체에 가까운 자들이었기에 차를 포기하고 도보로 이동하기는 힘들 것이라 생각했기 때문이다. 나는 울타리에 최대한 가깝게 차를 가져다 놓아야 했다. 그러나 얼마 가지 않아 차는 인도에 걸쳐져 결국 멈춰 섰고, 더는 움직이지 않았다.

나는 그녀를 안고 차에서 내렸다. 주위는 어두워서 아무것도 보이지 않았다. 엔진의 소음을 제외하고는 무척이나 고요했다. 먼 곳에서 짐승인지 사람인지 모를 것들의 울부짖는 소리가 아득히 들려왔다. 새삼 등골이 오싹해졌다. 미등의 빛이 닿지 않는 어둠 너머에 무언가가 존재하여, 우리를 음밀히 노려보면서 기회를 엿보는 것 같았다. 초조함이 되살아나 마음을 죄기 시작했다. 몸이 부들부들 떨려왔다. 아드레날린이 그치지 않았다. 망루의 빨간 불빛은 가까운 듯하면서도 아직도 먼 곳에서 무심히 빛나고 있었다. 컨테이너 안에서 쿵, 쿵 울리는 소리가 두어 번 나는 것 같더니 잠잠해졌다. 나는 그녀를 바닥에 내려놓고 차 뒤쪽으로 갔다. 빗장을 풀고 문을 열었다.

네모난 안쪽은 짙은 어둠으로 채워져 있었다. 기척은 있었으나 어째서인지 나오는 이도, 말하는 이도 없었다. 느닷없이 무언가가 뛰쳐나와 나를 덮쳤다. 와락 나를 껴안은 그것이 얼굴을 물려는 찰나 가까스로 팔을 들어 막았다. 이빨이 살을 깊숙이 파고드는 느낌이 들더니 곧 근육이 찢기는 고통으로 바뀌었다. 나는 그것과 함께 넘어져 매캐한 먼지가 깔린 아스팔트 위를 굴렀다. 불빛에 언뜻 그것의 얼굴이 드러났다. 그 얼굴에는 코가 없었다. 눈알도 한쪽밖에 없었는데, 그마저도 부패하여 반쯤 굳은 누런 진물로 가득했다. 여기저기 뜯겨 나가 톱니 같은 모양이 된 입술 새로 보이는 붉게 물든 이빨이 내 팔뚝에 박힌 채였다. 뜨뜻한 피와 끈끈한 타액이 줄줄 흘러내려 옷을 적셨다. 그것은 팔을 입에 문 그대로 머리를 떼어 내 살점을 뜯어내려고 했다. 나는 다른 팔로 그것의 머리를 꽉 감싸 안았다. 그렇게 얼마간 뒤엉켜 버둥거린 끝에 간신히 그것의 위에 올라타는 데 성공했다. 체중을 실어 몸을 내리누른 다음 턱을 벌렸다. 목구멍에서 고약한 악취가 풍겼다. 끔찍한 소리와 함께 턱이 죽 찢겨 빠지며 팔이 풀려났다. 나는 얼른 상체를 세우고 총을 뽑아 그것의 머리를 쏘았다. 묵직한 총성이 어둠을 뒤흔들었다. 그러고는 천천히 가라앉았다.

나는 얼굴을 덮은 피를 닦고 일어나 쓰러져 있는 그것을 보았다. 몸에 상복 같은 검은 옷이 입혀져 있었다. 얼굴은 남아 있지 않았다.

나는 비틀대며 컨테이너로 갔다. 남자들이 상처 입은 몸으로 힘겹게 밖으로 쏟아져 나왔다. 열 명 남짓했다. 나는 대시보드에 들어 있던 손전등을 가져다 컨테이너 안을 비췄다. 울퉁불퉁한 철제 벽이 온통 피로 칠해지고, 바닥에는 검붉은색의 웅덩이가 져 있었다. 벽면에 손잡이랍시고 임시로 박아놓은 짧은 철제 난간이 죽 늘어서 있었다. 그 아래로 두 남자가 머리가 깨졌는지 피를 철철 흘리며 누워 있었다. 다른 한 명은 다리가 부러진 듯 주저앉아 움직이지 못했다. 트럭이 추락할 때의 충격으로 그리들 된 듯싶었다. 그런데 저 안쪽 구석의 광경은 조금 다른 것 같았다. 거기에는 베일이 벗겨져 죽은 자의 얼굴을 드러낸 두 여자가 피범벅이 된 채로 손잡이에 묶여 있었다. 그리고 옆에는 그들에게 당했는지 온몸의 살이 뜯긴 참혹한 모습으로 한 남자가 쓰러져 있었다. 다른 남자 하나는 겨우 숨이 붙어 있는 것처럼 보였다. 내가 총을 꺼내 들자 몇몇 이들이 사정하다시피 극구 말렸다. 이제 잠잠해졌으니 포박한 채로 데리고 가자는 것이었다. 나는 완전히 죽은 자들을 제외한 모든 이들을 밖으로 나오게 했다. 그러나 한 명은 부상이 심해 곧 죽을 것 같았다. 우리는 그를 남겨두기로 했다.

밖으로 나온 이들은 모두 열여섯이었고, 그중 여자가 둘이었다. 나는 여자들에게 재갈을 물리고 베일을 다시 씌우라고 일렀다. 나도 그녀의 얼굴을 베일로 단단히 가렸다.

서로를 부축하여 망루를 향해 걸음을 옮기려는데, 뒤쪽에서 폭발음이 들렸다. 피라미드 쪽이었다. 돌아보니 중간층 텅 빈 벽에서 불길이 치솟아 위층을 핥고 있었다. 연구용 설비 중 무언가가 폭발한 것 같았다. 외벽을 뒤덮은 무리 중 일부가 그 불길에 녹아내리듯 아래로 뚝뚝 떨어지는 것이 보였다. 불빛에 밝혀진 건물의 주변이 눈에 들어왔다. 일렁이는 불빛에 물들어 그림자가 물결치는 그곳은 아까보다 시체들의 밀도가 눈에 띄게 낮아져 공터 곳곳이 허옇게 드러나 있었다. 불길함이 엄습했다. 그리고 그 빛의 원이 끝나는 지점이 시야에 들어왔을 때, 우리는 기겁하여 달리기 시작했다. 빛의 바깥 어둠 속으로 개미 떼 같은 무리가 무수히 스며들어 모습을 감추고 있었던 것이다. 그것들은 그곳을 벗어나, 울타리를 향해 퍼져 나가고 있었다.

나는 한 손에 가방을 든 채 그녀를 안고서 전력을 다해 망루로 달렸다. 차가 있는 곳에서 멀어질수록 사위가 어두워졌다. 그러다 끝내 완전한 암흑이 우리를 감쌌다. 달조차 모습을 감췄는지 아무것도 보이지 않았다. 뒤에서 쫓아오는 이들도, 그보다 더 뒤에서 몰려들고 있을 존재들도 보이지 않았다. 앞에 무엇이 있는지도 보이지 않았다. 그저 발아래 어렴풋이 보이는 잿빛의 차선을 밟으며, 앞에서 별처럼 빛나는 것을 향해 나아갈 뿐이었다.

질주의 시간은 기나길었고, 영원히 깨지 않을 괴몽처럼 느껴졌다. 모든 것이 정말로 꿈은 아닐까 싶었다. 돌연 그 꿈의 끝에 다다른 양 엄청나게 밝은 빛이 모든 것을 지워버렸다. 주위가 온통 새하얬으며, 몽롱했다. 나는 도저히 거스를 수 없는 무게에 압도되어 달리기를 멈추었다. 폐와 심장이 고통으로 터질 것 같았다. 나는 바닥에 주저앉았다. 위쪽에서 누군가가 뭐라고 소리치는 것 같았다. 처음에 나는 그 의미를 알지 못했다. 그러다 얼마 뒤에 목소리가 "누구냐?" 하고 재차 묻고 있음을 깨달았다. 그제야 나는 눈을 들어 그 빛과 음성이 시작되는 곳을 응시했다. 거대하고 압도적인 빛을 등진 작고 검은 형체가 보였다. 눈이 시려서 금방 시선을 내렸다. 새빨간 장막이 눈앞을 가렸다.

서서히, 앞쪽에 펼쳐진 긴 철제 장벽이 형태를 갖추며 시야에 들어왔다. 그 너머로 두더지 같은 옷차림을 하고서 놀라고 두려운 눈으로 우리를 지켜보는 남자들의 모습이 보였다. 멀리 뒤쪽으로 나지막이 볼품없게 지어진, 창마다 불이 켜진 건물의 모습도 보였다. 뒤늦게 내가 무엇을 보고 있는지 알아차렸다. 그들은 방탄모를 쓴 군인들이었고, 그 건물은 막사였다. 마침내 울타리에 다다른 것이었다.

"누구냐?"

목소리가 성난 듯이 반복해 물었다. 그제야 나는 울타리 너머 군인들이 내게 총을 겨누고 있음을 알았다. 나는 침착하려 애쓰며, 또박또박 소속과 계급, 직책을 밝혔다. 그런데 반응이 없었다. 그사이 우리를 뒤따르던 다른 이들이 속속 빛 안으로 들어왔다. 잠시 뒤에 목소리가 말했다.

"증명할 수 있습니까?"

나는 군번줄이 있다고 외친 후, 목에 걸었던 군번줄을 끊어 그가 볼 수 있도록 높이 쳐들었다. 그러고는 그것을 던지려다가, 그러기에는 망루가 너무 높다는 사실을 새삼 깨달았다. 나는 그에게 군번을 불러주었다.

"그래도 거기서 나오실 순 없습니다!"

"사령부에 그걸 손에 넣었다고 전해! 당장!"

다시 잠잠했다. 오래도록 대답이 없었다. 조급해진 나는 미친 사람처럼 발을 구르며 빨리 올려달라고 악을 썼다. 급기야 흥분해서 권총까지 뽑아 들었다. 병사들이 일제히 내게 총을 겨눴다. 한데 나를 향하던 그들의 시선이 일순 내 어깨 너머 더 먼 곳으로 던져지는 것이 보였다. 그들의 얼굴이 공포로 하얗게 물들었다. 그들은 총을 겨눈 자세 그대로 한 걸음 두 걸음 뒷걸음질 치기 시작했다. 나는 뒤로 돌아섰다. 탐조등 하나가 더 켜져 어둠이 깔려 있던 곳을 비추었다.

하얀 불빛이 늘어진 도로면에 뻣뻣한 그림자가 가없이 서 있었다. 그림자들은 쉴 새 없이 움직였으며, 끊임없이 겹쳐지고 지워졌다가 다시 나타났다. 그것들은 수면같이 흔들렸다. 그리고 파도처럼 땅을 뒤덮으며 밀려들었다. 그들은 빛을 지나 그 앞에 오목하게 잘린 어둠 속으로 진군해 하나둘 녹아들었고, 그들이 비운 자리는 뒤의 어둠에서 토해져 나온 새로운 존재들에 의해 끝없이 메워졌다. 철컹 소리와 함께 탐조등 두 개가 더 켜져 각기 다른 곳을 비추었다. 어디를 비추든 그들로 가득했다. 울타리 뒤쪽에서 경보가 요란하게 울리고 붉은 빛이 번쩍번쩍 땅을 물들였다. 어둠 너머 멀리서 또 다른 불빛이 나타나는 것이 보였다. 다른 망루도 비상이 걸린 것 같았다.

우리는 침묵 속에 굳어 꼼짝도 않고 서 있었다. 나는 총의 탄창을 살폈다. 열다섯 발들이 탄창에 열두 발이 남아 있었고, 약실에 한 발이 장전돼 있었다. 탄창을 다시 총과 결합했다. 누군가가 내게 다리를 다친 자와 그를 부축하던 이가 아직 오지 않았다고 말했다. 나는 다시는 그들을 보지 못하리라는 것을 알았다. 시체들은 우리가 생각하는 것보다 훨씬 더 가까이에 와 있었다.

아까와 다른 목소리가 나왔다. 이번에는 확성기를 통해서였다. 목소리는 자신이 북쪽 제4망루의 책임자라고 했다. 계급은 대령이라고 했다. 나는 내 관등 성명과 소속을 밝히려 했으나 그가 말을 잘랐다. 그는 내게 무얼 원하느냐고 물었다. 나는 울타리를 넘게 해 달라고 했다. 그는 지금은 비상사태이며 설령 평상시라 하더라도 밖 으로는 나올 수 없다고 했다. 군인이든 민간인이든 절대 밖으로 나 올 수 없다고 했다. 나는 가방을 들어 올려 그에게 보이면서 그것을 손에 넣었다고 말했다. 하지만 그는 그것이 무얼 말하는 것인지 알 지 못하는 듯했다.

"그가 성공했다고 하십시오!"

그는 무슨 뜻이냐고 물었다.

"젠장! 그 빌어먹을 약이 나한테 있다고 전하라고!"

망루에서는 대답이 없었다.

다시금 고요해진 어둠을 타고 전해져 오는, 나직한 신음과 뒤섞 인 웅얼거림이 조금씩 선명해졌다. 그들이 코앞에까지 와 있는 것 같았다. 나는 총을 들어 아무것도 보이지 않는 어둠을 향해 쏘았 다. 총성과 함께 번쩍번쩍 주위의 어둠이 밝혀졌다. 그곳에는 아무 것도 없었다. 물러났던 어둠이 도로 밀려들고, 둔탁해진 경보음만 이 주위로 느릿느릿 흘러 다녔다.

잡음 섞여 끈적이는 대령의 음성이 망루의 스피커에서 떨어져 내 렸다.

"……대위, 같이 온 이들은 누구인가?"

목소리는 지휘관 특유의 꾸며낸 의연함으로 당황을 감추고 있었다.

"연구센터의 직원들입니다!"

"감염된 사람이 있나?"

"아닙니다! 안전합니다!"

"그럼 자네는?"

내 어깨와 팔의 상처를 말하는 것 같았다. 나는 상처가 탈출 시의 사고에 의한 것이라고 둘러댔다.

"저 사람들은 안 돼! 대위만 올라올 수 있네."

나는 그들을 올려 보낼 수 없다면 나도 올라가지 않겠다고 잘라 말했다. 잠깐의 침묵이 있은 후, 그가 승강기를 내리겠다고 했다. 망루 아래쪽에 붙은 볼품없는 철제 승강기가 덜컹 소리를 내며 아래로 내려오기 시작했다.

승강기는 망루 아랫부분 울타리에 눌어붙은 시체의 잔해를 처리하기 위해 설치된 것으로, 본래 많은 인원이 탑승할 수 있게 만들어진 것이 아니었다. 우리는 세 번에 걸쳐 그것에 나눠 타야 했다. 대령은 가방을 가진 내가 먼저 타기를 원했지만, 나는 맨 마지막에 타겠다고 우겼다. 우리는 두 여자와 부상이 심한 남자 셋을 먼저 태웠다. 그리고 그녀도 태웠다. 나는 위쪽을 향해 소리쳤다.

"아이를 가진 여자가 있습니다!"

이윽고 승강기가 올라가기 시작했다. 승강기는 아주 천천히, 오랫동안 올라갔다.

나는 어둠을 돌아보았다. 어둠이 꾸물대고 있었다. 칠흑에 가린 시체들의 기묘하고 불균질한 움직임이 눈에 보이는 듯했다. 마침 탐조등 하나가 그쪽을 비췄다. 둥근 빛의 영역 안에 시체들이 그득했다. 그들은 벌레 떼처럼 득시글대며 모두 같은 방향으로 향하고 있었다. 불빛이 그들의 선두를 쫓았다. 결코 멀지 않은 곳이었다. 아니, 가까웠다. 나는 조급해졌다.

빈 승강기가 내려오고, 남자들로 이뤄진 한 무리를 태워 다시 올려 보내는 순간 섬광과 폭음과 진동이 날아들었다. 그쪽을 돌아보았을 때는 이미 공중에 솟아올라 무엇인지 알아볼 수 없게 된 형체들이 추락하며 흩어지는 중이었다. 포격이 연달아 이어졌다. 여기저기서 굉음과 함께 마치 불빛에 이끌려 올라가듯 찢겨진 몸이 공중으로 튀어 올랐다. 그보다 가까운 쪽의 원 안에서는 하얗게 밝혀진 시체들이 피를 튀기며 도미노처럼 쓰러지고 있었다. 울타리 뒤와 망루 위에서 총성이 마구 쏟아져 나왔다. 날카롭게 밤을 찌르는 작고 거친 불빛들이 무수히 합쳐져 이룬 기다란 띠가 주위를 요란스레 밝혔다. 총격으로 인해 제일 앞쪽 원에 든 전열(前列)이 계속해서 무너지고 있었다. 그러나 그들은 한결같이 밀려들었다.

탄막을 벗어난 시체 몇이, 우리를 비추는 빛 안에 갑자기 모습을 드러냈다. 처음에는 그것들의 머리를 정조준해 방아쇠를 당겼다. 하지만 두셋씩 짝을 지어 오자 그럴 여유가 없었다. 나는 무작정 쏴대기 시작했다. 그들은 총을 맞고도 잠깐 주춤거릴 뿐, 금세 몸을 일으켜 우리 쪽으로 걸어왔다. 마지막 승강기가 내려오는 중이었다. 울타리 너머에서의 총격과 포격이 점차 우리 가까이로 옮겨지고 있었다. 권총의 탄이 바닥나고 말았다. 내려오던 승강기가 가슴께 높이에서 덜컹 멈춰 섰다. 망루에서 멈춘 것 같았다. 시체들이 승강기에 올라탈 것을 우려해 그런 것이었다. 망루 위에서의 엄호사격이 거세졌다. 다가오던 시체들이 한자리에 쓰러져 쌓이며 더미를 이루었다. 나는 남은 이들을 밀어 올려 모두 승강기에 태웠다.

그리고 내가 타려는 순간, 무언가가 내 발목을 잡아끌었다. 승강기가 상승하기 시작했다. 나는 가까스로 난간을 붙잡고 매달렸다. 시체 하나가 내 발목을 잡은 채 공중으로 끌어 올려져 대롱거렸다. 그 밑으로 시체들이 서로의 몸을 기어올라 거대한 혹 같은 봉우리를 쌓고 있었다. 떨쳐내려 했으나 속수무책이었다. 그것에 또 다른 시체가 매달리는 것 같았다. 몸이 아래로 끌어내려졌다. 난간을 붙든 팔이 끊어질 것만 같았다. 더 이상은 버틸 수 없을 것 같았다.

그런데 갑작스러운 외마디 비명과 함께 한순간 다리가 가뿐해졌다. 아래를 보니 팔이 끊어진 시체가 다른 시체들과 사슬처럼 엮인 채 무리 위로 추락하고 있었다. 어딘가에서 저격병이 쏜 모양이었다. 바닥의 시체들이 형태를 알 수 없는 생물처럼 마구 뒤엉키는 것이 보였다.

나는 가방을 바닥에 올린 다음, 먼저 타고 있던 남자가 내민 손을 잡고 승강기로 몸을 끌어 올렸다. 그러고는 다시 아래를 내려다보았다. 우리가 그곳을 떠나자마자 군인들은 울타리 가까이 접근한 시체들을 향해 화력을 집중하기 시작했다. 맹렬하게 진공하던 시체들이 총 앞에서 무력하게 쓰러져갔다. 간혹 비처럼 퍼붓는 총탄을 뚫고서 울타리까지 접근한 시체들은 끝내 감전되어 튕겨 나갔다가 다시 떠밀려 와서는 검게 타 눌어붙었다. 자욱한 포연 속에서 화약 냄새와 육체 타는 냄새가 진동했다.

승강기가 망루에 다다라 멈춰 서자, 두꺼운 장갑을 낀 군인들이 좁은 구멍을 통해 우리를 위로 끌어 올렸다. 이번에도 내가 마지막이었다. 그는 내게 가방을 먼저 올리라고 했다. 나는 그러지 않았다.

올라선 곳은 상황실이었다. 내가 근무하던 동쪽 제1망루의 상황실과 비슷하면서도 어딘가 낯선 느낌이었다. 내 오른편 구석으로 연구센터의 직원과 여자 들이 조용히 무리를 지어 서 있는 것이 보였다. 맞은편에는 장교와 사병 들이 멀찍이 떨어져 선 채 나와 그들을 번갈아 보고 있었다. 그들의 얼굴은 불안감으로 가득했다. 맞바라보는 양쪽 모두가 불안해하고 있었고, 막연한 두려움으로 인해 드러나지 않게 몸을 떨었다.

앞줄에 선 병사 몇이 우리에게 총을 겨누고 있었다. 그들 옆으로 의무병 완장을 찬 군인들이 움찔거리며 서 있었다. 우리를 끌어 올려준 병사들이 그쪽으로 후다닥 달려가 합류했다. 대령 계급장을 단 이가 나를 노려보았다. 나는 슬금슬금 벽을 따라 돌아 감시경이 피라미드를 향하고 있는 난간 쪽으로 다가갔다. 병사의 총구 하나가 나를 따라 움직였다. 어딘가에 있을 저격병의 총구 또한 나를 집요하게 좇고 있었으리라.

"대위, 자넨 상관을 보고 경례도 하지 않는군."

대령이 말했다. 그의 시선은 내가 아닌 가방을 향해 있었다.

"더 이상 움직이면 쏘겠어."

그러나 나는 이미 난간 가까이에 가 있었다. 하늘에는 노란 달이 연기에 반쯤 가려진 채 떠 있었다. 어디선가 전장의 소음을 덮는 프로펠러 소리와 그것이 일으키는 돌풍의 소리가 나타났다가 금세 멀어져 갔다. 포격 소리가 이어졌다. 그럼에도 하늘은 이따금씩 아래에서 엷게 떠오르다 육중한 장막을 뚫지 못하고 침강하는 누런 빛이 있었을 뿐, 여전히 심해와 같은 묵직한 청록색을 띠고 있었다.

나는 그 허공을 향해 팔을 뻗고서 말했다.

"그러지 않는 게 좋을 겁니다."

한동안 아무 말도 없었다. 그곳의 누구도 말하지 않았다. 밖에서는 요란한 폭음이 쉴 새 없이 울리고 있었지만, 그곳에는 오로지 부자연스러운 적막만이 흘렀다. 별안간 어깨의 통증이 심해지는 것을 느꼈다. 치켜든 팔이 아닌 다른 팔이었다. 그녀에게 물린 어깨의 상처에서였다. 열이 나는지 온몸이 화끈거렸다. 나는 비틀대며 난간에 기대어, 가방 든 팔을 밖으로 축 늘어뜨렸다. 내 돌발 행동에 모두가 움찔 놀라는 것 같았다. 하지만 총은 발사되지 않았다. 다만 그들은 얼어붙은 양 시선만 내게 고정한 채로 자리에서 꼼짝도 하지 않았다. 그러다 잠시 뒤, 나는 그들의 시선이 일제히 내 어깨를 향해 고정되는 것을 보았다. 나도 고개를 돌려 내 어깨를 보았다. 찢어 동여맨 셔츠 위로 분홍색 거품이 부글부글 일었다. 그것을 보는 순간 머리가 핑 돌며 어쩔했다.

"이러지 말게. 우리는 자네를 해칠 생각이 없어."

대령이 달래듯이 말했다.

"자, 가방을 내게 줘. 그게 중요한 물건이라는 건 알고 있어. 자네가 애쓴 덕분이라는 것도 잘 알아. 군의관을 불렀으니 곧 올 거야. 안심하게. 그동안 여기 뛰어난 의무병들이 부상자들을 살펴볼 것이네. 군의관은 금방 올 거야. 그래, 아주 금방 올 거야. 그러니 가방을 나한테 줘."

그가 의무병들에게 뭐라고 지시했지만 그들은 머뭇거렸다. 그러다 마지못해 주뼛주뼛 걸어 나왔다. 나는 그중 하나를 불러 가까이

오게 했다. 구급상자를 든 그는 아주 천천히 걸어왔다. 내게로 다가올수록 보폭이 눈에 띄게 짧아지는 것이 보였다. 조금 떨어진 곳에서 그는 멈춰 섰다. 나는 난간 위에 가방을 아슬아슬 걸쳐놓은 다음 그것을 열었다. 벨벳 천을 댄 완충틀 안에, 피처럼 붉은 빛깔의 약제가 든 작고 독특한 모양의 앰풀형 주사기가 열 개씩 세 줄로 나란히 누워 있었다. 그중 하나를 꺼내 유리 밀봉을 손으로 깬 후 의무병에게 건넸다. 그는 잠깐 주춤하는 듯싶다가 결국 받아 들었다. 나는 그것을 놓아달라고 했고, 그는 덜덜 떨리는 손으로 내 정맥에다 그것을 주사했다. 차가운 약물이 뜨거운 혈관을 타고 도는 것이 느껴졌다.

나는 주사기를 하나씩 꺼내 밀봉된 부분을 부순 다음 의무병의 벌린 손 위에다 올려놓았다. 그렇게 열네 개를 포개놓았다. 그 모습을 보고 초조해진 대령이 당장 그만두지 않으면 쏘겠다고 위협했다. 나는 무시했다. 그는 쏘지 못할 것이다. 그들은 쏘지 못할 것이다. 나는 다른 이들에게도 약을 놓아달라고 의무병에게 말했다. 그는 구급상자를 열어 주사기를 담더니, 여전히 머뭇거리는 몸짓으로 그들에게 걸어갔다.

"그만두지 못해! 명령이다! 그만둬!"

혼란과 분노에 휩싸인 대령이 악을 쓰자, 의무병들이 두려운 눈으로 나를 돌아보았다. 어찌해야 할지 모르겠다는 얼굴이었다. 나는 다시 가방을 난간 밖으로 늘어뜨렸다.

"계속해. 안 그러면 이걸 시체들한테 던져줄 테니까. 이건 아주 높으신 분들이 내게 가져오라고 명하신 물건이지. 저기 대령님보다 더 높으신 분들이 말이야. 너희는 내 협박 때문에 어쩔 수가 없는 거야. 그러니까 해도 돼. 아니, 반드시 해야만 해. 어서!"

그러고는 대령에게 말했다.

"이걸 잃는다면 대령님도 무사하진 못하시겠죠. 잘 들으십시오, 대령님. 저건 이제 소용없어요. 그러니 그냥 놔두십시오. 이 정도면 연구용 샘플로는 충분할 겁니다. 투약이 끝나면 얌전히 건네드리죠."

그는 입을 악다물고서 나를 노려보았다. 의무병들이 직원과 여자들 모두에게 투약하는 동안 계속 그러고 있었다.

"자, 네 말대로 했으니 이제 그걸 줘."

순식간에 늙어버린 듯 파리해진 대령이 말했다.

나는 모두의 시선을 느끼면서 가방을 바닥에 내려놓고 발로 차서 밀었다. 그리고 대령이 몸을 숙여 그것을 받는 순간이었다. 결코 익숙해지지 않을 공포가 다시금 우리를 서늘함으로 못 박았다. 저 멀리에서, 광란에 가까운 희열에 찬 포효의 합창이 들려왔던 것이다.

나는 본능적으로 그것이 피라미드로부터 들려온 소리라는 것을 알았다. 그곳에서 무슨 일이 벌어지고 있는 것이 틀림없었다. 불길한 예감이 뇌리를 파고들었다. 얼른 감시경으로 달려가 눈을 갖다 댔다. 야간 감시경의 뷰파인더에 녹색으로 물든 작은 세모꼴의 형체가 들어왔다. 나는 렌즈를 당겨 화면을 확대했다.

그것은 피라미드가 아니었다. 피라미드의 상층부를 껍질같이 뒤덮어 그것과 똑같은 모양을 이룬 시체들의 무리였다. 그들은 끊임없이 꾸물대는 서로를 밟으며 정상으로 오르려 안간힘을 쓰고 있었다. 그 와중에 수많은 시체들이 낙석처럼 데굴데굴 굴러 아래로, 밝은 녹색으로 타오르며 서서히 붕괴되어가는 하부로 떨어져 내렸다.

문득 나는 정상을 덮은 시체들에게서 기묘한 무언가가 풍겨나는 것을 느꼈다. 그것은 일찍이 허락되지 않은 건물에 불이 들어오는 광경을 보면서 느꼈던 불쾌감의 엄습과 비슷한 것이었다. 그들은 흡사 승리한 짐승들처럼, 아니 승리한 인간들처럼 환호하는 양 보였다.

다시 몸이 떨려왔다. 시점을 위로 올려 확대했다. 피라미드 꼭짓점에 설치된 구조물이 화면에 들어왔다. 그곳에서 유일하게 자유로워 보이는 그것은, 아직도 움직이고 있었다. 마치 그 모든 일이 자기와는 아무런 상관도 없다는 듯이. 그리고 나는 보았다. 그것에 무엇인가가 매달려 있는 것을. 이제 곧 어떤 끔찍한 광경을 목도하고 말리라는 생각에 심장이 터질 듯이 고동치기 시작했다. 한 차례 주저한 끝에, 나는 떨리는 손으로 배율 조절기를 돌렸다. 화면이 일순간 흔들리면서 커졌고, 드디어 그것의 모습이 보였다.

거기 매달려 있는 것은 그였다. 처참한 몰골의 G가 거기에 거꾸로 매달려 있었다.

G를 둘러싼 시체들은 그에게 경의라도 표하는 것처럼, 그의 몸을 들어 올렸다가 내려놓기를 몇 차례나 반복했다. 그러고서 그들은 다시 한 번 환호하듯 포효했다. 그리고 그의 몸은 시체들 속에, 완전히 파묻혀버렸다.

그 순간 둔탁한 무언가가 내 머리를 강타했고, 나는 빙글빙글 도는 바닥으로 곤두박질쳤다. 모든 것이 희미하고 불분명한, 하얀 침묵 아래로 잠겨들었다. 머리 위로 비행기가 잔인하게 밤을 찢으며 날아가는 소리가 들렸다.

신시가지

　노인은 그렇게 이야기를 마쳤어. 뭐? 그러니까 자네는…… 그래, 그렇게 생각하는 거로군. 그래, 맞아. 사실 나도 그래. 하지만 배 속에 있던 아이가 정말 C 회장인지 어떤지는 나도 모르겠어. 노인은 그런 이야기는 해주지 않았거든. 나도 혹시나 하는 생각이 든 건 사실이지만…… 당시만 해도 그 노인이 회장과 관련이 있다고는 생각할 수 없었으니까. 그들의 관계를 알게 된 건 훨씬 나중에 텔레비전에서 노인의 장례식을 보고 나서였으니 말이네.

　뭐라고? 이보게, 내가 아무리 형편없는 소설가라도 그렇지, 그 노인의 집에 G3의 직원이 찾아왔다는 이유만으로 그렇게 단번에 비약할 수는 없는 것 아닌가? 나는 다만 노인에게 이런 질문을 했을 뿐이라고.

　"그러면 그 시계가 친구분이 만드신 바로 그 시계란 말씀이십니까?"

사실 그때 내가 제일 궁금했던 게 그거였거든. 그 죽은 사내가 갖고 있던 시계가 어떻게 내 손에까지 들어오게 되었는지 말이야. 한데 노인은 시계는 분명 G가 만든 것이 맞지만, 그날 이후 시계의 행방에 관해서는 아는 바가 없다고 하더군. 하긴 그의 시체조차 찾을 수 없었는데 시계의 행방 따위를 무슨 수로 알겠어?

"제가 그 시계를 드리면 장인께서는 그걸 어떻게 하실 생각입니까?"

그러나 커튼 뒤에서는 아무 말도 없었어.

"죄송합니다. 제가 주제넘은 질문을 했군요."

그때 그가 불쑥 말하더군.

"작가 선생, 아까 한 약속 지킬 수 있소?"

"물론입니다."

"그러면 질문에 대답해드리리다. 단, 이 얘기는 책에서 빼주시오."

"그러겠습니다."

"시계를 어떻게 할 거냐고? 내가 아는 이에게 줄 생각이오. 마땅히 가져야 할 이에게 말이지⋯⋯. 그리고 그에게 이 모든 이야기를 들려주고 싶소. 바로 그 일을 선생한테 부탁하는 거요."

"왜 직접 말씀하시지 않으십니까?"

노인은 다시 말이 없더군. 한참 후에 목소리가 나왔어. 그 음성은 여전히 마모된 기계의 꺼져가는 소음처럼 들렸지만, 어쩐지 괴로움이 짙게 배어 있는 것 같았지.

"그는 자기 아버지를 증오하고 있소. 자신의 생이 시작부터 저주받았다고 생각하지. 그렇기에 제 운명으로부터 벗어나기 위해 부단히 노력해왔지만, 그는 아직도 스스로를 끔찍이 혐오하고 있소. 그는 그 원인이 자신의 아버지라 여기는 거요. 그는 그 피를 경멸하고 있소. 제 몸에 흐르는 그것이 역겨운 고름이라도 되는 양 말이오. 그는 아버지라는 존재를 완전히 지우고 싶어 하는 거요. 하지만 나는 그가 알아야 한다고 생각하오. 아버지의 이야기를……. 그가 이 땅에 이룩했던 모든 것과, 실패했던 모든 것을……."

노인은 그렇게 말을 마치고 더는 잇지 않았어.

새삼 방이 너무 어둡다는 생각이 들더군. 그의 이야기를 듣는 동안 시간이 많이 흘렀는지, 그나마 흘러들어 어렴풋이 사물의 형태를 가늠하게 해주던 빛과 어스름한 역광마저 사라져 어느덧 짙은 어둠에 자리를 내주었던 거야. 덩달아 식어버린 공기까지 가라앉은 탓에 집 안은 숨소리마저 들릴 정도로 조용했어. 노인은 계속 말없이, 그저 유일하게 밝혀진 흐릿한 빛으로 그려진 자신의 기이한 초상만 커튼 위에 드리우고 있을 뿐이었지. 나는 조심스럽게 말을 꺼냈어.

"어머니는요? 아들이 아버지를 이해해주길 바라지 않는 겁니까?"

그때 위층에서 거친 기척이 느껴졌어. 몸부림치는 소리 같았지. 뒤이어 어떤 울부짖음이 들려왔는데, 신음 같기도 한 그것은 고통에 찬 억눌린 비명 소리처럼 들리더군. 글쎄, 그걸 뭐라고 표현해야 할지 아직도 모르겠어. 뒤엉키고 억압된, 도저히 통제할 수 없는 저속한 욕구와 갈망이 가공할 고통의 형태로 변질되어 흘러나오는 것 같았다고나 할까?

그때까지 느껴보지 못한 시꺼먼 공포가 전율처럼 등을 타고 달리더군. 돌연 그 집의 모든 것이 두렵고 불쾌하기 짝이 없게 느껴지기 시작했어. 절대 모습을 드러내지 않는 노인과, 죽어가는 그가 지배하는 무거운 침묵, 축축한 공기와 부패의 악취, 소독약 냄새……. 그 모든 것들이 말이야. 심지어 커튼 뒤 불빛마저 진득한 점액의 불결한 얼룩같이 보일 정도였지. 울부짖음은 끊어질 듯 말 듯 불안하게, 간헐적으로 이어지고 있었어. 문득 나는 그 소리가 어떤 짐승의 소리 같다고 생각했어. 그러자 동물 사료가 생각났고…… 그들의 식성…… 포기할 수 없는 본질…….

불현듯이 이런 생각이 들더군.

'그가 가져온 치료제는 과연 완전한 것이었을까?'

싸늘한 한기가 가슴을 훑고 지나갔네. 식은땀이 흘렀지. 내장이란 내장은 죄다 오그라드는 것 같았어. 그제야 노인이 말한 "영혼이 꺾이는 느낌"이 무엇인지 알 것 같더군.

근데 자네 그거 아는가? 사람이 짐승과 맞서 싸운다는 건 순 거짓말이야. 자신을 노리는 압도적이고 치명적인 위협과 맞닥뜨리게 되면 몸을 이렇고 저렇게 움직여서 살아야겠다는 생각이 들기는커녕 벌써 죽은 사람처럼 사고가 죄다 정지돼버린다고. 머릿속이 새하얗게 되는 거야. 다만 한 가지 생각만은 계속 활성화돼 있는 상태지. 바로 도망치고 싶은 생각. 거기서 당장 벗어나 비록 남루했을지라도 안온했던 일상으로 돌아가고픈 생각. 그때 그런 생각이 들었어. 그토록 오랫동안 노인의 이야기를 들으면서 한 번도 느끼지 못했던 무시무시한 공포가 갑작스레 나를 몰아붙여서는 당장에 뛰

처나가고 싶게 만들더라고. 거기 조금이라도 더 있다가는 신변에 끔찍한 불행이 닥치고 말 것이라는 지극히 비이성적인 확신에 휩싸여서 말이지.

하지만 어쩌겠나? 나는 볼품없을지언정 그래도 이성이 존재하는 작자인지라, 그 자리에 못 박힌 양 옴짝달싹 못하고 있을 뿐이었지. 다시 천장 너머에서 소리가 들려왔어. 이제는 아주 발광을 하고 있더군. 머리가 어질어질했어. 금방이라도 소파에 머리를 처박고 쓰러져 토할 것 같았지.

"그녀는 말해줄 수 없었소……."

노인의 소름끼치는 음성이 커튼 뒤에서 흘러나왔어.

"나는 이제 죽을 거요. 완전히 사라져버리겠지. 어쩌면 진작 그들과 함께 이 세상에서 사라졌어야 할 운명이었는지도 모르오. 우리만이 살아남았기에 저주받은 것인지도 모르지……. 하기는 누군들 저주받지 않고 살았다 자신할 수 있겠소? 내가 할 얘기는 다 한 것 같구려. 이제 그만 가보시오."

나는 굳어버린 다리를 질질 끌다시피 하며 문으로 갔어. 엎어지면 코 닿을 거리가 천 리 길처럼 느껴지더라고. 문에 한 발 한 발 다가갈수록 내가 맞을 비극적 최후의 안타까움도 더욱 짙어져가는 듯해 되레 더 무서워지더군. 그러다 드디어 문을 나서는 데 성공했고, 결국은 다리가 풀려 주저앉고 말았어. 물론 그 집에서 조금 떨어진 곳까지 가서 말이야.

거리에는 이미 땅거미가 완연히 깔려 있었어. 집 안만큼이나 고요했지. 나는 그 집을 등진 채로 한동안 주저앉아 있었는데, 도저히 뒤를 돌아볼 용기가 나지 않았어. 간신히 담을 짜내 고개를 돌렸지. 열린 문틈으로 새까만 어둠이 보였어. 그런데 그 어둠은 거리에 깔린 밤의 어둠과는 분명히 달라 보이더군. 그것은 밖으로 나오지 못했어. 그렇게 문 뒤에 서서 나를, 그리고 거리를 조용히 엿보는 것 같았지. 자신에게 허락되지 않은 것을 오랫동안 동경하고 열망해온, 거대한 절망과 고독의 고통에 짓눌린 어떤 불온한 이존재처럼 말이야. 별안간 알 수 없는 측은한 마음이 들면서도, 한편으로는 내가 방금 전까지 그 무시무시한 곳에 아무렇지도 않게 있었다는 사실을 도저히 믿을 수가 없었네. 나는 온통 죽음으로만 가득 찬 암굴에 있다가 나온 셈이었으니까.

문이 쾅 닫히고 빗장 걸리는 소리가 났어. 그리고 얼마 후, 이 층 창에 걸린 블라인드 틈새로 불빛이 새어 나왔지. 안에서 어떤 소리가 희미하게 들렸네. 짐승 소리 같았는데…… 글쎄, 그게 무슨 소리였는지는 잘 모르겠어. 좀 전에 안에서 들었던 것과는 다른 소리 같더라고. 그건 진짜 짐승의 소리 같았거든. 그러니까…… 짐승이 죽을 때 내는 소리 말이야. 새삼 모골이 송연해져서 벌떡 일어나 냅다 줄행랑을 쳤지. 호텔로 말이야. 다리에 힘이 없어서 그다지 빠르지는 않았을 거야. 아마 뛴다기보다 비척비척 흐느적거리며 걷는 쪽에 가까웠을 테지.

가쁜 숨을 고르며 호텔로 들어서서 보니, 청년 혼자 우두커니 앉아 텅 빈 로비 겸 홀을 지키고 있더군. 한데 무슨 일인지 그는 나를 보자마자 카운터를 돌아 나와 곧장 달려오는 거였어. 상당히 흥분한 상태인 듯 보였지.

"대체 무슨 일이 있었던 거예요? 소설가시라면서요? 무슨 책을 쓰셨어요? 베스트셀러인가요? 노인이 뭐라던가요?"

이렇게 두서없는 질문들이 속사포처럼 쏟아졌어. 전부 대답하기 곤란한 것들뿐이라 뭐부터 얘기해야 될지 모르겠더라고. 어차피 착실하게 대답해줄 기운도 없었지만 말이야. 나는 그저 대충 얼버무릴 요량으로 "도대체 무슨 소리야?" 하고 기어들어가는 소리로 되묻기만 할 뿐이었지. 그런데 그는 자기야말로 내 말을 이해 못 하겠다는 듯이 작은 눈을 똥그랗게 뜨고서 말했어.

"무슨 소리라뇨? 선생님이 해주신 거 다 안다고요."

그러고는 약간 부끄러워하는 것 같았는데…… 그래도 영문을 모르겠는 걸 어쩌겠나?

"모른 척하시기예요? 그 사람들이 와서 다 얘기해줬단 말이에요."

"그 사람들? 그 사람들이 누군데?"

나는 정말로 몰라서 물었지.

"세상에, G3 말이에요! 어제 왔었잖아요!"

"뭐? 그놈들이 여기에 왔다고?"

내 말에 오히려 그가 더 어안이 벙벙한 것 같았어.

"그분들이 말하기를…… 선생님이 저를 추천하셨다고……."

"추천? 무슨 추천? 나는 호텔 얘기를 한 적은……."

"아뇨, 제 취업 말이에요! 그 사람들이 직접 말해줬다니까요? 저를 채용하겠다고요!"

대체 무슨 소리인가 싶었네. 그렇지 않아? 나 같은 일개 삼류 소설가가 지방정부령 최대 기업에 누구를 넣어라 마라 한다니 그게 말이 되는가? 내가 들어도 황당하더군. 그런데 이 어리석은 청년은 나에 대해서 뭐라고 들은 건지, 그걸 철석같이 믿는 것 같더라고. 내가 무슨 대문호라도 되는 줄 알았던 모양이야. 거기다 대고 내가 뭐라고 할 수 있었겠나? 어쩐지 부정하는 것도 우스운 것 같아서 그냥 잠자코 얘기나 들어보기로 했지.

일단은 물이나 한 잔 달라고 하고는 텅 비어 쓸쓸한 로비를 찬찬히 둘러보며 숨을 돌렸어. 그러고 있자니, 방금 전까지 다른 세계에 있었던 게 아닌가 싶은 생각이 들더군. 무슨 싱거운 악몽이라도 꾸고 일어난 것처럼 말이야. 어쨌든 그거야 그렇다 치고, 계속 얼굴을 들이밀고 대답을 기다리는 청년에게 무슨 말이든 해주어야 했지. 그래서 난 이렇게 말했네.

"아…… 그거 말인가? 난 그냥 대수롭지 않게 말한 건데 진지하게 들었나 보구먼. 그런데 말이야, G3가 어떤 곳인데 자기네가 부릴 직원을 그렇게 허술하게 채용하겠는가? 분명 그들이 자네 능력을 높이 평가하고 내린 결정일 테니 나한테 그렇게 고마워하지 않아도 돼. 어쨌든 잘됐군, 잘됐어. 정말 축하하네."

내가 말하면서도 멋쩍어서 몸 둘 바를 모르겠더군.

"정말 감사해요. 제 꿈을 이렇게 이루게 되네요. 정말이지 이 은혜를 어떻게……"

청년의 눈에는 눈물까지 그렁그렁 맺혀 있었어.

"그래도 이렇게 빨리 될 줄은 몰랐는걸."

나는 양심의 가책을 느끼면서도 짐짓 너스레를 떨며 말했어. 그렇게 쳐다보지 마. 그때는 그럴 수밖에 없었다고. 한데 나는 그의 취업 얘기를 한 건데, 청년은 또 다른 얘기를 하더라고.

"그러게요. 계획 나온 지 얼마나 됐다고 벌써 보상 얘기까지 나오고 말이에요. 사장님은 입이 아주 귀에 걸려서 다니신다니까요?"

나는 깜짝 놀라서 물었지.

"보상? 무슨 보상? G3가 말인가?"

청년은 어이가 없다는 듯이 나를 쳐다봤어.

"모르셨어요? 아……."

일순 그의 얼굴에 혹 실수를 한 게 아닌가 하는 불안감이 스치는 게 보였어. 그러다 그는 곧 그게 뭐 대수냐는 태도로 말을 잇기 시작했지. 기쁨에 취한 사람들이 으레 그러듯이 말이야.

"그게 말이에요, 우리가 뭐라고 하지도 않았는데 G3 측에서 먼저 그랬대요. 저야 잘은 모르지만 사장님이 돈 좀 만지게 되셨다나 봐요. 아마 다른 데도 마찬가지 아닐까요? 우리 가게가 여기서 가장 크니까 제일 먼저 찾아온 거겠죠. 하긴 장사도 안 되는 이런 가게 따위, 주인이라고 무슨 미련이 있겠어요? 교통편도 없어서 출퇴근하려면 기름 값만 들고……. 저야 여기서 숙식하지만요. 원래대로라면 가게 없어져서 피해 보는 건 저 같은 사람이겠지만, 선생님 덕분에 G3에 들어가게 됐으니……."

그는 얼마나 흥겨운지 콧노래까지 부르고 있었어. 그런데 그것 참 이상한 일 아닌가? 민간사업도 아니고 더군다나 한 지방정부의 수도를 건설하는데, 사업 시행자로 나선 정부가 아니라 시공을 맡은 민간 업체가 현지 업주들에게 직접 보상을 해주다니 말이야. 나중의 일이네만, 그게 영 꺼림칙해서 여기저기 알아봤지만 G3의 보상에 관한 이야기는 어디에도 없더군. 정부나 시가 보상 업무를 위탁했다는 이야기도 없었어.

그들이 거짓말을 한 게 아니냐고? 그렇다면 그거야말로 석연찮지. 조용히 있어도 모자랄 판에 왜 그런 문제를 일으키겠어? 게다가 62구역의 몇 안 되는 자영업자들이라고 해봤자 전부 외지인들인 데다 언제 망해도 이상할 것 없는 운영 상태였는데 말이네. 내가 보기에는 어쩌다 보니 거기까지 흘러들었지만 정착한 이래로는 줄곧 거기서 벗어날 궁리만 해온 사람들이라는 인상이 강했거든. 혹시 G3를 사칭한 누군가가, 그런 곳에서 장사를 할 정도로 순진한 사람들을 상대로 짓궂은 장난을 친 건 아닐까 의심마저 들 정도였지.

하지만 그건 거짓도, 장난도 아니었어. 그로부터 채 한 달도 안 돼서 62구역의 업주들이 군소리 없이 모조리 철수했다는 소식을 들었으니까. 모르긴 몰라도 정부의 보상과는 별도의 비공식적인 보상이 있었던 것은 확실해 보였지. 이중 보상이 있었다는 말이야.

하지만 왜, 도대체 왜 그랬을까? 이상하지 않은가? 입찰에서부터 비공식적인 보상까지, 막대한 손해를 감수하면서까지 신수도의 건설에 그토록 집착하고 조급해하는 G3의 속내는 뭘까? 우리가 알지 못하는 기업 간의 이권 다툼이 있는 것 아니냐고? 그래, 그럴 수도 있겠지. 하지만 나는 그렇게 생각하지 않아. 아니…… 사실 잘 모르겠어. 그렇지만……. 일단 내 말을 좀 들어보게. 내가 이상한 광경을 목격했거든. 이상하다고까지 할 수 있을는지는 모르겠지만,

어쨌든 내 눈에는 그렇게 보였으니까.

몇 달 뒤에 방송을 통해서 노인의 부음을 접했네. 그동안 짐작에만 그쳤던 노인의 정체를 그제야 확신할 수 있었지. 노인은 C 회장의 숙부로 소개되었어. 공개된 사진 속 그의 젊은 시절 모습은 어딘가 교활해 보이기도 하고, 어딘가 어눌해도 보이는 인상이더군. 향년 79세. 백 살을 훌쩍 넘겼다는 소문은 역시나 터무니없는 것이었어. G3는 사실상 창업자의 역할을 했다며 그의 장례를 최대한 엄숙하고 성대하게 치를 계획이라고 밝혔다더군.

그의 장례식이 있고 얼마 지나지 않아서였어. 작품을 집필한답시고 성냥갑 같은 방구석에 꼼짝 않고 틀어박혀 지내다가 오랜만에 외출한 참이었지. 나는 62구역을 다시 찾았어. 그런데 거리가 사라지고 없더라고! 완전히 사라지고 없었어. 내 눈으로 직접 그 광경을 보고도 도무지 믿을 수가 없었어. 불과 한 달 전에, 비록 먼발치에 섰지만, 여전히 고요하고 음울하며 언제까지나 그런 모습으로 있을 것만 같은 그 거리의 모습을 차를 타고 지나가면서 봤으니까 말이야. 하지만 그곳에는 오래된 거리의 풍경 대신, 베어낸 나무 밑동 모양을 한 납작하고 거대한 콘크리트 기둥이 무겁게 앉아 있더군. 거리 전체를 덮을 만큼, 비현실적으로 보일 만큼 엄청난 크기의 기둥이 말이야. 기이한 느낌이 들었지. 애초부터 그곳에 거리나 마을 따위는 존재하지 않았다고 위압적으로 말하는 듯한 기둥을 보고 있자니 내가 꿈을 꾸었던 건지, 아니면 그때 꾸고 있는 건지 혼란스러워지더라고. 한편으로는 애상감 비슷한 박약한 감정이 잠깐 마음을 스치는 느낌도 들고 말이야.

멀리서 본 잿빛 기둥 주위로는 각종 기계와 사람 들이 즐비했어. 기둥에 비하면 워낙에 미미한 크기인지라 열심히 꾸물대며 일하는 작은 벌레들처럼 보일 정도였지. 기둥 가까이로 다가갈수록 그것을 둘러싼 존재들이 서서히 본래의 크기를 되찾아가더군. 기계들은 온통 커다란 것들뿐이었어. 멀리서는 비쩍 마른 거미처럼 보였던 타워크레인도 실상은 초대형으로 특수 제작된 것인 듯했고. 그것들은 기둥을 에워싼 채, 기형적으로 솟아 오른 높다란 강철 팔을 들어 콘크리트 기둥 위로 자재들을 끌어 올리고 있었어. 기둥 위와 주변에는 대형 굴착기와 지게차 등 각종 중장비가 운집해 뿌연 먼지를 일으키며 요란한 소음을 울리고 있었지. 그 외에도 내가 알지 못하는 수많은 장비와 시설이 늘어서 있었어. 그 사이사이로 노란 안전모를 쓰고 푸른 작업복을 입은 사람들이 분주히 돌아다녔는데, 개중에는 먼지로 뒤덮인 하얀색 작업복을 입고서 기계를 조작하는 이들도 있었어. 뭐랄까, 그것들 전체가 거대하고 압도적인 하나의 기계처럼, 혹은 그것의 운행을 이루는 정교한 톱니바퀴 하나하나처럼 몹시 바쁘고 무시무시하게 도는 듯이 보이더군.

고개를 바짝 들고 기둥을 올려보아야 하는 지점에까지 이르자 사람들의 시선이 내게로 모아지는 게 느껴졌네. 일말의 호기심도 없는 무심한 시선들이었지. 이내 그들의 시선이 거두어지더니 한 남자가 내게로 다가오더군. 그가 입은 작업복 가슴에는 G3건설의 로고가 붙어 있었어. 그는 내가 더 이상 접근하지 못하도록 제지했어.

"들어오시면 안 됩니다."

거대한 제단같이 보이는 기둥과 담당 제관처럼 서 있는 그를 번

갈아 보던 나는 그제야 할 말을 찾은 사람처럼 더듬더듬 물었네.

"여기가 정말…… 신시가지가…… 아니…… 62구역이…… 맞습니까?"

영락없이 얼빠진 사람 같았을 테지. 아니나 다를까, 그는 내가 미친 사람이 아닌가 의심하는 눈초리더군.

"뉴스도 안 봐요? 여기에 도시가 생길 거예요."

"도시라고요?"

"그래요, 아주 으리으리한 도시가 생길 겁니다."

그는 내게 어디 사느냐고 물었어. 61구역에 산다고 했지. 그러자 그는 그곳도 조만간 공사가 시작될 거라고 하더군.

"언제…… 이렇게 된 거죠? 언제부터 공사가 시작된 겁니까?"

"얼마 안 됐어요."

그가 시큰둥하게 대답했어. 그가 말한 착공일은 겨우 몇 주 전이었어. 그리고 그날이 무슨 날인지 알았을 때는 뒷골이 얼어붙는 듯했지. 그날은 노인의 발인 다음 날이었어. 그들은 노인이 죽자마자 그 거리를 깡그리 없애버린 거야. 부랴부랴 거푸집을 설치하고, 건물보다도 높게 콘크리트를 부어서 그 거리에 있던 모든 것을 완전히 묻어버린 거지. 거리의 존재 자체를 말끔히 지워버리려는 것처럼 말이야…….

"여기 살던 사람들은 모두 어디로 갔습니까?"

내 질문에 그는 당연한 걸 묻는다는 듯 인상을 찌푸리며 말했어. 그래도 나름대로 성의 있어 보이려 노력하는 것 같았는데, 아마 내가 돈 떼인 빚쟁이라도 되는 줄 알았나 봐.

"난들 알아요? 다들 어딘가로 갔겠죠. 여기 왔을 때는 벌써 아무도 없었어요. 아주 조용했죠. 쥐새끼 한 마리 없었단 말입니다."

그는 내게 더는 들어올 수 없으니 돌아가라고 단단히 이르고는 물러가더군.

나는 충격에 빠져 한동안 그 자리에서 꼼짝할 수 없었네. 순간 정말이지 무시무시한 상상을 하고 말았거든. 마침내 광인의 길로 접어든 게 아닐까 스스로도 의심스러울 만큼 섬뜩하고 끔찍한 장면을 나는 머릿속에 생생히 그리고 있었던 거야……

구시가지

"자네는 치료제가 실패작이었다고 생각하는 거로군."

K는 대답 없이 텔레비전만 올려다보고 있었다. 요란한 폭죽 소리와 함께 화면은 높다란 강철 첨탑을 아래부터 천천히 훑으면서 올라갔고, 마침내 정상에 걸린 G3의 로고를 분열된 화면 가득히 채우면서 방송은 끝이 났다. G3자동차의 신제품인 '엔누이'의 광고가 뒤를 이었다.

나는 다시 말했다.

"하지만 노인의 말이 전부 사실이라고 단정할 수는 없는 것 아닌가?"

"그렇지."

그가 입을 열었다.

"내가 소설가랍시고 잘난 상상력을 동원해서 너무 비약한 건지도 모르지. 맞아, 그의 말이 전부 거짓이었을지도 몰라. 단지 내 시계가 탐났던 건지도 모르고. 아니면…… 일부는 사실이라 해도 나머지는 자신에게 유리하게 꾸민 것일 수도 있겠지."

"설마 자네는 C 회장이 그의 아들이라고 생각하는 건가?"

K는 살짝 미소 짓고는 말했다.

"노인은 아들에게 자기 이야기를 들려주고 싶었던 건지도 몰라. 그토록 자신을 혐오하는 아들에게 변명하기 위해서 말이야."

"소설가의 힘을 빌려서 말이로군."

"아마 아들은 자기가 나고 자란 그곳을 없애고 싶어 했던 것 같아. 하지만 기다려주었지. 아버지가 그곳에서 생을 마감할 때까지…… 그는 기다려준 거야."

"노인과의 약속을 아직까지 지키지 않은 이유는 뭐지? 그의 이야기가 거짓이라고 생각하기 때문에?"

"아니, 그건 아니야. 설사 그의 이야기가 전부 거짓이었다 해도 상관없네. 오히려 나 같은 작자가 쓰기에는 알맞은 소재겠지."

"그럼 왜 쓰지 않은 거야?"

"……나는 그걸 쓸 수 없었어."

"어째서?"

그의 얼굴이 어두워지는 것 같았다.

"글쎄…… 나도 잘 모르겠어. 몇 번이나 쓰려고 해봤지만…… 나는 그걸 쓸 수 없었어……."

"앞으로도 쓰지 않을 생각인가?"

"그것도 잘 모르겠군. 하긴 그래. 이제 와서 그게 다 무슨 소용이겠어? 저 도시를 만든 거물의 아비가 시체들의 손에 죽어간 그들의 왕이었고, 그의 어미가 그 시체들 중 하나였다는 사실이 이제 와서 무슨 의미가 있느냐는 말일세."

"그렇게 생각할 수도 있지."

이후로 잠깐의 침묵이 찾아들었다. 그러자 그것이 어색해 견딜 수 없었는지 K는 갑자기 무언가 생각난 양 말했다.

"작품을 하나 생각 중이야. 닥터 슈나벨*에 관한."

"슈나벨?"

"그래, 슈나벨 폰 롬이라고, 중세 유럽에서 흑사병이 창궐했을 당시에 활약했다는 의사지. 동시에 역신(疫神)이기도 하고. 새 부리 모양의 가면을 쓴. 언젠가 그에 관한 책을 쓸 생각이네."

"그거 재밌겠군."

나는 건성으로 대답했다.

그 뒤로 얼마간 곰곰이 생각에 잠겨 있었던 것 같다. 아마 백일몽이라도 꾸는 것처럼 넋이 나가 있었던 모양이다. 그런 나를 K가 깨웠다.

"그런데 자네, 그 좋다는 카메라로 내 사진은 안 찍을 작정이야?"

그제야 그곳까지 가서 그를 만나야 했던 이유가 떠올랐다. 내가 그 외지고 낙후된 거리에까지 간 까닭은, 평단과 대중 모두에게 철

● 중세 유럽의 흑사병(페스트) 유행 시기에 전염병의 진단과 치료를 맡았던 의사. 검은 모자와 검은 로브, 안경, 새 부리 모양의 가면 등 까마귀를 연상케 하는 복장이 특징이다. 실제로는 특정 인물이 아니고 공통된 복장을 한 흑사병 의사(Plague Doctor) 집단이었으나, 민간에서는 '닥터 슈나벨 폰 롬(로마에서 온 부리 의사)'이라는 한 명의 인물로 와전된 것으로 보인다. 이들이 오히려 흑사병을 몰고 다닌다는 의혹이 있었다.

저히 외면받았던 장편 데뷔작 『돼지군단』의 발표 이후 줄곧 이어져온 무명 생활로 인해 극심한 생활고에 시달린다는 소설가 K와의 인터뷰 때문이었다. 그 인터뷰는 당시 우리 잡지에서 준비 중이던 볼품없는 특별 기획의 일환이었다.

"아, 미안하네."

내가 사과하자 그는 손사래를 치며 말했다.

"어서 사진 찍고 질문할 거 하라고. 나도 나름대로 하루의 계획이 있단 말이네. 자네도 그 최신 카메라 탓에 잘린 사진기자 생각하면 더 빠릿빠릿해야지."

"나 때문이 아니야. 사진기자가 잘려서 내가 이걸 들게 된 거라고. 사실 나도 언제 잘릴지 몰라. 불안해서 잠도 안 올 지경이야."

나는 카메라의 녹음 기능을 켜고 보이스 스캐닝 버튼을 눌렀다. 화면에 K가 하는 말이 곧장 자막으로 떠올랐다. 카메라를 탁자 위에 올려놓고 그를 찍기 시작했다. 물론 대충 찍어도 상관없었고, 실제로도 대충 찍었다. 어차피 기계가 다 알아서 해주므로.

한껏 진지한 포즈를 취한 피사체를 대상으로 거의 자동에 가까운 촬영이 진행되는 동안, 나는 창밖을 바라보았다. 유리 너머 거리에 허무하고 쓸쓸한 저녁의 어둠이 낮게 깔리는 중이었다.

식시자들

내가 C 회장과 인터뷰를 한 것은 그로부터 10년이 지난 후였다.

당시 나는 여성 월간지를 발행하는 한 출판사에서 편집위원 겸 기자로 일하고 있었다. 이직한 직후부터 C 회장 측에 꾸준히 인터뷰 요청을 넣고는 있었지만 성사될 가능성은 없다고 생각했다. 사실 기대도 하지 않았다. 주요 언론에의 노출마저 꺼리는 그가 하물며 가십지와의 인터뷰에 응하리라고는 생각할 수 없었기 때문이다.

그런데 그것이 이루어졌다. 어느 날 느닷없이, 인터뷰에 응하겠다는 연락이 온 것이다. 덕분에 나, 아니 우리는 그들이 제시한 날짜에 맞춰 모든 일정을—심지어 잡지의 발행일까지—변경해야 했다. 그 정도 희생은 충분히 감수할 만한 것이었다. C 회장과의 인터뷰는 내 오랜 개인적 호기심에서 연유한 것이었으나, 형편이 어렵던 회사의 사운이 걸린 중대한 기회이기도 했으니 말이다.

인터뷰를 하기로 약속한 날, 나는 회사가 세 들어 있던 삼 층짜리 낡은 콘크리트 건물을 나와 근처에 서 있던 보라색 택시에 올라탔다. 당시는 물론이고 본래부터 재정 상태가 좋다고는 할 수 없었던 우리 회사는 신수도를 중심으로 퍼져나가는 개발의 물결에 밀려 점차 외곽으로 밀려났고, 결국 폐간돼 사라지는 날까지 줄곧 도시의 끝자락에 자리를 잡고 있었다. 그런 구시가지에는 아직 사람이 운전하는, 시가 지정한 보라색으로 온몸을 칠한 구형의 낡은 택시들이 바글댔다. 최신형 무인 택시로 가득 찬 신수도의 사람들이 그런 보라색 택시를 찾는 일은 전무하다시피 했고, 또 모든 일이 처리 가능한 그곳에서 굳이 시 외곽으로 나오려는 이도 거의 없었기에, 도시 최후의 택시 기사들은 유일한 손님이랄 수 있는, 시내로 들어가는 손님을 잡기 위해 그곳에 거점을 마련해야 했던 것이다.

"어디로 갈까요?"

나이 지긋한 운전사가 친절하려고 애쓰면서 말했다.

"중심부로 갑시다."

기사는 휘파람을 불며 미터기의 버튼을 조작했다. 신수도 중심부는 할증 구간이었다.

차가 한산한 도로를 달려 확장된 신수도의 경계에 이르렀다. 벌써부터 중심부의 높다란 잿빛 첨탑이 눈에 들어왔다. 그 아래로 철골이 갈비뼈같이 얽힌, 웅장한 돔형의 지붕이 솟아 있는 것이 보였다. 첨탑과 지붕은 차가 가까이 다가갈수록 차츰 아래로 가라앉아 되레 멀어져가는 것처럼 느껴졌다. 그러다 차가 진입로로 들어서자, 그것들은 시야에서 사라져버렸다.

외부에서 몰려든 차량의 행렬이 앞으로 길게 늘어서 있었다. 맨 앞쪽에 서 있던 차들이 회전하는 거대한 철제 원반의 칸막이 사이로 올라서고 있었다. 그다음 칸에도 대기 중이던 다른 차들이 연달아 올라섰다. 계속해서 새로운 차량이 올라타는 그곳의 반대편에는 달팽이 껍데기 모양의 강철 구조물이 있어 그것이 원반의 반을 감싸고 있었다. 원반은 수많은 차량을 제 껍데기 속 어둠으로 게걸스레 흘려보냈고, 그렇게 껍데기를 통과해 나오는 원반 위에는 아무것도 남아 있지 않았다. 간혹 진입이 거부된 몇몇 차량만이 소화되지 않은 찌꺼기처럼 그대로 남겨져 되돌아올 뿐이었다.

규모는 작고 인구 밀도는 높은 신수도의 교통 체증을 예방하기 위해, 사전에 차량 경로 검색 시스템에 입력된 목적지에 따라 외부 차량을 분류하는 절차였다. 단순 목적을 가진 대부분의 차량은 그곳에서 임시주정차소로 보내졌고, 그곳에서부터는 무인 택시나 가상 궤도 열차, 간각주행식(間刻走行式) 모노레일 등의 공공 교통수단을 이용해야 했다.

드디어 내가 탄 택시가 원반 위에 올려졌다. 신상 정보 검색을 위한 붉은 광선이 몸을 훑는 불쾌한 어둠과 굉음 속을 오랫동안 돌던 우리는 이윽고 작은 샛길처럼 생긴 터널 입구에 내려졌다. 그리고 무빙 벨트를 타고 앞으로 나아갔다. 그곳은 수도에 진입한 외부의 택시를 위해 마련된 루트였는데, 택시는 외부 차량 중 유일하게 그곳을 통과해 일부 목적지까지 가는 것이 가능했다. 무인 택시 도입으로 택시들이 도시 외곽으로 쫓겨나면서 기존 업자들의 항의가 이어지자 정부가 특별히 배려해준 것이었다.

땅속 깊이 자리한 터널의 투명한 천장 위로 높다란 마천루들이 스쳐 지나갔다. 기괴하다고까지 할 수 있을 만큼 화려한 모양의 웅장한 건물들. 그림자 진 터널에서 바라본 빌딩들은 하나같이 태양빛을 조각내고 반사해 번쩍번쩍 빛이 났고, 그 빛을 파란 하늘에 흘려 기다랗고 눈부신 추상화를 그려냈다.

언뜻언뜻 보이는 그 분절되고 제한된 풍광의 경이는, 보는 이로 하여금 마치 선택된 인간들이 빚어낸 긴밀하고도 장엄한 인공의 낙원을 엿보는 것 같은 기분에 휩싸이게 만들었다. 유사신이 창조해낸 그 낙원을 엿볼 때면 나는 흡사 한 마리의 벌레에 불과한, 초라하기 짝이 없는 존재가 된 듯이 느껴지곤 하는 것이었다. 그러나 동시에 그것은 신이 될 수 없는 자들이 쌓아 올린 불경한 탑으로, 언제든 무너져 산산이 부서지고 말 존재에 지나지 않아 보이기도 했다. 보는 이를 한없는 불안감과 허무감에 빠져들게 만드는, 화려하고 공허한 오만의 낙원처럼.

무빙 벨트에서 내린 택시가 지하도로를 미끄러져 나갔다. 이제 천장으로는 쏜살같이 달리는 무인 택시의 기계가 덕지덕지한 바닥이 보였고, 그 옆으로 화려한 주거 빌딩들이 눈부신 빛을 허공에 흘리면서 지나갔다. 멀리 하늘을 가로지른 가상 선로 위를 무섭게 질주 중인 열차와, 관광객을 내벽에 다닥다닥 붙인 채 그저 공중에 매달려 있는 것처럼 느릿느릿 움직이는 투명한 모노레일 차량의 모습이 보였다. 새빨간 립스틱을 바르는 여배우의 거대한 얼굴이 그것의 외벽을 타고 승객들의 얼굴 위로 흘러 다녔다.

예리하게 부서뜨린 빛의 파편들로 번뜩이는 첨탑이 우리에게로 점점 다가오고 있었다.

"중심부 어디까지 가십니까?"

기사가 물었다. 택시는 정해진 최종착장까지만 갈 수 있었으므로 무의미한 질문이었다. 아마 사적인 호기심 때문이거나, 아니면 단지 지루했기 때문일 것이다.

"G3 본사로 갑니다."

"허어, 대단하군요. 거기서 일하시나 보죠?"

그의 눈이 백미러를 통해 내 차림새를 훑어보는 것 같았다.

"우리 아들놈도 G3에 들어가는 게 꿈이죠. 아마 안 되겠지만요."

그는 G3에 근무한다면 벌써 임원급은 돼 있을 내 나이에 비해 옷차림이 그리 훌륭하지 않다고 생각했는지 자못 의아해하는 듯했다. 그는 질문을 고쳐서 다시 물었다.

"혹시 수도종합청사에 근무하시나요?"

나는 조금 멋쩍어져서 대답했다.

"아뇨, 그런 건 아닙니다."

"그래요?"

그는 잠깐 침묵하다가 다시 물었다.

"설마 시위하려고 오신 건 아니죠?"

"아닙니다. 업무차 온 겁니다."

"다행이군요."

나는 신수도에서 연일 벌어지고 있다는 시위에 대해 물어보았다. 매일같이 다양한 승객을 태우고 수도에 드나드는 그라면 내부 상황을 어느 정도 알 것이라 생각했기 때문이다. 하지만 그는 자기도 자세히는 알지 못한다고 했다. 그러고는 첨탑을 바라보다가 말을 이었다.

"G3도 예전 같지 않은가 보죠. 벌써 몇 주째인지……. 오늘은 P 섹터부터 대규모 가두시위가 있을 거라고 하더군요. 보안국에서 공문이 내려왔어요. 수도로 진입하는 외부인을 주의하라고. 청사 쪽으로 후문이 나 있으니까 그리로 가시는 게 좋을 겁니다."

"심한가 보죠? 언론에서는 크게 다루지 않던데……."

"글쎄요, 요즘 상황이 그렇잖습니까. 가뜩이나 경제가 어쩌네 실업률이 어쩌네, 탈세가 어떻고 비자금이 어떻고, 또 뭔 병이 어쩌네 하는 판에 그런 게 기사로 나가봤자 좋을 게 없겠죠. 직접 목격하지 않는 한 잘 모를 겁니다. 제가 보기에는 분위기가 심상치 않아요. 우리 택시조합에서만도 수도 확장 반대 규탄대회라도 열어야 하는 것 아니냐는 얘기가 나오고 있을 정도니까요.

상황이 이런데도 명색이 최대 기업이라는 데가 제 배 불리기에만 혈안이 돼 있는 것처럼 보이니 무리도 아니죠. 젊은이들이 많이 가세하는 것 같던데 이러다 폭동이라도 일어나는 건 아닌지……. 그래도 G3인데 뭔가 조치가 있지 않을까요? 갈등이 있다고는 하지만 더 이상 정부도 보고만 있지는 않을 테고요."

그가 그렇게까지 말했음에도 불구하고 나는 저 거대 기업이 겨우 시위 따위에 눈이나 깜짝하겠느냐고 내심 생각했다. 당시 G3의 영향력이란 그 정도였다. 어떤 의미로는 지방정부보다도 강력하다고 할 수 있을 정도였다.

"G3도 그렇게 생각할까요?"

"그거야 모르죠. 어쨌든 불만이 대단한가 봅니다. 며칠 전에는 로비 유리가 다 깨지고 난리도 아니었어요. 정부가 몸을 사리는 건지, 그렇게 되도록 별다른 조치가 없어서 좀 놀라긴 했지만요. 글쎄, 그 와중에도 수도경(首都警)이 꼼짝도 않고 구경만 하더라니까요? 솔직히 이해가 안 가더군요. 어떻게 생각하세요? 제 아들놈도 그러더라고요. 정부도 G3와 한통속이면서 상관없다는 양 가만히 있는 게 수상하다고요. 연합정부에서 조사단을 파견한다는 얘기도 있다더군요. 그래서 정부가 선 긋기를 하려는 거라나 뭐라나. 총통 임기도 얼마 남지 않았으니 문제 생기는 게 싫어서 그런다는 거예요. 불똥 안 튀게 조심한다는 거죠. 그래봤자 청사가 코앞인 건 변함없으니 시위대가 더 불어나면 정부도 가만히 있을 순 없겠지만요. 제 말대로 후문 쪽으로 가세요. 거기도 경비가 삼엄해요."

차에서 내린 나는 승강기 쪽으로 걸어갔다. 플랫폼에는 여행객으로 보이는 사람들이 길 안내 홀로그램 판을 둘러싸고 서서 고용량 정밀 지도의 최신 버전과 개인용 단말기의 기록 지도를 동기화시키느라 열심이었다. 인기 남자 배우의 입체 영상이 앵무새처럼 사용법을 되풀이하여 설명하는 모습을 젊은 여자 몇이 멍하니 쳐다보았다. 공안관(公安官) 하나가 개찰구에 서서 그 모습을 물끄러미 지켜보고 있었다. 내가 그쪽으로 가자 그가 말을 걸어왔다.

"관광 오셨습니까?"

"아뇨, 기자입니다."

나는 셔츠 속에 걸고 있던 사내 지급 기자증을 들어 보였다. 공안관이 그것을 한 번 흘끗 보더니 말했다.

"어디로 가시죠?"

"G3 본사입니다. ……약속이 돼 있어서요."

"ID 스틱 좀 볼까요?"

나는 반투명한 오렌지색의 작은 스틱을 꺼내 건넸다. 그는 그것을 자신의 단말기에 갖다 댔다. 삑 소리가 나고 단말기를 한참 들여다본 후에 그는 ID 스틱을 돌려주었다.

"협조해주셔서 감사합니다. 좋은 시간 보내십시오."

"저는 관광객이 아니……."

"기자라고 좋은 시간 보내지 말란 법 있나요? 어쨌든 손님은 손님이죠. 요즘은 공무원들도 서비스 정신이 있어야 된다니까요. 안 그래요?"

그는 사람 좋아 보이는 웃음으로 나를 통과시키며 덧붙였다.

"49번 게이트로 가세요. 후문으로 통합니다."

49번 게이트의 안내판 어디에서도 'G3'라는 글자는 찾을 수 없었다. '정부중앙청(신수도종합청사) 직원 전용 주차장'이라고만 쓰여 있을 뿐이었다. 그곳에는 엘리베이터도, 에스컬레이터도 없었다. 나는 계단으로 올라갔다.

얼마쯤 오르자 멀리서 시위대의 구호 소리와 함성 소리, 노랫소리가 들려왔다. 앰프에서 나오는 쿵쿵 소리에 맞춰 가슴이 깊이 울렸다. 그러나 막상 지상에 올라가 돔형 지붕으로 덮인 청사와 우뚝 선 첨탑의 장엄한 모습을 마주했을 때, 소리는 그저 웅성거림에 불과한 것으로 변질되어 들려올 따름이었다.

나는 높다란 첨탑의 뒷면을 올려다보았다. 고딕 양식의 가느다란 첨탑 최상부에서 형상 변형 합금이 G3의 메인 로고를 비롯한 각 계열사의 로고를 만들었다가 부서뜨리기를 반복하고 있었다. 마지막으로 그것은 톱니 모양 심벌을 만들어내고는 흩어졌다가 다시 합쳐져 맨 처음 모양으로 되돌아갔다. 멀리서 울려 퍼지는 분연한 궐기와 정의의 외침이 부질없는 환청처럼 느껴졌다.

첨탑의 아득한 끝부분에 막 몰려든 회색 구름이 위태롭게 걸려 있어, 같은 빛깔의 도시를 비추는 거울처럼 보였다. 그 아래 음울한 모습으로 드러난 탑의 몸통은 밑으로 내려올수록 굵어지다 지상 가까이서 둥근 지붕과 만나 합쳐졌다. 그것이 지방정부중앙청사이자 신수도종합청사의 건물이었다. 건물 뒷면에 격자무늬로 유리창이 빼곡했다.

건물 지하로 들어가는 차량용 입구의 표시등이 깜빡이고 경고음이 울렸다. 검정색 고급 승용차 두 대가 밖으로 빠져나왔다. 뒷좌석 창문으로 삐져나온 머리가 무표정한 얼굴로 함성이 들려오는 쪽을 돌아보았다. 차들은 소리 없이 달려 멀리 사라졌다.

수도청 건물의 후문이 있는 널찍한 계단에 검은 방패를 든 수도경 진압대 경화중장(輕化重裝) 대원들이 도열해 있었다. 나는 계단을 올라 그쪽으로 갔다. 보안국 공안요원으로 보이는 남자가 내 ID 스틱을 확인했다. 그러자 견고해 보이던 검은 벽의 일부가 무너지며 문이 드러났다. 나는 그들을 지나 안으로 들어갔다.

널따란 로비는 한산했다. 곳곳에 삼삼오오 모여 자연 분해 무연

초(無煙草)를 피우는 직원들의 모습이 보였다. 로비는 너무 넓었고, 아무런 안내 표지도 없어서 나는 어디로 가야 할지 몰랐다. 문득 로비에 비해 너무도 작아 보이는 안내 데스크가 눈에 띄었다. 정장을 차려 입은 남자 두 명이 앉아 있었다. 나이 많은 쪽은 꾸벅꾸벅 졸고 있었는데, 젊은 쪽은 나른한 얼굴로 앉아 있다가 내가 다가서자 벌떡 일어나 정중히 인사했다. 밖에서 확성기 소리와 구호 소리가 희미하게 들려왔다.

"지금은 들어가실 수 없는데요."

"G3로 가야 되는데 어디로 가야 할지 모르겠군요."

"아, G3요."

남자는 금세 퉁명스럽게 바뀐 얼굴로 옆을 가리켰다. 그러고는 다시 나른한 얼굴로 자리에 앉아 턱을 괴었다.

그의 말대로 기둥 뒤, 정문을 마주한 곳에 데스크가 또 하나 있었다. 그 뒤에서 정복을 갖춰 입은 여자 두 명이 잡담을 나누고 있었다. 내가 말을 걸자 여자 하나가 금세 친절한 태도로 돌변해 가면 같은 미소를 입에 걸고는 무슨 용무냐고 물었다.

"저기, 회장님과 약속이 돼 있습니다만……."

여자는 미심쩍다는 얼굴로 나를 훑어보고는 내가 내민 ID 스틱을 받아 단말기에 삽입했다. 공용 패널에 보안 유형을 선택하는 화면이 떠올랐다. 나는 'E형'을 선택하고 화면에 열세 자리 숫자를 입력했다. 화면이 사라지자 여직원은 방문자용 녹색 보안 스틱을 내주었다. 스틱의 표면에 표시된 방문자 등급은 'R'이었다. 그녀는 내게 신분증처럼 목에 걸 수 있는 보안용 극박형 단말기도 주었다.

"잠시만 기다려주십시오."

얼마 후에 뒤편 통로에서 한 남자가 나타났다. 한눈에도 고급으로 보이는 양복을 입고 머리를 짧게 자른 단단한 인상의 남자였다.

"오래 기다리셨죠? 조금 일찍 오셨군요."

그는 나를 데리고 벽 사이로 난 미로 같은 통로를 지나 엘리베이터로 갔다.

"보안 유형이 E형이군요. 보통 A형이나 B형으로 하지 않나요? 매번 식별 번호를 입력하려면 번거로우실 텐데요. 신분증을 거셔야겠네요. 그래야 보안 시스템이 출입 허용자로 인식할 겁니다."

나는 지급받은 단말기 뒷면에 보안 스틱을 꽂았다. 투명한 기기 앞면에 내 신상 정보가 가득 떠올랐다. 화면 맨 위 왼쪽에 주민 정보 관리 시스템에 저장된 내 사진과 로비로 들어설 때 보안 카메라에 찍힌 현재의 내 얼굴이 나란히 박혀 있었고, 나머지 부분은 혈액형과 지병의 유무 등 건강 관련 정보, 그리고 소속과 최근 작성 기사 목록, 범법 행위를 비롯한 주요 경력 따위로 채워져 있었다. 물론 내 개인 정보이니만큼 그것들 대부분이 별 볼 일 없는 것임을 나는 누구보다 잘 알았다. 화면의 중앙에는 커다란 'R' 표시가 입체 영상으로 두드러져 있었다.

남자는 가장 안쪽 승강기로 가서 패널에다 자신의 손가락을 대고 지문을 스캔한 다음 내게는 식별 번호를 입력하도록 시켰다. 우리는 승강기를 타고 위로 올라갔다.

"회장실이 어디죠?"

내 질문에 그는 당연하지 않느냐는 투로 "최상층이죠" 하고 대꾸했다.

도중에 승강기의 한쪽 벽면이 투명하게 바뀌더니 신수도의 전경이 한눈에 들어왔다. 위에서 내려다본 신수도는 흡사 사방으로 굵다란 뿌리를 뻗친, 아니 아직도 뻗치는 중인 거대한 식물처럼 보였다. 차갑고 딱딱한 강철의 식물. 그것은 흉물스러우면서도 실로 장엄하기 그지없는 것이었다.

더 높이 올라 구름과 눈높이가 맞닿을 즈음, 첨탑 아래 몰려든 군중이 보였다. 시위대였다. 나는 그들의 규모에 적잖이 놀랐다. 색색의 그 물결이 무채색의 어두운 땅 위로 축복처럼, 혹은 아직 입증되지 않은 해를 지닌 역병처럼 퍼져나가 도시의 중심부를 화려하게 물들이고 있었던 것이다. 마치 이 도시가, 진작 죽었으나 아직도 싹을 움틔우고 꽃을 피우려 끊임없이 노력하는 진짜 나무라도 되는 양.

더 이상 그들의 함성은 들리지 않았다. 그들의 구호는 그곳까지 닿지 않았다. 유리 너머 까마득한 아래의 그들은 아무 말 없이, 그저 꼼지락대고만 있었다.

"규모가 대단하군요. 괜찮은 겁니까?"

"시위야 언제나 있는 일이니까요. ……최근에 불거진 문제들을 말씀하시는 거라면, 회사로서는 어쩔 수 없는 일이었다고 말씀드릴 수밖에 없군요. 그래도 회사 측에서는 불만이 없도록 처리하려 했는데, 그게 잘 안된 모양입니다. 그리고 혐의에 관해서는 당국의 조사가 진행 중이니까요. G3는 적극 협조하고 있습니다."

"P섹터의 일부 생산 시설 가동도 중단됐다고 들었는데요."

"어쩔 수 없었습니다. 점거당하기 전에 폐쇄해야 했죠. 밖에서 생각하는 것만큼 심각한 상황은 아닙니다. 금방 해결될 겁니다. 그나저나 상관없는 사람들까지 덩달아서 저러는군요. SSON인지 뭔지 있지도 않은 걸 만들어내서는……. 자신을 기계라고 믿는 병이라뇨. 그게 말이나 됩니까? 정부에 반대하던 사람들까지 합세해서 저렇게……."

그가 멈칫했다. 괜한 소리를 했다고 후회하는 듯싶었다. 나는 웃으면서 말했다.

"걱정 마십시오. 그런 이야기를 다룰 만한 지면이 아닙니다."

그제야 그는 안심하는 것 같았다. 그는 기사로 쓰지 않겠다고 약속해달라고 했다.

승강기가 멈추고 문이 열렸다. 우리는 긴 복도를 나아갔다.

"회사 측에서는 언론에 불만이 많습니다. 평소에는 아무 말도 못하다가 이렇게 되니까 득달같이 달려들어서 안 좋은 기사들만 경쟁적으로 써대고 있죠. 꼭 이렇게 되기를 바란 것처럼 말이에요. 어떻게 보면 우리보다 더한 장사치들이라니까요."

그러면서 멋쩍은지 그는 웃었다.

"그런데 왜 저희 같은 데하고 인터뷰를 하겠다고 한 거죠?"

"바로 그래서 그러는 겁니다. 좀 늦은 감이 있긴 하지만……. 이런 이야기를 하자니 쓸쓸해지는군요. 아, 죄송합니다. 폄하하려는 의도는……. 어쨌든 회장님 생각이시니까요."

"회장님 생각이라고요?"

"그렇습니다. 그룹의 이미지 제고 차원에서 힘든 결정을 내리셨어요. 차라리 정치색을 갖지 않는 가십지 위주로 노출되기를 바라신 거죠. 그렇다고 계열 매체를 이용할 수는 없어서 검토 중이었는데, 마침 그쪽에서 꾸준히 요청을 해왔더군요."

"괜한 짓은 아니었군요. 영광입니다."

복도 끝에 난 문을 지나자 열댓 명의 직원이 있는 넓은 사무실이 나왔다. 문 하나를 더 지나자 1인실로 보이는 작은 방이 나왔다. 남자는 내게 잠깐 기다리라고 한 다음 손가락을 귀에 대고 조직전도 통신으로 잠시 대화를 나누더니, 안쪽의 다른 문 안으로 나를 들여보내주었다.

"들어가십시오. 회장님이 기다리십니다."

회장실은 네 벽면 전체가 투명한 유리로 된, 마치 공중에 떠 있는 듯한 방이었다. 커다란 유리 너머로 으리으리한 마천루가 뿔처럼 수없이 돋아나 있는 신수도는 물론이고, 바랜 빛깔의 낙후한 외곽 지역까지 멀리, 침울하게 펼쳐져 있는 것이 보였다.

그 광막한 전경을 배경으로 회장이 등을 돌린 채 서 있었다. 축 늘어진 한쪽 소매가 눈에 들어왔다. 손에 낀 하얀 장갑이 아니었다면, 나는 그 소매 안에 아무것도 들어 있지 않다고 여겼을지 모른다. 그는 유리 너머에 깔린 도시의 웅장한 풍경을 굽어보듯 바라보고 있었다. 나는 그 장면을 과거에 어디선가 본 듯한 강렬한 기시감에 휩싸였다.

그가 내 쪽으로 천천히 몸을 돌렸다. 외모 자체는 10년 전 텔레비전에서 본 것과 크게 다르지 않았으나, 세월은 그에게 중후함을 주기보다 곧바로 노년의 쇠약함을 안겨준 듯했다. 그의 몸은 마지막으로 언론에 모습을 드러냈을 때보다 훨씬 왜소해져 있었고, 얼굴은 다소 신경질적으로 보일 만큼 수척해져 있었다. 그 얼굴에 미소를 띠고서 그는 내게로 다가왔다. 그리고 온전한 팔을 뻗어 악수를 청했다.

"어서 오십시오."

나는 그가 권하는 자리에 앉아 방을 찬찬히 둘러보았다. 방은 첨탑의 꼭대기답게 위아래로 길쭉한 사각뿔 모양이었고 바닥은 정사각형이었다. 낮은 소파에 앉아서 보니, 투명한 벽 너머로 자갈처럼 박혀 있던 도시가 바닥에 가려 보이지 않았다. 이제 유리로 보이는 것은 흐린 먹구름이 잉크같이 번져가는, 시들해진 파란색의 넓디넓은 하늘뿐이었다.

압도적인 풍광이 비쳐드는 사방의 유리벽을 제외하면, 방은 의외로 소박하게 꾸며져 있다고 할 수 있었다. 회장과 내가 앉은 응접용 소파가 방의 정 가운데 위치해 있고, 회장 명패가 놓인 집무용 책상이 벽 가까이에 놓여 있었으며, 인접한 두 벽면의 끝에서 시작된 낮은 진열대가 유리벽을 따라 이어져 삼면을 둘러싸고 있었다. 이것이 방에 있는 전부였다. 진열대 안은 초기 G3가 개발하고 판매한 전설적인 전자 기기의 시작형(試作型)과, 신수도를 포함한 첨단 신도시 및 각종 중기의 축소 모형 등 이제껏 G3가 만들고 이룩한, 오늘날의 G3를 있게 한 기념비적인 작품들로 채워져 있었다.

내가 그것들을 둘러보는 것을 안 회장이 자랑스럽게 말했다.

"모두 G3가 이룬 것들이죠. 사진을 실어주시면 고맙겠군요."

나는 물론 그러겠노라고 약속했다.

"그나저나 이렇게 놓고 보니 대단하군요. G3가 없었다면 과연 어땠을까요?"

"그래요, G3가 없었다면……."

그는 말끝을 흐렸다. 방금 전까지 자신만만하던 그의 얼굴에 금세 착잡함이 묻어났다. 나는 그가 보인 의외의 반응에 어리둥절해하면서, 카메라를 꺼내 탁자 위에 올려놓고 스위치를 올렸다.

"오래된 제품을 쓰시는군요."

회장이 카메라를 보면서 말했다.

"10년 전에는 최신이었죠. 신제품이 너무 쏟아져 나오니 바꾸려고 해도 뭐가 뭔지 알 수가 있어야지요."

회장은 원한다면 최신형 제품을 개인적으로 협찬해줄 수 있다고 했다.

나는 정중히 거절했다.

"말씀은 감사합니다만 아직 잔고장도 없고…… 그냥 손에 익은 게 좋은 것 같습니다."

이윽고 인터뷰가 본격적으로 시작됐다.

나는 오랜 시간 준비해온 질문지에 따라 수많은 질문을 했고, 역시 오랜 시간 준비한 듯한 회장의 대답을 들었다. 그런 기회가 결코 자주 오지 않는다는, 아니 어쩌면 유일한 기회일지도 모른다는 생각에도 불구하고, 신수도에서 연일 벌어진다는 시위나 SSON(Severe Standard Obsession Neurosis, 중증규격강박신경증) 등 무겁고 민감한 주제는 물론이거니와, 그간 그가 밝히기를 꺼리던 신상에 관한 문제나 결혼 문제—회장은 미혼이었다—등 지극히 가십지다운 사적인 질문 따위는 일부러 회피한 채 나는 어디까지나 무난한 질문만을 골라서 던졌다.

그렇지만 한편으로는 내가 진정 오랫동안 궁금하게 여겨온 것들을 단도직입으로 묻고 싶다는 강한 유혹에 시달렸다.

"회사가 수도 내에 있습니까?"

질문이 잠시 끊긴 사이, 회장이 뜬금없는 질문을 던졌다.

"외곽에 있습니다."

그는 시선을 밖으로 던지며 말했다.

"밖에서는 이곳 상황에 대해 어떻게들 생각하고 있습니까? 좀 들었으면 좋겠군요."

"이곳 상황이라면……."

"문제가 너무 많나요?"

그가 쓴웃음을 지었다.

"시위를 말하는 겁니다."

갑작스러운 질문에 나는 긴장했다.

"글쎄요…… 회장님이 의도하신 건지는 모르겠지만…… 정보 통제가 있는 것 같더군요. 밖에서는 그렇게 심각하게 생각하지 않거든요. 온갖 소문만 네트를 떠돌 뿐이죠. 막상 직접 보니 좀 염려가 되기는 합니다. 이 정도 규모라면 수도 밖에서도 곧 심각성을 인지할 테고, 그렇다면 오히려 무언가 더 있다고 여기게들 될 테죠."

회장의 태도가 경계의 태세로 미묘하게 변하는 것을 느낄 수 있었다. 나는 카메라의 스위치를 내렸다. 그제야 그가 말했다.

"나도 압니다. 이런 시기에는 문제가 많은 법이죠. 사실 나는 반대입니다. 정부가 괜히 겁을 집어먹은 것 같아요. 며칠간 가두시위가 이어졌지만 솔직히 크게 신경 쓰지 않습니다. 우리는 부끄러울 게 없어요. 충분히 노력하고 있으니 말입니다. 외부에서 들어와 합세하는 세력이 문제죠."

"정부 주장대로 '울트라'가 관여한다고 생각하시는 겁니까?"

"생각하는 게 아니라 사실입니다. 어느 정도까지인지는 모르겠지만 어쨌든 그들 가운데 섞여들어 선동하는 건 사실이죠. 우리 문제는 과장된 측면이 많다고 생각합니다. SSON이라고요? 그런 병은 존재하지 않습니다. 그리고 통제라고 하셨는데, 요즘 매스컴이 우리를 어떻게 묘사하는지 아시지 않습니까? 내가 이번 인터뷰에 응하게 된 것도 결국 그 때문이고요.

사람들은 나를 피도 눈물도 없는 악마라 생각하는 것 같습니다. 내가 그들의 고혈을 짜내 부를 축적하고 호화롭게 살아간다고 생각하는 모양이죠. 우습지 않습니까? 그런 주장을 펴는 이들 대다수가 내가 만든 이 도시에서, 우리가 제공하는 온갖 편의를 누리면서 사는 사람들인데 말이에요. 우리가 지은 건물에서 살고, 우리가 만든 차를 타고, 우리가 만든 옷을 입고, 우리가 만든 물건을 쓰고, 우리가 만든 음식을 먹으면서 말입니다. 그런 그들과 언론이 합작해서 나를 악의 중심으로 몰아가고, 또 사람들은 그들의 말을 곧이듣는 겁니다. 내가 없어지고 G3가 없어지면, 이 도시와 나라가 마침내 정의로워질 거라고 말이죠. 내가 만든 도시에서 살아가는 이들이 말입니다……"

"하지만 최근의 잇단 근로자 자살이나 흉기 난동 사건, 대량 해고 문제나 수도확장계획지구 문제, 또 탈세 의혹······."

"물론 나도 안타깝게 생각합니다. 하지만 어쩔 수 있나요? 요즘 같은 상황에 말입니다. 정부가 이 지경인 와중에도 회사 차원에서 할 수 있는 건 모두 해줬습니다. 우리는 기업이지 자선 단체가 아닙니다. 확인할 수 있는 부분에 대해서는 할 만큼 했다고 생각합니다. 아까도 말했지만 저들은 나나 회사의 입장은 전혀 고려하지 않는 것 같아요.

기자님은 어떻게 생각하십니까? 내가 정말로 그들을 학대하는 것 같습니까? 내가 그 몹쓸 병의 원인인 것 같습니까? 탈세라고요? 비자금? 우리 G3 때문에 정부가 이렇게 됐다고 보십니까? 나는 이 도시의 모두를 가족처럼 생각합니다. 줄곧 우리가 한 몸이라고 생각해왔고, 지금은 어쩔 수 없는 상황에 괴로워하는 수밖에 없는 입장이죠. 그런데 저들은 그걸 몰라요. 애초에 하나라는 의식도 없었던 것 같습니다. 그들의 주장대로 단지 돈만이 우리를 헐겁게 하나로 묶고 있었던 셈이죠. 그리고 지금 그들은 분노와 원망과 증오의 끈으로 묶여 있습니다. 아마 내가 자기들을 벌레같이 생각한다고 믿고 있나 봅니다. 내가 언제 자기들을 눌러 죽일지 몰라 불안에 떨고, 결국 지레 지쳐서는 주인에게 대항하려 드는 거죠.

그렇지만 전부 오해입니다. 나는 정말로 모두를 아낍니다. 그들은 이 도시를 이룩하는 과정에서 자기들이 착취당했다 생각하고 이 도시가 자기들의 생명을 갉아먹었다고 생각하지만, 중요한 건 이 도시가 없었다면 지금의 그들도 없다는 겁니다. 말하자면 순서

272

가 뒤바뀐 거예요. 다른 게 아닙니다. 나는 그저 사람들이 그걸 알았으면 하는 겁니다."

"이 도시를 만드는 데 따른 희생은 어쩔 수 없다는 뜻으로 받아들여도 되겠습니까?"

그는 대답하지 않았다.

"그러면 이 상황을 이대로 놔두실 생각입니까?"

그가 입을 열었다.

"그렇습니다. 그들의 요구를 전부 들어줄 수는 없습니다. 그러고 싶어도 그럴 수가 없죠. 게다가 반정부 세력이 개입돼 있다면, 그들의 목적은 시위대의 요구가 관철되는 것에 그치지 않고 궁극적으로 우리 G3와 현 정권, 더 나아가 연합정부의 몰락이겠죠. 그래도 자체 경비 인력을 배치한다거나 정부에 도움을 요청할 생각은 없습니다. 나는 그럴 생각은 없습니다. 물론 정부도 쉬이 움직이지 않을 겁니다. 공권력 투입으로 이어지지는 않을 거라고 생각합니다."

"그럴까요? 청사가 위험할지도 모르는데요. 조사 결과에 따라 상황이 더 악화될지도 모릅니다. 밖에 수도경이 잔뜩 깔려 있더군요. 보란 듯이 진압 훈련을 하면서 말입니다. 조만간 조치에 들어가지 않을까요?"

회장은 다시 한 번 쓸쓸하게 웃었다.

"정부는 현 상황을 부담스러워하고 있습니다. 언론 통제가 있다고 하셨죠? 그건 G3를 위한 게 아닙니다. 사실상 정부 관련 이야기는 쏙 빠져 있지 않습니까? 정부는 모든 실패의 원인을 우리에게 돌릴 생각인 겁니다. 실컷 이용하고 이제는 모조리 우리에게 덮어

씌울 생각입니다. 그러기에 앞서 G3와의 관계를 애써 부정하려는 거죠. 둘이 합작한 도시 위에, 같은 공간에 존재하면서도……. 마치 한 집에 사는 부부가 서로를 부정하듯이 말입니다.

실상 정부가 교묘히 울트라를 조종하고 있다고 해도 과언이 아니에요. 정부는 웬만해서는 움직이려 들지 않을 겁니다. 하지만 그 심정도 이해는 갑니다. 혼란상을 보이면 연합정부가 개입할 가능성도 있으니까요. 총통은 연합정부의 출범을 주도한 인물이지만, 주도권 싸움에서 밀려난 지금은 되레 그것의 영향력이 커지는 것을 우려하고 있습니다. 그는 지금의 위기도 전적으로 그들의 술수로 인한 것이라 여기고 있더군요. 그는 자기가 일궜다고 믿는 이 땅을 연합정부가 탐내고 있다고 생각하는 겁니다. ……자신이 그러듯이 말입니다."

"그렇지만……."

"걱정 마십시오."

그가 어깨를 으쓱하며 말했다.

"곧 잠잠해질 겁니다. 그래도 G3가 무너지는 걸 원치는 않을 겁니다. G3가 그럴 리도 없고요……."

그러나 그렇게 말하는 그의 얼굴에서는 불안과 분노가 꿈틀대고 있었다. 주름진 눈가도 파르르 떨렸다. 그러다 그는 이내 지친 얼굴이 되어 말했다.

"이 이야기는 이쯤에서 그만두죠."

시간이 많이 지체되었다는 듯 그는 주머니에서 시계를 꺼내 들여다보았다. 금줄이 달린 낡고 기이한 모양의 회중시계였다. 나는 그것이 K가 말한 그 시계일 것이라고 생각했다.

"그 시계는 숙부께서 주신 것이지요?"

그가 고개를 들어 나를 보았다. 얼굴에는 놀라움과 당혹감이 번져 있었다.

"삼촌을 아십니까?"

나는 K에게 들은 이야기를 그에게 들려주었다. 하지만 정작 시계에 대해서는 말하지 않았다. 무언가를 확인하고 싶었기 때문이라고 하고 싶지만, 실은 외려 그것을 확인하기가 꺼려져 유보한 것인지도 모른다. 이야기 도중에 나를 안내해준 남자가 들어왔으나 회장은 그를 돌려보냈다.

긴 이야기를 마치자, 회장이 침울한 얼굴로 말했다.

"그렇습니까……. 삼촌이……."

"모르고 계셨습니까?"

회장의 입에서 나온 대답은 뜻밖이었다.

"아닙니다. 전부 알고 있었습니다."

그는 그 이야기를 어릴 적부터 삼촌에게 수도 없이 들어왔다고 밝히는 것이었다. 선뜻 믿음이 가지 않았다. 그의 말이 사실이라면, 어째서 노인은 그 이야기가 그에게 전해지기를 그토록 바랐다는 말인가?

"그래서 그 작가분은 그걸 책으로 쓰신 겁니까?"

"아뇨…… 결국 쓰지 못했습니다."

그는 한동안 시선을 밖으로 돌린 채 말이 없었다. 내친김에, 나는 줄곧 키워왔던 의문을 그의 입을 통해 확인하기로 했다.

"그가 당신의 아버지지요?"

그가 고개를 돌려 나를 보았다. 그러더니 웃음을 터뜨렸다.

"그게 대체 무슨 소리입니까?"

말도 안 된다는 반응에 나는 당황했다.

"그래서 그분의 장례를 그렇게 성대하게 치러주신 것 아닙니까?"

나는 그와 시계공의 관계에 대한 K의 의견을 들려주었다. 그러나 회장의 얼굴에 동요하는 빛은 나타나지 않았다.

"그렇게 생각하신 거군요. 그럴 리가요. 그건 삼촌의 장례식이 아니었습니다. 그건…… 어머니의 장례식이었습니다."

"어머니라고요?"

"그렇습니다. 어쩔 수 없었죠."

회장은 온전한 한 손으로 얼굴을 문지르고 머리를 쓸어 넘겼다. 한순간 그의 눈에 회한처럼 보이는 무언가가 서렸다.

"아버지의 약이 실패작이었을 것이라 생각한다고 하셨죠? 맞습니다. 기자님 말이 맞습니다. 치료제는 실패였습니다. 완전한 실패작이었죠. 더 이상 병을 옮기지는 않았지만…… 그건 실패였습니다. 어머니는 죽은 자였습니다. 살아 있는 시체였죠. 아버지는 완전히 실패했어요……."

그는 한숨을 쉬고는 잠시 그대로 앉아 있었다.

"이렇게 된 이상 어쩔 수 없군요. 그래요…… 나는 어머니의 악취를 맡으며 자랐습니다. 그 조그맣고 차가운 집에서 나는 어머니를 피해 끊임없이 숨고 도망 다녔죠. 끔찍한 비명과 울부짖음에 귀를 막고서 밤을 지새우기 일쑤였습니다.

그 마을은 그런 자들이, 아니 그런 살아 있는 시체들이 진짜 시체처럼 죽은 듯이 숨어 지내는 곳이었어요. 나는 그곳에서 자랐습니다. 그 악취를 맡으면서, 그들의 것과 똑같은 모양을 한 내 팔을 매일같이 혐오하고 원망하면서……. 끔찍한 기억이죠. 지금도 그때 꿈을 꿉니다. 온통 어둠뿐이고, 소름끼치는 존재들만이 어슬렁거리는 그 지옥 같은 곳에서의 날들을 말입니다. 그곳은 끈적이는 증오와 더러운 욕구만이 유령처럼 살아 떠도는 저주받은 땅이었지요. 날고기와 썩은 것에의 식탐에 시달려 울부짖는 소리가…… 살아 있는 짐승의 살을 뜯는 소리가 아직도 귀에 생생합니다. 기자님은 들은 적이 있습니까? 서서히 죽임을 당하는 짐승의 고통에 찬 비명을? 산 채로 먹히는 짐승들의 절규를?

　나중에 든 생각이지만…… 그곳의 모두가 나처럼 그렇게 서로를 끔찍한 존재로 여기며 살았던 것이 아닐까 합니다. 아마 그들도 아버지를 원망했을 테죠. 그들은 죽을 수가 없었으니까요. 이미 죽어 있는 그들은 영원히 죽어 있는 자들일 뿐, 진정한 의미의 시체가 될 수 없었습니다. 하지만 그들은 죽기를 원했습니다. 추한 짐승과 같은 스스로를 미워하고, 자신과 같은 존재인 서로를 혐오했으니까요. 진저리칠 만큼…… 사무칠 정도로 말입니다……."

　"그들이 스스로 죽기를 원했다는 겁니까?"

　"그들이 원했습니다. 그리고…… 나도 원했죠."

　입술을 질끈 깨문 그의 얼굴이 일그러졌다.

　"내 어린 시절부터 이야기해야겠군요."

　그가 말을 잇기 시작했다. 목소리는 불안과 근심의 결을 따라 요동했다. 하지만 그것은 현재나 미래를 향한 것이 아니라, 오로지 과거를 향한 것이었다.

"어릴 때의 기억은 공포로 가득 차 있습니다. 시체들의 존재는 물론이거니와 산 짐승을 뜯어 먹는 광경은 수백 번, 수천 번을 보아도 도무지 익숙해지지가 않는 것이었죠. 나는 그곳에서 탈출하고 싶었습니다. 완전히 다른 곳에서 완전히 다른 인생을 살아가는 것. 비명도 없고 두려움도 없는 곳에서, 살아 있는 자들 사이에서 살아가는 것. 그것이 나의 꿈이었습니다. 정말이지 간절한 꿈이었죠. 그러지 않으면 언젠가 미쳐버릴 게 분명했으니까요.

그곳 사람들은 모두 정부의 특별 관리 대상자였습니다. 정부의 보조금으로 근근이 연명했죠. 연명이라는 말이 적당할지 모르겠군요. 엄밀히 말해 정부의 도움은 우리를 먹이고 살리기 위해서였다기보다 그들의 식욕을 잠재우기 위해서 존재하는 것이었으니까요. 나 또한 관리 대상인지라 마을을 벗어날 수 없었습니다. 거기서 나간다는 건 사실상 불가능한 일이었죠. 정부의 통제를 받는, 잠든 역병이 점령한 마을의 일원인 내가, 그것도 저주받은 육신의 일부를 지닌 내가 그곳으로부터 벗어날 수 있는 길이 뭐가 있을까요?

순진하게도 나는 그게 공부라고 생각했습니다. 그런 생각을 하게 된 건 아마 그곳에서 세상과 연결되는 유일한 창구였던 텔레비전의 영향 때문이었는지도 모르겠습니다. 당시는 소요 후 폐허가 된 나라의 재건을 위한 계몽 운동이 한창이던 때였으니까요. 하지만 그곳에는 학교도 없었습니다. 그곳에서 아이는 나뿐이었죠. 그래서 나는 삼촌에게 부탁했습니다. 전부터 삼촌은 당국과 의견이 닿는 것처럼 보였거든요. 그 까닭까지야 몰랐지만, 어쨌든 어린 눈으로도 그 정도는 알 수 있었습니다. 그리고 삼촌에게 부탁할 수밖에 없었던 또 다른 이유는……."

"그가 아직 정상이었던 거군요."

"……그렇습니다. 내가 어릴 때까지만 해도 그는 시체가 아니었습니다. 적어도 외견상으로는 그랬어요. 삼촌의 말대로 물린 뒤에 바로 치료제를 맞았기 때문인지 모르죠. 삼촌은 내가 62구역 밖에 있는 학교에 다닐 수 있도록 해주었습니다. 내 팔을 두고 당국과 많이 씨름한 것 같더군요. 그건 아직도 고맙게 생각하고 있습니다. 그렇지만 내가 모르는 동안에도, 삼촌의 변패는 아주 더디게나마 계속 진행되었습니다.

기자님의 친구분이 그를 봤다고 했죠? 그때 벌써 삼촌은 인간의 모습이 아니었습니다. 한때 살아 있는 존재였다는 흔적조차 찾기 힘든 상태였죠. 그렇기에 그는 더욱 괴로워했던 겁니다. 사실 그의 변패는 훨씬 오래전부터 진행되었던 듯합니다. 그곳에 사는 유일한 정상인으로서의 그의 자존심, 그리고 자기혐오로 인한 수치심이 그것을 필사적으로 감추게끔 그에게 가공할 인내를 주었던 것인지도 모르지요. 그러나 나는 알 수 있었습니다. 오랜 시간 억눌려 있던 시체로서의 본능이 내부로부터 그를 갉아먹고, 끝내는 정신마저 무너뜨리는 중이었다는 사실을요.

내가 왜 삼촌의 이야기를 무시해왔는지 궁금하시겠지요? 바로 그 때문입니다. 나는 그걸 알고 있었어요. 그가 하는 말은 진실이 아닙니다. 그는 그 난리 후 기어코, 그로서는 그저 바라보는 수밖에 없는 존재였던 내 어머니를 차지하게 되었죠. 하지만 그때 어머니는 이미 사람이 아니었습니다. 아무리 좋게 말한들 인간의 형상을 하고 있다고는 할 수 없었습니다. 물론 삼촌도 자신의 말대로, 어머니를 보는 순간 역겨움을 느꼈을 겁니다. 그런데도 그는……. 아시겠습니까? 그는 그토록 꿈꿔왔던 사랑을 얻기 위해 내 어머니를 차지한 게 아니었습니다. 더 이상 어머니는 그의 젊은 시절 환영처럼 스쳐 간 그 여인이 아니었으니까요.

삼촌은 아버지와는 달랐습니다. 둘 모두에게 어머니는 가질 수 없는 존재였고, 어머니는 그들을 사랑하지도 않았습니다. 어머니는 처음부터 그들을 경멸했던 겁니다. 삼촌은 그걸 알고 있었습니다. 아니, 아버지와 재회하자마자 그것을 깨달았죠. 그럼으로써 그는 그녀를 포기했습니다. 그는 그녀에게 사랑받을 수 없는 자신의 운명을 그제야 받아들이기로 한 것입니다. 그러나 아버지는 납득하지 못했습니다. 그녀가 자기를 사랑한다고 믿고 있었으니 말입니다. 과거에 어머니가 그를 버렸을 때, 아버지는 배신감에 휩싸였고 심한 모욕과 치욕을 느꼈습니다. 어머니에 대한 복수심에 불타올랐죠. 그것을 스스로 알고 있었든 모르고 있었든, 아버지는 그 어둡고 뒤틀린 분노에 이끌려 젊은 날을 보냈습니다. 심지어 그 기억을 잊고 있던 때조차도 말입니다. 그러던 중에 아버지는 어머니를 보았고…… 마침내 자기 안에 있던 분노의 실체를 목격했습니다!

아버지가 무슨 생각이었는지는 모릅니다. 어째서 그런 도시를 만들기로 했는지, 어째서 그 죽음의 땅에 자신의 성을 짓기로 했는지……. 어쨌든 그는 필사적으로 그것을 실현시켰습니다. 그리고 그

한가운데에 자신과 연인의 젊은 날을 재현해놓았죠. 추악하게 일그러진 기억을 그곳에 가져다 놓았습니다. 그리고 흉측한 외모와 짐승보다 못한 지능을 갖게 된 어머니를…… 마치 악령에 씌기라도 한 양 무참히 지배하고 학대한 겁니다! 아버지는 지독한 혐오감 속에서 예전과 같이 그녀를 강제로 범했습니다. 극도의 허탈감 속에서 그녀에 대한 일말의 사랑을 확인하는 가증스러운 기만의 과정이 반복되었지요. 그 과정에서 나는 잉태되었습니다. 그 썩어 문드러진 육신의 내부에……. 그리고 저주받은 피는 그 씨앗에게 저주의 유산을 물려주었지요!"

그가 장갑을 벗었다. 검게 말라비틀어진 손이 나왔다. 그는 그 손을 탁자 위에 올렸다.

"이 손이, 이 팔이…… 아무리 벗어나려 애써도 결국에는 나를 그 저주받은 것들과 연결했습니다. 아무리 발버둥 쳐도 이 팔만은 어쩔 수가 없었습니다. 학교에서도, 사회에서도 이것이 나를 옭아맸죠. 나는 한시도 그 빌어먹을 땅과 혈통으로부터 벗어날 수가 없었습니다. 그것이 끝없이 내 발목을 잡아, 내게 지워진 끔찍한 운명을 상기시켰습니다. 내가 얼마쯤 성공을 거둔 뒤에도, 그 한계를 절감했을 때에도 도저히 그 저주의 고리를 끊을 수가 없었습니다.

당연히 그럴 수밖에 없었습니다. 애초에 그것은 내게 속한 게 아니었으니까요……. 나를 시기하게 된 사람들은 더 이상 나를 동정하지 않았습니다. 이것은 더러운 음해의 수단이 되기 시작했습니다. 다른 것도 아닌, 바로 내 팔이 말입니다! 이걸 잘라버릴까도 생각해봤습니다. 그것이야말로 내가 어릴 적부터 바라던 일이었습니다. 언젠가는 성공해서 반드시 이 팔을 흔적도 없이 잘라버리고, 그로써 저주에서 자유로워지고 싶었죠. 그 무렵에 그를 만났습니다. 당시 그는 우리와 협력 관계를 맺기 시작한 기업의 수장이었죠. 그는 사업 수완이 좋기로 평판이 자자하던 인물이었습니다……"

"총통을 말씀하시는 겁니까?"

"……그렇습니다. 그는 애송이에 불과하던 내게 큰 관심을 보였습니다. 아니, 정확히 말해 내 팔에 큰 관심을 보였죠. 당시 나는 태생의 한계를 절감하고 좌절감에 빠져 있었습니다. 끊임없는 자살의 유혹에 시달리던 상태였죠. 결국 나는 앞서 크게 성공한 그에게 모든 것을 털어놓기로 했습니다. 혼자서 모든 걸 짊어지고 극복해야만 한다는 강박에 지쳐 자포자기했던 것이지요. 내 이야기를 들은 그는 놀랍다는 듯이 말하더군요. '어째서 그걸 이용할 생각은 않는 겁니까?'라고요. 이후로 나는 그와 돈독한 관계를 유지해왔습니다. 그는 내게 많은 조언을 해주었고, 나도 그의 말에 따랐죠. 아마 나는…… 그를 아버지처럼 여겼던 것 같습니다. 그래서 그가 정계에 진출한 뒤에도 적극적으로 후원했던 것입니다.

맞습니다. 지금 와서 이런 말을 하는 게 무슨 의미가 있을지 모르겠군요. 소문이 전부 맞는다고는 할 수 없지만, Z 총통 정부와 G3가 이제껏 밀접한 관계를 유지해온 것은 사실입니다. 빈손으로 시작한 사업이 단 한 세대 만에 이렇게 성장하는 데 권력의 도움이 전혀 없었다고 한다면 그건 거짓이겠죠.

하지만 총통도 결국은 기회주의자에 불과했습니다. 그제야 그것을 알았죠. 이전까지만 해도 G3에만은 우호적이었던 그의 정적들이 정국에 편승해 돌아서서는 우리의 관계에 대해 의혹을 제기하고, 동시에 내 팔을 집요하게 물고 늘어지기 시작하면서였습니다. 사람들의 기억에서 아직 완전히 가시지 않은 공포를 불러내어 총통과 나를 함께 궁지로 몰려는 속셈이었죠. 그것이 그들이 내걸 수 있었던, 총통에 대한 유일한 대항 수단이자 무기였던 것입니다. 아마 기자님도 그에 관한 의혹을 들어보셨겠지요. 그들은 오랫동안 기밀로서 베일에 가려져 있던 62구역과 나의 접점에 다가감으로써 점점 우리를 조여왔습니다. 혐오와 공포의 대상으로 몰락하는 순간이 눈에 선했지요. 내게 있어 그것은 고통스러웠던 과거와의 재회였습니다. 각고의 노력으로 이만큼 일궈낸 성공이 끝내 이 팔 때문에 물거품이 될 지경이었으니까요. 마찬가지로 부담을 느낀 총통은…… 급기야 나를 버리려고 했습니다."

"그래서…… 그곳을 없애버리기로 결정하신 겁니까?"

"……내가 총통에게 제안했습니다. 나를 버리는 대신에 연합령의 모든 정부가 깜짝 놀랄 만한 일을 해 보이자고요. 우리의 모든 기술과 자본, 인력을 총동원해 전대미문의 첨단 도시를 건설하자고 했습니다. 옛 정부가 신시가지 위에 죽은 자들의 악취로 가득하던 도시를 밀어버리고 유령 마을 같은 거주지를 세웠듯이, 내 저주의 흔적을 모두 지워버리고 새로운 수도를 건설하자고 그에게 제안한 것입니다. 역사에 남을 치적 쌓기에 관심이 많던 그는 즉각 관심을 보이더군요. 그렇더라도 당시 상황에서는 아무리 추진력 있다고 평가받는 그로서도 쉽게 결정을 내릴 수는 없는 사안이었을 겁니다. 하지만 그것이 당시의 국면을 바꾸고 자신의 입지를 강화할 기회가 될 만하다고 판단했는지, 결국 그는 받아들였습니다.

　그러나 내 아이디어만을 가져갈 뿐 G3의 손을 들어주지는 않더 군요. 유착설이 부담이 된 까닭이었겠지요. 그런 그에게 나는 배신 감을 느꼈습니다. G3는 모험을 감행했습니다. G3가 가진 모든 인맥 과 정보력을 총동원했습니다. 그렇게 자력으로 공사를 따내는 데는 성공했지만, 독단적이고 무리한 결정이라는 반발에 부딪혔습니다. 그래도 저는 할 수밖에 없었습니다. 내 목숨을 걸고, 회사의 명운 을 걸고 그것을 강행해야만 했습니다⋯⋯."

　"거기 살던 사람들은 모두 어디로 간 겁니까? 특별한 수용 시설 이라도 있는 겁니까?"

　그의 눈동자가 흔들렸다. 무언가를 이겨내려는 것처럼 회장은 주 먹을 불끈 움켜쥐었다. 그리고 말했다.

　"그들은⋯⋯ 아직도 그곳에 있습니다."

　길고도 무거운 침묵이 흘렀다.

　그들은 아직도 그곳에 있다.

　그제야 나는 K가 무얼 상상했는지 알 것 같았다. 아니, 실은 벌 써 알고 있었는지도 모른다. 그들이 그곳에 영원히 잠들어 있다는 사실을, 그들이 잃어버린 죽음 대신 영면을 택했다는 사실을, 나는 알고 있었는지도 모른다.

　"정말로 그걸⋯⋯ 그들이 원했다는 말입니까?"

　그는 다시 한 번 머리를 쓸어 넘겼다. 얼굴은 죽은 사람처럼 핏기가 없었다.

"나 자신만을 위한 일이 아니었습니다. 그들은 죽기를 원했으니까요. 삼촌도 마찬가지였습니다. 삼촌에게 그 계획을 전했을 때, 그는 찬성하지 않았지만 반대하지도 않았다고 합니다. 그는 주민들의 의견을 묻겠다고 했습니다. 하지만 그들의 바람이야 뻔했습니다. 어릴 적부터 죽음을 향한 그들의 몸부림을 익히 보아 알고 있었으니까요. 그들은 죽지 못해 살았습니다. 죽어 있는 채로 살아갔죠. 그들은 통제할 수 없는 욕구에 지배받는 스스로를 혐오했습니다. 그런 자신들이 진정 죽을 수 없다는 사실에 절망했습니다. 인간 본유의 죄의식이 그들의 본성 아래, 그것을 자각하지 못하는 순간에조차 끈질기게 살아남아 그들을 괴롭히는 것처럼 말입니다.

그러나 나는 주저했습니다. 삼촌은 오랫동안 대답을 주지 않았고, 나는 그걸 기다린다는 핑계로 그토록 필사적이고 다급하게 준비해온 계획을 실행하기를 망설이고 있었죠. 아마 삼촌은 처음부터 그걸 알고 내게 그런 애매한 답을 주었던 건지도 모르겠습니다. 줄곧 나는 그의 대답을 기다리기만 했을 뿐 먼저 대답을 요구하지는 않았습니다. 내 요청으로 정부가 공식 발표를 미뤄왔던 신수도 건설 계획이 드디어 발표되었을 때까지도, 나는 여전히 주춤하고 있었죠. 그런데 그가 연락을 해 왔습니다. 삼촌이 먼저 결단을 내린 것이었습니다. 그리고 한 달 뒤에…… 우리는 그 거리를……."

"그리고 이 도시가 세워졌군요."

갑자기 그는 양팔을 벌려 유리벽을, 아니 그 너머를 가리켰다.

"나를 비난해도 좋습니다. 하지만 이 도시를 보십시오! 이 도시는 그들이 그토록 바란 죽음 위에 세워진 것입니다. 이것을 내가…… 우리가 이루었습니다!"

그 순간 내 머릿속에 떠오른 것은 탑 아래의 사람들이었다. 군중들. 심판을 갈망하는 이들.

나는 말했다.

"꼭 그래야만 했던 겁니까? 당신이…… 모든 걸 짊어지면서까지?"

회장의 얼굴이 굳어졌다.

"그러지 않았다면 나도, G3도, 그리고 총통의 운명도 어찌 됐을지 모릅니다. 어쩌면 그들이 깨워 불러낸 공포에 스스로 삼켜져…… 우리는 모조리 파멸했을지도 모릅니다!"

"그래서 당신은 아버지를 부정해온 겁니까? 부친이 실패함으로써 부른 저주를 대신 속죄해야 했기 때문에?"

"속죄라고요? 속죄?"

"그래요, 당신의 부친이 시도했던 그 일을 말입니다."

"그건 거짓말이야!"

그가 벌떡 일어나 소리쳤다.

"모두 거짓말이라고!"

그의 얼굴이 분노로 얽어졌다. 얼굴뿐 아니라 전신을 뒤틀리게 만들 만큼 깊고 격한 분노였다.

그는 의자 위로 주저앉듯 털썩 몸을 던졌다. 그리고 아직 흥분이 가라앉지 않은 음성으로 말을 이었다.

"삼촌은 단지 아버지의 위에 서보고 싶었던 것뿐입니다! 그런 자신을 스스로 경멸하면서도 그는 어머니를 차지함으로써, 깊고도 오랜 패배 의식을 안겨준 내 아버지를 비웃고자 했습니다. 삼촌은 그들과 같은 곳에 살면서도 그들을 혐오했습니다. 자기가 구해냈다는 그들을 말입니다! 그의 삶은 그 모든 걸 감내하고서라도 더 이상 존재하지도 않는 내 아버지를 기어이 밟고 서겠다는 맹목적인 시기와 질투의 감정으로 가득했습니다. 내 아버지가 끝내 실패하고 만 일들을 삼촌 자신의 힘으로 힘겹게 유지시킴으로써 복수를 이루고, 냉소를 지키려 한 것입니다!

　……언뜻언뜻 막연히 느끼던 내가 그걸 비로소 확신하게 된 것은, 바로 삼촌 자신의 행위를 통해서였습니다. 그가 내게, 자기 입으로 직접 말해주었으니까요. 내가 막 중학교에 들어갔을 무렵입니다. 그의 모습이 눈에 띄게 변해 있을 즈음이었죠. 자기가 사랑했던 여인에게 물린 탓에 그토록 혐오하던 시체로 변해간다는 사실을 견디지 못한 그는 마침내 무너지고 말았습니다. 삼촌은 내 아버지가 그랬던 것처럼 어머니를 학대하기 시작했고, 내게도 폭력과 저주를 퍼부었습니다! 그는 나를 '저주받은 더러운 씨'라고 불렀습니다……. 그리고 내 아버지에 대해 들려주었지요. 다름 아닌 그의 실체에 대해……! 내 여린 어깨를 붙들고 구더기 끓는 얼굴을 들이댄 채 악취 가득한 숨결 속에서 들려주었습니다.

　그의 이야기 속 아버지는 비열하고 잔인한 사람이었습니다. 아버지는 잔혹한 방법으로 어머니를 소유했습니다. 그는 썩은 육체에다 가까스로 영혼을 붙들어 맨 시체의 모습을 한 어머니를 차지했습니다. 그리고 시체들 가운데 거대한 성을 쌓고 군림했죠. 자신의 추악한 욕망이 꾸는 악몽을, 그는 그 부패의 세계에서 실제로 이루려고 한 것입니다! 그는 그들을 핍박하고 학대했습니다. 그들을 이용해 힘을 얻으려 했습니다. 그런 아버지에게 삼촌은 인질로 잡혀 있었습니다. 지옥 같았다는 그 성의 지하에서, 아버지가 죽어가는 노예들을 가리키며 그에게 뭐라고 했는지 아십니까?

'나는 왕이야! 나는 왕이야! 나는 왕이라고!'

아버지는 최후까지 그 일그러진 꿈을 포기하지 못하고 죽었습니다. 그런데 속죄? 속죄라고요? 그는 자신이 저지른 타락의 무거운 죄를 내게 강제로 뒤집어씌웠을 뿐입니다! 내가 잉태되는 순간, 내 운명에다! 저주받은 피와 육체로써 내게 죄악을 물려주었지요! 나는 그 피를 끊을 겁니다. 죄와 저주의 극복과 단절…… 그 완전한 종결만이 내 삶의 목적이고 구원이란 말입니다!"

그는 기형의 손을 심하게 떨었다. 금방이라도 터져 나오려는 오랜 증오를, 제 운명에 대한 극도의 증오와 분노를 그는 간신히 억누르는 듯이 보였다.

하지만 그렇다면 무슨 연유로 노인은 K에게 거짓된 이야기를 들려주고, 또 그 기록을 그를 위해 남겨달라고 부탁까지 한 것일까? 진실이라며 어린 그에게 들려주었던 이야기를 스스로 부정하기 위함이었을까?

G가 옛 동료를 자신의 성으로 부른 것은, 혹시 그가 이미 자신의 실패를 예감하고 있었기 때문은 아닐까. 그럼으로써 그는 옛 배

신자에게 자기의 업을 대신 지우는 저주를 내린 것인지도 모른다. 그리고 그렇게 예고도 없이 길고 무참한 패배를 맞아야 했던 노인이 K에게 부탁했던 것은, 어쩌면 패자로서의 마지막 발악이었는지도 모른다.

회장은 유리 밖 허공만 멀거니 바라다보았다. 하늘은 어느덧 거뭇한 먹구름으로 뒤덮여 있었다. 금방이라도 비가 쏟아질 것 같았다.

"한 가지 말씀하지 않으신 게 있습니다."

그가 내 쪽으로 천천히 고개를 돌렸다.

"아까 망설였다고 하셨죠. 꼭 뭔가를 기다린 것처럼 말씀하시더군요. 대체 무얼 기다린 겁니까?"

대답이 없었다.

"어머니의…… 죽음입니까?"

회장은 말없이 고개를 되돌려 잿빛으로 얼룩진 하늘을 응시했다. 그의 안에서 무언가가 순식간에 빠져나간 것처럼 보였다.

"분명 어머니가 죽지 않는 시체라고 하셨습니다. 그런데 왜……."

"삼촌은……."

나직이 그가 말하기 시작했다. 시선은 밖으로 던진 채.

"삼촌은 알고 있었습니다. 내가 망설이는 이유를요. 그 집이 밤새 불에 타 잿더미로 발견되기 전날, 그가 말을 전해 왔더군요. '네 어미는 걱정하지 말거라'라고……."

"그럼 그가 어머님을……."

회장의 얼굴이 흐려졌다. 그는 "어머니는" 하고 말하려다 무언가가 목에 걸린 듯 차마 잇지 못했다. 기어이 그는 시선을 떨구었다.

"어머니는…… 어머니는 내게 있어 끔찍한 존재였습니다. 소름끼치는 존재였죠. 하지만 아직도 기억합니다. 어머니가 그 썩은 내 나는 품에 나를 안고 자장가를 불러주시던 것을……. 어머니는 겁에 질려 떠는 나를 위해 자장가를 불러주셨습니다. 그 신음에 가까운 목소리로…… 내게 자장가를 불러주셨습니다……."

두 손으로, 그는 얼굴을 감쌌다.

"어머니는…… 나를 사랑했으니까요……."

그는 울고 있었다.

*

결국 그와의 인터뷰는 싣지 못했다.

그가 죽었기 때문이다.

C 회장의 사망 소식을 접한 것은 인터뷰를 하고 며칠 뒤, 한창 기사를 작성하다 휴식차 들른 근처 주점에서였다. 알코올 냄새 가득하고 어두침침한 술집의 구석에 설치된 대형 텔레비전 화면이 그의 죽음을 알리는 속보로 가득 채워지자, 모두의 시선이 그쪽으로 쏠리며 별안간 무거운 정적이 깃들었다.

텔레비전은 그 장면을 반복 재생하고 있었다. 빼곡한 창마다 머리를 내민 이들, 산산이 깨어진 첨탑의 유리벽, 아찔한 탑첨으로 아슬아슬 오르는 사람들…….

화면이 기다란 첨탑을 타고 아래로 내려와 돔형 지붕을 지나 지면 가까이를 비추었다. 한데 섞인 사람들의 무리가 무언가를 둘러싸고 서서 물끄러미 응시하는 모습이 보였다.

화면이 군중 속을 파고들었다.

피로 흥건한 바닥에 한 남자가 쓰러져 있었다. 붉게 물든 흰 천에 얼굴이 덮인 채로. 힘없이 늘어진 몸통에서 뻗어 나온 사지가 고통을 피해 각기 다른 방향으로 도망치려다 실패한 양 제멋대로 비틀려 있었다. 그리고 그중 이질적인 모양을 한 하나가, 소매 밖으로 아무렇게나 삐져나와 핏빛 웅덩이에 가로놓여 있었다.

화면은 확대와 축소를 반복하며 쓰러진 남자의 모습을 오랫동안 비추었다. 마치 그것이 그에 대한 예의라도 되는 듯이.

C 회장이 몸을 던져 스스로 목숨을 끊은 것으로 추정된다는 내용의 자막이 흘렀다. 시위대 강제 진압을 예고하던 정부가 돌연 청사와 G3 사옥을 폐쇄하고 전 직원을 철수시킨 지 세 시간 만에 일어난 일이라고 했다. 한 시간 후에 총통의 긴급 성명 발표가 있을 예정이라는 속보 또한 노란 입체 자막에 실려 흘러갔다.

화면은 이윽고 어수선한 군중을 떠나 다시 첨탑 꼭대기로 향했다. 상체를 내민 사람들 아래로, G3의 거대 로고 구조물이 보였다. 그것은 끊임없이 변형하고 있었다.

간신히 봉합했던 상처가 터지듯 술집이 도로 떠들썩해졌다. 하지만 한참이 지난 뒤에도, 나는 화면에서 눈을 떼지 못했다. 나는 화면에 비친 작은 무언가를 보고 있었다.

회장의 주머니에서 흘러나와 반짝이는 물체.

그의 아버지가 만든 시계를.

그와의 마지막 순간을 기억한다.

문으로 향하던 내가 돌아보았을 때, 그는 아이처럼 울먹이며 망연히 시계를 보고 있었다. 나는 그에게 마지막으로 물었다.

"그 시계를 누가 만들었는지 아십니까?"

긴 침묵이 지난 후, 그는 힘겹게 대답했다.

"이건 삼촌의 유품입니다. 삼촌은 시계공이었습니다……."

이 이야기는 단 한 장면에서부터 시작되었다.

검은 양복을 입고 검은 가방을 든 남자가 철책으로 양분된 좀비의 세계와 인간의 세계를 넘나드는 장면. 막연히 떠오른 이 장면이 무슨 의미인지 나도 알지 못했다. 이 남자가 어떤 원대한 목적을 가진 사업가라고만 생각했을 뿐이다. 그때부터 나는 저자로서가 아니라 한 명의 독자로서 이 남자의 과거를 추적하고자 했다. 독자로서 마땅히 궁금증을 느끼도록 과감하게 경위를 배제한 채 기원을 상상하려고 애썼다. 그렇게 떠오른 것이 시계공의 이야기였다.

이야기는 곧 생명을 가진 동물처럼 스스로 발육해갔다. 쓰고 있는 나조차도 이 이야기가 앞으로 어떤 생장 과정을 거치게 될지, 최종적인 발육 형태가 어떠할지 알지 못했다. 그것은 굉장히 흥미진진한 작업이었다. 감당할 수 없을 정도로 머릿속에 이미지가 마구 떠오르던 그때를 생각하면 아직도 즐겁고 설렌다. 하지만 동시에 위험천만한 작업이기도 했다. 아마 당시 나는 극중의 인물처럼, 위험한 유사신 놀이를 즐기고 있었는지도 모른다.

이쯤에서 눈치 챘겠지만, 나는 이 이야기에 특별히 현실의 무언가를 투영할 의도는 없었다. 이 책을 거창한 가르침으로 포장할 생각은 없다. 이것은 다만 흔한 좀비 이야기 가운데 하나일 따름이다. 그러나 좀비는 무언가의 은유이고 거울이어야 마땅하다는 믿음을 갖고 계신 분이라면 그렇게 읽으셔도 무방하다. 어쩌면 정말로 그럴지도 모르니까. 이 이야기를 통해 나는 인간들의 서로를 향한 다양한 형태의 폭력을 말하고 싶었던 것인지도 모르겠다. 하기는 그렇다. 저 혼자 커간 피조물의 내면이 어떤 모습을 하고 있는지, 무모한 얼치기 창조주가 무슨 수로 알겠는가?

사실상 첫 번째 장편인 이 작품과 같은 방식으로 앞으로도 쓸 수 있을지는 미지수다. 자만심에 가득 차 있던 실험실의 창조주들이 언제나 그러듯이, 나 또한 통제를 벗어나 괴물처럼 몸집을 불린 피조물을 위태로운 상상력이 빚어냈던 본래의 형상으로 되돌리고자 안간힘을 써야 했기 때문이다. 보잘것없는 재능의 메스를 들고서, 선의의 협력자들을 무지와 완고의 수렁으로 끌어들이면서까지 말이다. 이 경험으로 인해, 이제껏 변방의 비급만을 추구해오던 이가 비로소 정도로 인도됐으리라고 나는 믿는다.

하지만 인간은 모른다. 역시 피조물에 불과한 그들의 속을 누가 알겠는가? 그 창조주는 피로 얼룩지고 폐기 조직으로 더럽혀진 수술대를 바라보며 이렇게 중얼거릴지도 모를 일이다.

"다음에는 더 잘될 거야."

불완전한 존재면서 완전함을 꿈꾸는 인간이 하는 짓이란 늘 그렇기 마련이다.

꿈을 주시고 채워주시며 다시 일으켜주시는 하나님께 작으나마 영광 돌린다.

위태롭게만 보였을 자식을 믿고 기다려주신 부모님께 감사드린다. 든든한 버팀목 같은 가족들의 기다림이 없었다면 이 이야기는 빛을 보지 못했을 것이다.

서랍 속에 잠들 수도 있었던 이야기를 세상에 선보일 수 있도록 소중한 기회를 주신 세계문학상 심사위원 여러분과 관계자 여러분께도 감사드린다.

부족하기만 한 질료에 멋진 형상을 부여하느라 고생하신 나무옆의자 이수철 대표님과 박상미 팀장님께, 추천사로 책을 빛내주신 김봉석 평론가님께 진심으로 감사드린다.

훌륭하지 못한 피사체를 훌륭하게 사진에 담아주고자 노력한 정운식 군을 비롯하여 알게 모르게 물심양면으로 적극 도움을 준 오랜 친구들, 그리고 새로운 친구들에게도 이 지면을 빌려 고맙다는 말을 전하고 싶다.

이 책이 그들 믿음에 하나의 증명이 되었기를.

초판 1쇄 인쇄 2013년 12월 31일
초판 1쇄 발행 2014년 1월 3일

지은이 최 욱
펴낸이 이수철
편 집 박상미
마케팅 정범용
관 리 전수연

펴낸곳 나무옆의자
출판등록 2001년 10월 15일 제03-01326호
주소 (140-871) 서울시 용산구 한강로2가 314 용성비즈텔 802
전화 02) 706-2367 팩스 02) 718-5752

홈페이지 www.hmbooks.co.kr
인쇄 제본 현문자현 종이 월드페이퍼

값 12,000원 © 최욱, 2014
ISBN 978-89-97962-17-4 03810

국립중앙도서관 출판시도서목록(CIP)

슈나벨 최후의 자손 : 최욱 장편소설 / 지은이 : 최욱.
— 서울 : 나무옆의자, 2014
p. ; cm
수상 : 제9회 세계문학상 우수상
ISBN 978-89-97962-17-4 03810 : ₩12000

한국 현대 소설[韓國現代小說]

813.7-KDC5
895.735-DDC21   CIP2013028143